「私はマリヴェル。
第十三代聖女マリヴェルです」

忘却《ぼうきゃく》聖女《せいじょ》
Saint Mariebelle
守野伊音 ILL. 朱里
Written by Morinoion, Illustration by Shuri
I
VOLUME ONE

"Saint Mariabelle"

One day, the world forgot about me.

一聖 ✶ 十三代聖女

"Saint Mariabelle"

One day, the world forgot about me.

『この世には聖女がいる』

『聖女じゃなくて聖人でいいんじゃないですか？　識別面倒臭いのになんで分けるんですか』

そう正直に言ったら拳骨食らった。厳格な神官長様は咳払いして続ける。

『聖女の定義は国によって様々だが、我らがアデウス国では本当に聖なる力を持った女性のことをそう定義する』

『だったらそれもやっぱり聖人でいいんじゃないですか？』

素直にそう言ったら、折り曲げ尖《とが》らせた人差し指でこめかみをぐりぐりされた。

猛烈に痛かった。


孤児として神殿で面倒を見てもらっている間、柱を登ったら拳骨を落とし、掃除中箒《ほうき》を振り回して遊んでいれば拳骨を落とし、池の魚を捕まえようと飛び込んで溺れたのを助け拳骨を落とし、教科書枕に涎《よだれ》を垂らして寝ていれば拳骨を落とし、と、私に拳骨を落とし続けた神官長は、いつも以上に大変畏《かしこ》まった口調と表情できっぱり言い切った。

『お前がその聖女だ』

『ボケたんなら介護しますよ』

そう返した私の頭に最大級の拳骨が落とされたのも、今ではいい思い出である。

目の前には固く閉ざされた門がある。右手にある詰め所内に控えた衛兵と、門の左右を固めた衛兵が厳しい目で私を見ていた。

見ているというより、睨んでいる。

そんな彼らの前にいるのは、この国で聖女と花嫁だけが着ることを許された白い服を纏《まと》った私、ではなく、さっきまで着ていたその服を剝ぎ取られ、よくこんなの城にあったなとびっくりするくらい襤褸《ぼろ》切れと化したかろうじて服の原形を保っている服を着た私、である。

赤紫色の髪も乱れてぐしゃぐしゃだけど、ここまで引き摺ってこられた際に散々乱れたし、普段の身支度も自分では手ぐし程度でさっさと済ませてしまうので別段問題はない。

見上げた先には、国で一番高い山を背景にした立派な建物がある。

山は神が住まう地として有名な霊峰だ。

そして、その麓に番人の如く建っているのがこの国の王城と神殿である。

手前に王城があり、その奥に神殿の先っぽが見えていた。拾われてから七つまで育ててもらった神殿、聖女となり十五まで務めを果たした王城。

正確には、昨日まで務めていた王城。

髪がぐしゃぐしゃでも、摑まれ押さえ込まれた場所が痣《あざ》になっても、引き摺られて身体中擦り傷だらけでも問題はない。

それは問題ないのだが、ただ一つにして絶対的な問題がある。

「……あれぇー？」

寝て起きたら、周囲の人間が私のことを綺麗さっぱり忘れ去っていた。

これに尽きる。

予兆など、本当に何もなかった。

昨日まで、いつもと同じように仕事をしていただけだ。

聖女とは聖なる力を持った存在である、といえば憧れられるし聞こえもいいが、ようは傷を癒やすだけである。

できる限り怪我を治すよ！　病気を治すよ！　悩みは……散ればいいね！

私は神官長から聞いた聖女の務めを、自分なりにそう解釈した。

そもそも、神が聖女に与える力は代々違う。

先代の聖女は光った。なんか光った。求心力とかそういう面でもそうだし、物理的にもそうだし、なんか光った。

先々代の聖女は、なんか和ませた。求心力とかそういう面でもそうだし、場の雰囲気的にもそうだし、なんか和ませた。

なんか……そんな感じだ。

私は勉強嫌いなのだ。察してほしい。

しかし、そんな私でも、仕事をさぼったり、勉強をさぼったり、お偉方との会食やら夜会やらをさぼったりもしたが、自分なりに適当にそれなりにやってきたと思っている。

神官長も王様も王子も騎士も神官も神兵も、その他諸々の勤め人達も、皆に頭を抱えられはしたが、それなりに仲良く恙《つつが》なくやってきたはずだ。

そもそも聖女の方針は、聖女によって代々変わる。

だから私の方針も、聖女として人として少々多大に盛大に風変わりだとは言われたが、一応問題なかった。

だからこそ、訳が分からない。

今日は誰も起こしに来てくれなかった。

いつもはどんなに仮病を使っても「嘘ですね、とっとと起きやがれ」と誰も彼もが布団を引っぺがすというのに。

最初は侍女で構成されていた起床係にメイドが交ざり始め、最終的に騎士も神官もごった交ぜの男女混合型起床係が編成され、誰一人として遠慮してくれなかったくらいなのに。

……いくら私がさぼり魔とはいえ、もうちょっとくらい遠慮や配慮があってもよかったのではないだろうか。

聖女の寝台を、力自慢で編成された最終兵器部隊でひっくり返すのはどうかと思うのだ。

それはともかく、起床係の到来がなかったことにより昼過ぎまでぐっすり眠った私は、流石《さすが》にお腹が空いてきたのでちゃちゃっと着替え、部屋を出た。

いつも通り大欠伸《おおあくび》をしながら食堂へ向かい、怒声と共に捕まった。

そこからは怒濤の如くだ。

お前は誰だ、から始まり、どうしてその服を着ている、どこから入ってきたと一斉に続き、お前は誰だ、に戻った。

なんの冗談だと思ったものだ。

こんな質《たち》の悪い冗談をしかけられるほど悪いことしたかな。勉強をさぼって逃げ出した先で昼食を一緒した王子様の皿に、彼が嫌いで私も嫌いな野菜を私の皿からぺいぺいと全部移したからかな。

びっくりしながら、そんなことを考えていた。

しかし、見知った人々が険しい顔で、まるで見知らぬ不審者へ向ける視線を私に向け続けるので、これはおかしいと思い始めた。

そして、私を育てたと言っても過言ではない神官長が、いつも通り厳しく真面目な視線の中に軽蔑を滲ませ、『着る資格もない聖女の服を勝手に着ている、聖女を侮辱した常識のない女』として私を扱ったとき、これが悪ふざけでも冗談でもないことが分かったのである。


少し考えれば分かったはずなのだ。あの人達は、常識があり倫理感を持っているので、あんな質の悪い冗談をする性質は持ち合わせていないと知っているのに。神官長が現れる最後の最後まで事態に気づけなかった私は、随分混乱していたようだ。

ふぅと息を吐き、城と神殿に背を向けた。これ以上ここで衛兵達から汚らしいものを見るような視線を向けられていても仕方がない。長年の付き合いだった人々が私を分からないのに、聖女の公務としてここを通るときのみの付き合いである衛兵達が分かるはずがないのだ。

さぼる際によくお世話になっていた裏門の衛兵ならまた違ったかもしれないけれど、なんにせよ神官長が私を分からなかったのだ。他の誰にも分からないと思ったほうがいい。

着の身着のまま……着ていた物を剝ぎ取られたので着のままではないが、私は長く暮らした場所を後にした。

抜け出すときはいつも跳ね回らんばかりに、実際跳ね回りながら喜んで駆け出していた道を、一人でとぼとぼ歩く。

「服はともかく靴くらいは奪い取るべきでした……」

別に気落ちしているわけではない。裸足《はだし》で歩いているから足の裏が痛いのだ。

片足をひょいっと持ち上げると、短い襤褸切れ、失敬、恵んで頂いた服から太腿《ふともも》が覗く。今は、はしたないと怒る人もいないし、問題ない。

「うわぁ……」

足の裏は皮がべろんべろんになっていた。石も刺さっている。これは痛いわけだ。

聖女の服と一緒に靴も取り上げられたのは痛かった。物理的に。

とりあえずその辺に座り、足を腿の上に乗せる。

刺さった石や棘《とげ》をちまちまと取っていく。襤褸切れ、失敬、服の丈が短いので、仕方なく袖を千切って足に巻く。これで少しはましだろう。代わりに格好はさらに残念になった。

別に気落ちしているわけではない。

こんなの、神殿に拾われるまで日常茶飯事だった。むしろ今までが夢のようだったのだ。

ゴミを食らい、汚水を飲み、動物の死骸と一緒に眠った。拾われるまではそんな幼少時代を過ごしていたのだ。

捨て子の孤児が生きていく道など、それ以外何があったというのか。

「とりあえず仕事を探しましょうか」

別に気落ちしているわけではない。

それに諦めているわけでもない。まだ何がなんだかさっぱり分からないが、このまま逃げ出すつもりもなかった。

聖女でなくなったとしても、私は一市民として普通に生きられる程度にはしっかり図太いが、今まで生きていた場所から突然理由も知らされず放り出されてよしとできるほど寛大ではないし、あの場所に未練がないわけでもない。

皆が私を忘れた原因を必ず探り出し、私を追い出した奴の顔を拝み、拳を叩き込んでやる。

そう気合いを入れる。

元々一人で生きてきた私は、今や人々の期待を一身に背負う聖女という大役をそれなりに務め、残念聖女、逃亡聖女……何はともあれ聖女と呼ばれてきた強い女なのだ。

だから、別に気落ちなんてしていない。

じくじく痛む足で地面をしっかり踏みしめ、空を見上げた。空は、腹が立つほど晴れ渡っていた。

だから、別に気落ちなんてしていないし、雨だって降っていないのだ。


「甘かったわ……」

現聖女でありながら元聖女という矛盾する立場を両立させた私は、スラム街の一角でゴミを漁《あさ》っていた。

ここは王都だ。

ピンからキリまであるが、何かしらの仕事にはありつけると思っていた。

だが甘かった。

まず見た目が悪すぎた。せめて普通の服を着ていればまだ見込みはあったのに、襤褸切れを纏った肌と髪だけ綺麗な女など誰だって関わりたくないだろう。

いっそのこと全部ぼろぼろだったらまだ同情を集められたものの、服装以外はそこまで荒れていないのだ。

貧しい女、ではなく、ただ単におかしい女扱いされた。

おかげで、次から次へと仕事を断られ続け、気がつけば王都の隅の隅、貧民街であるスラムに行き着いた。

そこに住む人間が多ければ多いほど、成功する人間の数も多ければ転がり落ちる人間の数も多い。

生まれたときからここにいる人間、なんらかの理由で転がり落ちここに落ち着いた人間。事情は様々だが、ここは質を求める立場にない人間の集まりだ。

質の向上は、基盤が固まった人間の特権だ。

食料、寝床、暖を取れる衣服。それらを安定的に得られて初めて、人は次の段階を目指せる。

ただ腹を満たすのではなく味のいい食事を、雨風凌げるだけではなく住み心地よい場所を、暖を取るだけではなく肌触りや形、色を。

質を望んで選ぶことができるようになる。

つまり、今の私はその段階に全くないということだ。

髪は綺麗なうちにと早々に売った。そのとき得た多少の金でなんとかやりくりしてきたけれど、追加収入がなければどうしようもない。

神殿に引き取られてからは縁遠くなっていた腐臭に塗《まみ》れながら、他の人間に交ざってゴミ山を漁る。

懐かしい場所だ。

神殿に拾われるまで私の住処だった場所は、何一つ変わってはいない。

食べられる物を探す物、使えそうな物を探す物、売れそうな物を探す物。

ここでは人も物も大して変わらない。自分を者だなんて自称する物もいない。

死体もごろごろ転がっている。中には貴族らしい身なりの死体もあって、そういう物はあっという間に身ぐるみ剝がされた。

生きていくだけで手一杯なのに、死体の面倒まで見ていられないのだ。

そもそも、誰かの面倒を見る物など誰もいない。自分の面倒を見るだけで手一杯なのに、物の面倒など見ていられるわけがない。

城を叩き出されて半月、かなり困窮してきた。

しかし、実はこれを待っていた。いや、こうならなくて済むならそれに越したことはなかったけれど。

幸いと呼ぶべきなのかは分からないが、肌も髪も服装に見合うみすぼらしさになった。

今なら物乞いとして再挑戦が可能かもしれない。

まずは仕事！

そしたら食！

最後に住処だ！

どこかに衣を紛れ込ませることができたら完璧である。

完璧な計画を立てていた私は、うふふと笑いながらゴミ山に手を突っ込んだ。崩れ落ちた山からぽろりとカビだらけのパンを見つけた。

カビはあれどかなりの大きさ。これなら腹を膨れさせるには充分だ。これを食べて物乞いに行く元気をつけよう。

これは天の恵みと伸ばした私の身体が吹っ飛んだ。顔面からゴミ山に突っ込み、口の中に錆《さ》びたネジが入った。私が食べようとしていたのはパンであって、錆びたネジはお呼びでない。

ゴミに埋もれながら、じんじん痛む頬に目を回す。なんとか現状の把握に努めると、私を殴り飛ばした中年の男がパンを懐に入れて走り去っていくところだった。

スラム街では、早い者勝ちではなく奪った物勝ちなのだ。

弱い私がいけないのである。

勿体ないことをした。見つけた瞬間さっと隠すべきだったのだ。

殴られたほうとは逆の頬に張りついたゴミを取りながら、しっかり反省した。

「…………何を、しているのですか」

鳴る腹を宥《なだ》めつつゴミ漁りを再開すると、何やら聞き覚えのある声が聞こえてきた。

きょろりと視線を巡らすも、見慣れたゴミ山しか存在しない。所々崩れたのか山の形が変わっているけれど、それだけだ。

気のせいかとまたゴミへ視線を戻す。

「何をしているのかと聞いているのです、聖女っ！」

弾《はじ》かれたように顔を上げる。

慌てて声のするほうを見る。ゴミ山の麓に、この場には全く相応《ふさわ》しくない宝石のような薄緑色が揺れていた。

「エーレ？」

名を呼べば、雪の精のように儚《はかな》いと評される容姿で、ぎっと強く眉を吊り上げた男が立っていた。

動く度に光沢のある薄緑色の髪が光り、大変美しい。

いつもきっちり整えられていた髪が若干乱れているのは、フードをかぶっていたからだろう。

足から頭まで隠せるローブをかぶっていたようだが、顔を上げた拍子に取れてしまっていた。

「私のことが分かるのですか？」

首を傾げながらゴミ山から滑り降り、顔面からべしゃりと地面に着地する。

足の裏が天を向く優美な降り方だ。華麗に滑り落ち、失敬、滑り降りた私は、服に絡まったゴミをはたき落とした。

今更整える身なりでもないが、一応礼儀の一環としてやらないよりはマシだろう。

エーレ・リシュタークは神官だ。

十八歳の彼は、十二歳で神殿へやってきた。神力もあり真面目で優秀な面が買われ、十五のおりには神殿の顔として城へ上がっていた。

まあ、彼が大貴族の子息であったことも要因の一つではあっただろうが、彼は自分の生まれを糧にはしても驕《おご》りはせず、神官の鑑と呼ばれるほど立派に仕事を勤めている。

城にいる神官は、政と宗教の摺り合わせ役である。

神殿の力が弱くならず尚且つ城を立てられるようぎりぎりを見極めたり、二つの間を取り持ったりと、仕事は様々だ。

神殿の力が強くなりすぎれば王族が立たず、神殿が抑圧されれば国民の不満を呼ぶ。

神に仕える神殿といえど、国教である以上、どうしても政とは切っても切り離せないのだ。神殿としての務めを果たすためにも、政に明るい人材は必要となる。

その役目を担うのが、エーレのような城に詰めている神官である。

私とは歳が近いこともあり、それなりに話す仲だった。私が聖女として城へ向かうことが多くなってからは余計にだ。

しかし、それなりに話す仲ではあるが、仲がいいかと問われれば首を傾げる。

会えば挨拶程度の立ち話はするし、仕事の話をするのに畏まらずできるが、私的な内容を話すためにわざわざ立ち止まるほどでもない。されど付き合いは長い。

知り合い以上、友達未満。

そんな関係だ。

そういえば城から叩き出されたとき、彼の顔を見なかった気がする。

記憶を掘り起こし、出張だどうのこうのと言っていたようなと思い出した。


何故かぎらぎらした目で私を睨みつけているエーレに、どう反応すべきか困る。

私が一体何をしたって言うんだ。

頬を掻こうとして、さっき殴られた場所を触ってしまった。

「いたっ……うわっ!?」

「行きますよ」

思いっきり顔を顰《しか》めた瞬間、身体が浮いた。

なんだと顔を上げれば、エーレが私を抱え上げていた。

「な、何?」

「一旦私の家に戻ります。ここでは落ち着いて話ができませんから」

「それは助かりますが、とりあえず下ろして頂けますか。私ほら、汚いですし、臭いですし、ゴミ塗れですし」

あまり大きく口を開けると頬が痛くて、もそもそ話す。

だが下ろしてもらえない。ちょっと見ない間に耳でも遠くなったのか。

そんな馬鹿な。彼の地獄耳は天下一級品だ。

掌ほどの大きさにしか見えない位置で「なーんかぬいぐるみ抱いて寝てそう」と何気なくぽそっと呟いた翌日、すれ違い様に「この歳で誰がそんな真似するか」と言ってきたくらいだ。

恐ろしすぎて、その後三十分は無駄口が叩けなかった。

三十分後解禁された私の無駄口に、神官長は「儚い夢だった……」と嘆いていたものだ。

「エーレ、汚れるから下ろしてください」

「黙ってください。足を負傷した者を素足で歩かせるほど、私は落ちぶれてはおりません」

この堅物は、どうやらほとんどゴミと化した聖女にも神官としての立場を保ってくれるらしい。くそ真面目である。

どう見てもこんな場所にいる人ではないエーレが、ゴミと化した女を抱き上げている姿は酷く異様で、かなり目立っている。だが、夜ならばともかく、ここまで訳あり感が表に出ている相手に堂々と手出しはしてこないだろう。

誰だって厄介事には関わりたくない。後ろ盾のない人間ならば尚のこと。現に、スラムの物達は、命ある物も無い物も、すべてが遠巻きにこちらを見ていた。

見られることに慣れているエーレは、そんな視線に歩みを止めはしない。

品の良さが遠目にも分かる細やかな刺繍を施されたフードが、私を抱えたことで見るも無惨に汚れていく。何度言っても下ろしてくれないし、もうこれは彼の自業自得だと諦めた。

せめて触れる範囲を少なくしようと、身を縮こませると叱責が飛んだ。

「何をしているのです。さっさと腕を首に回してください」

「いくら私でも、この状態で人様に抱きつけるほど図太くはないのですが」

「神官の貧弱な腕をなめないで頂きたい。今にも落とす三秒前です」

きっぱり言い切ったエーレの堂々とした顔は、やけに格好良かった。


規定の倍の料金をエーレが払って拾った辻馬車に、散々嫌がられながら乗り込み、閑静な住宅街に到着する。

閑静なのは当然だ。王都に建つ一軒家が並ぶ区画。

おもに貴族が住む、堂々たる一等地である。

御者に小言を言われながら私の下に敷いていたローブを回収したエーレは、改めて私を抱え直した。これでエーレの服はローブを含め全滅した。私と同じでゴミ山と同じ臭いがする。

到着した家は屋敷と言うほど大きくはないが、一家族が暮らすなら充分な広さがあった。

こぢんまりした庭にはあまり手が入っていないのか、何も植わっていない。代わりに雑草も生え放題というわけではないので、最低限の手入れだけしているといった様子だ。

「ここは？」

「城にも部屋は与えられておりますが、本を置く場所がないと困っていた私に兄が用意してくれた家です」

「お坊ちゃま〜」

「その通りです」

そんな理由で王都にぽんぽん家を構えられるエーレは、伯爵家の三男だ。

事実でしかない私の発言に、出会ったばかりの頃は鬱陶しそうに睨んできたものである。今ではしれっと返してくるから、随分図太くなった。

エーレは結局一度も私を下ろさず、家へと入っていく。

家の中は、意外と汚かった。掃除が行き届いていないのではない。物が多すぎるのだ。

正確には本が多すぎる。棚に入り切らない分が床に積まれ塔を作り出していた。

本の塔を崩さないよう、私を抱いたまますするりするりと間を擦り抜けていく様は、まるで猫のようだ。

家の奥に到達してようやく下ろされた椅子は、風呂の椅子だった。

「まずは風呂に入ってください。非常に臭いです」

「私、最初にそう宣言したはずなんですけどもね!?」

「風呂から出たら手当てします。さっさとどうぞ、臭いです」

「今は自分も同じ臭いのくせに――――！」

臭い臭いと連呼されれば流石に傷つく。

広げた両手をエーレにべたりと貼りつけ、思いっきり力を込める。掌から伝わってきた熱が胸を通り、髪の先まで散っていく。

不自然に靡《なび》いた髪が重さを伴ったときには、エーレの身体から放たれる異臭は消えていた。服の汚れもだ。

「……聖女の力は健在ですか」

ほっとした顔をするエーレは、すぐに眉を寄せた。

せっかく綺麗になったのに、私の手を素手で握り、掌に刺さっていたガラス片を取っていく。手は、随分荒れた。

不衛生な環境で傷口が膿んでいる。足なんてもう見られたものじゃない。

昔も同じほどぼろぼろで、それが普通だったのに、いつの間にか綺麗になっていた。

そう、してもらった。神殿で、人として扱われた。聖女と判明する前から、そうして扱ってもらった。

「自分に使用できない不便さも健在ですか」

「そうですね」

浴槽に手を翳《かざ》し、あっという間に水を溜めて沸かしたエーレの神力も健在のようだ。

ある程度神力があれば神官になれるけれど、エーレの力はずば抜けている。

一般人であれば、指先に炎を灯せる程度が普通だ。炎の扱いは特に難しい。

風呂の用意をしたエーレは、さっさと風呂場を去っていった。残られても困るので引き留めずに見送る。

桶に汲んだお湯に両手を浸す。

じわぁと染み入ってくる温かさと、遅れて痛みがやってくる。焼けつくように痛む傷口も、浸けっぱなしにしていればやがて慣れてきた。

じくじくがぽかぽかになってようやく、深く長い息を吐く。

誰かとまともに会話をする行為は、随分久しぶりだ。お湯だって、綺麗な水だって、ゴミの臭いがしない場所も、たった半月しか経っていないのに、全部、久しぶりで。

透明なお湯がじわじわ汚れていく。けれど、私はしばらくそのまま動けなかった。

膿んだ傷のままお湯に浸かるのは気が引けていたけれど、私の汚れがあまりに酷すぎてそれどころではなくなった。

擦っても削っても汚れている。無限に出てくる汚れを一心不乱に洗う。

洗うだけで湯船のお湯を全部使い切ってようやく、半月前の状態を取り戻せた私は、身体と髪を擦りすぎて疲れた腕を振りながら浴室を出た。

脱衣所には、いつの間にか綺麗なタオルと紙袋が二つ用意されていた。中を見ると、一つは服で一つは下着だった。

着てみてびっくり、ぴったりだ。

聖女の服を含め、私が仕事で使用する衣類はすべて用意されるのだから、聖女に仕える神官である彼が寸法を知っていてもなんらおかしなことはない。

ありがたいけれど少し微妙な気持ちになったのは内緒である。痩せすぎていたらしい時代があったせいか、今でも痩せたら神官長が飛んでくるのだ。飛んできていたのだ。

しかし、この足でどうやって家の中を歩こう。絶対に血で汚してしまうと悩んでいると、脱衣所の扉がノックされた。

「入ってもよろしいでしょうか」

「あ、はい」

「失礼致します」

念を押して確認した後、宣言通り扉が開いた。上から下までざっと確認したエーレの掌が、びたんと私の額に張りついた。

「痛い！　ありがとうございます！」

一瞬で温かさが髪の間を走り抜け、髪が乾く。

軽くなった髪を指先に巻きつける。

私は聖女の力はあるが、それ以外の力が一切ない。

聖女の力は歴代の聖女によって違うが、聖女の力以外、つまり神官が持っているような神力を全く持たない存在は私が初めてである。

「髪は、どうされたのですか。無駄に長かったでしょうに」

「正装が映えるから伸ばせと言ったのは貴方達でしょうに。あれ面倒なんですよ。それに、叩き出された当日に売りました。どうせ手入れができなければ傷んでいきますから、値段を下げられる前に売ってしまったほうがいいでしょう。でも、駄目ですね。足下を見られて安く買い叩かれました。横暴な対応をしても問題ない人間と判断されて。まあその通りなんですけども。食い下がったら石を投げられたので深追いはやめました」

自分より身体の大きな人間にぶつかっていく人間は多くない。ぶつかりそうになれば道を譲るだろう。もしくは危険を回避するため礼儀正しく接する。

ぞんざいに扱っても報復されない相手を前にしたときこそ、人は真価が問われるのだ。

「うわっ」

「手を回してください」

予告なく私を抱き上げたエーレは、私の悲鳴を無視して不満げな声を出した。

「雑巾でも頂けたら足に巻いて自分で歩きますよ！」

「さっさと回してください。疲労した私の腕が、あと三歩も堪えられると思わないでください。明日は筋肉痛です」

何故かきりっと高らかに筋肉痛宣言したエーレは、言葉通り腕をぶるぶる震わせている。

だが、意地でも下ろす気はないらしく屈《かが》もうともしない。このままでは落とされると危機感を募らせた私は、渋々、本日二度目にして人生二度目の行為をエーレに行った。


足の裏から始まり、あちこち手当てしてもらった結果、包帯お化けになった。

容赦なく消毒液をばしゃばしゃぶっかけられた包帯お化けは、手当が終わる頃にはぐったりとソファーに沈み込んだ。

ぴくりとも動けない私に慰めの言葉一つ吐くことのなかった男は、治療用品をしまうと部屋を出ていった。

綺麗な身体で綺麗な場所に寝転がれる幸せに、さっきまでの痛みも忘れてうっとり目を細める。肌に触れる感触すべてが心地いい。このまま眠ってしまいたいくらいだ。

うとうとしていると、エーレが戻ってきた。視線を向けるのも億劫でソファーに沈没したままの私の向かいに座った音がする。そして、間にある机に何か置かれた音も。

無意識に、鼻がひくりと動いた。

「話は食べながらしましょう」

がばりと起き上がれば、そこにはパンとシチューと肉のタレ焼きとサラダがあった。

「た、食べていいのですか？」

「がっつかずにゆっくり噛んでください。肉はあなたの好物でしたので一応用意しましたが、無理そうならやめ……人の話を聞いてください」

エーレの返事にかぶせて頂きます宣言した私は、淹れてもらったばかりのお茶を一気飲みしたのを皮切りに、一気に食べ始める。

カビの生えていないパン、腐敗して汁となったわけではないシチュー、虫が集《たか》っていない黒くない肉、道端で健気《けなげ》に道を突き破ってきたわけではない草。

美味《おい》しいのに、美味しいと思えない。嬉しいのに嬉しいと思えない。全部だ。それら全部の感情が一塊になって、味が分からない。

ただ温かくて、お腹に入れても害にならないと思える物が身体に入っていく安堵感に、鼻の奥が痛くなってきた。

慌ててずびっと洟《はな》を啜りながら誤魔化す。

「エーレ、畏まるのはやめてください。ここは神殿ではありませんし、城でもない。何より、私は当代聖女としての認知を失いました」

「……確かに今の状態では悪目立ちしますね。では、失礼しよう。ならばお前も、聖女としての態度は不要だ」

神殿でも城でも、聖女らしい言動をしていなかったら氷のような視線を向けてきた男の台詞《せりふ》とは思えない。

思わず笑えてしまう。

言葉遣いだけは、なんだかもう染みついてしまったが、時々荒れるのは許してほしかったけれど、毎度毎度律儀に、神官長と一緒に苦い顔と氷のような視線を向けてきたのに。

面白いのに苦い気持ちも滲んでしまったのか、私の顔を見たエーレは険しい顔をした。

「エーレは、どうして」

向かいの先で同じ物を食べていたエーレは、静かにスプーンを置いた。

「一ヶ月の出張から帰ってくれば、神官長から未だ見つかっていない当代聖女を探すため選定を開始すると言われた。そのときはお前が何かをやらかして叩き出されたのかと思ったが、それにしては奇妙だった。神官長は、未だ見つかっていない当代聖女と言ったのだ。止《とど》めに、お前のことを聞けば首を傾げられるときた。お前の部屋に行けば毎日清掃が入っているはずなのにその形跡がない。聖女が就任前であっても毎日清掃が入るのに、どう考えてもおかしいだろう。お前の行方を聞こうにも、そもそも誰もお前を知らない。国を挙げて俺を担いでいると言われたほうがまだ納得がいくくらい信じ難いが、神殿をも巻き込める術を使った術者がいる」

深い息を吐きお茶を飲んだエーレは、揺れている水面をじっと見つめている。

私もなんとなく自分のお茶へと視線を落とす。包帯とガーゼがついた自分の顔がゆらゆら揺れている。情けない顔をしていなくてよかった。

そう思って顔を上げれば、エーレが私を見ていた。

「マリヴェル、よく生きていた」

半月ぶりに呼ばれた私の名前に、まるで火傷《やけど》したような痛みを味わった。

神官長につけてもらった私の名前が、半月ぶりに音として世界に紡がれた瞬間、ひくりと頬が引き攣《つ》ったのが、水面を見ずとも分かる。

「……これくらい、平気ですよ。だって私は、神官長に拾われるまでこんな暮らしで、あの頃より断然大きくなったのだし、今までいい暮らしさせてもらっていたから元気一杯で、勉強嫌いだから無理やりだったけれど知識もそれなりにつけてもらったし、昔に比べれば断然楽で」

「俺はお前が、神官長をお父さんと呼ぶ練習をしていたことを知っている」

つらつら、包帯が巻かれて動かしづらい指を折りながら言い上げている私の言葉が、静かに遮られた。

一度止められてしまえば、もう続けることは不可能だ。だからつらつらと続けていたのに、なんて酷い男なのだ。

「本当は半月前のあの日、神官長の誕生日に、そう呼ぶつもりだったのだろう？」

いつも呆れ切った声か、どうでもいい対象に向ける声か、氷のように冷たい声しか向けてこなかったくせに。

知らない人が聞いたら優しいだなんてとてもではないけれど思えないけれど、普段を知っていれば充分に柔らかい声を、どうして。どうしてこんなときに初めて聞く声を。

怒っていないときの神官長みたいな声を、するのだ。

「聖女に仕える神官として、職場を同じくする同僚として、謝罪する。見つけ出すのが遅れて申し訳なかった。お前が生きていたことに感謝する」

深々と下げられた頭を見れば、さっき堪え切ったのに、もう駄目だった。

鼻の奥を痛ませた熱が瞳から溢れ出る。ぼたぼたと落ちてお茶をしょっぱくしていく。水面は、投入される塩水と嗚咽《おえつ》の振動で激しくぶれ、もう私なんて映してはくれない。

神官長の瞳と同じ色をしてるのに、私を見てくれない。

「う、え………ひ、っ………」

去年の私の誕生日に、神官長は言った。

お前さえよければ養子縁組をしないかと。返事は急がない。自分のことを父と呼んでいいと思えたら言ってくれ。

そう、言った。言ってくれた。

だけど、なんだか恥ずかしくて、顔を見ればふざけてしまって。真面目な話をするのがとてもとても恥ずかしくて。だから、今度こそと。人のいない場所を選んでこそこそ練習して。前夜なんて緊張しすぎて遅くまで眠れなくて。

そうして目が覚めれば、お父さんは、私を忘れた。

「家族、家族にしてくれるって、言ったのに。私の、家族、に、私、を、家族に、して、くれる、って、言った、のに……なんで、なんでぇ……おと、おとうさんの、ばかぁ……！」

友達だと言ってくれた人がいた。

妹みたいなもんだと言ってくれた人がいた。

悪友だと言ってくれた人がいた。

うちのちび共みたいなもんだと言ってくれた人がいた。

家族も友達も、家も名も、何一つ持っていなかった私に、それらすべてを与えてくれた人がいた。

どうして、それを根こそぎ奪われなくてはならなかったのだ。

半月の間一度だって泣かなかった。なのに一度決壊すればもう止まらない。

エーレは泣きじゃくる私を何時間も黙って待っていた。


泣いて泣いて泣いて。我慢していた分をすべて泣き尽くしたら、猛烈に腹が立ってきた。

なんにも持っていなかった孤児がすべてを手に入れたのは偶然の産物であった。だから偶然全部奪われていいと。

そうかそうか殴り飛ばすぞ。

「……っ飛ばす」

「聖女の寝言としてどうなんだそれ。聖女じゃなくてもどうなんだ」

何かが目を覆うようにべたりと載せられた。びっくりして目を開けば、真っ白な光景が広がっている。

「何……」

やけに痛む関節と頭に苦戦しながらそれに触れれば、濡れたタオルだった。

「起きたか」

顔だけ倒して視線を向ければ、エーレが座っていた。どうやら泣き疲れた私はベッドで眠っているらしい。

どうやってベッドまで移動したのかはすぐに分かった。握っていたらすぐに温かくなってしまったタオルを渡した腕が、ぶるぶる震えていたからだ。宣言通り、明日は酷い筋肉痛だろう。

その手を掴み、力を込める。熱と光が私の身体を走り抜け、彼へと届く。病や怪我ではないので完全に消し去ることは難しいが、これで少しはましだろう。

そういえば久しぶりに聖女の力を使ったなと気づく。

視線を上げれば、苦虫を嚙み潰したような顔が私を見下ろしていた。

部屋の中は薄暗く、枕元で神力によって灯された淡い光が揺れているだけだ。厚いカーテンが閉まっていることもあるだろうが、外から漏れ入ってくる光はなく、どうやら今は夜らしい。

夜を建物の中で過ごすのは久しぶりだ。

「……余計な体力を使うな。とにかく熱を下げ、身体を治せ。話は全部それからだ。医師の見立てでは疲労と衰弱、化膿による炎症によるものだ。栄養をつけて休んでいれば治る。だから寝ていろ」

「……ぶっ飛ばしに行きたい」

「十日後までに治せばいい」

「何が、あるんですか？」

「聖女選定が行われる」

なるほど。聖女の座が空席だと、災害や流行病が猛威を振るうと言い伝えられている。そのくせ聖女とは世襲制ではなく、先代が死ななければ当代聖女は現れない。どこに現れるかは分からず、国を挙げて探し出さなければならないのだ。

十三代目の聖女が見つかっていなければ、当然、聖女捜索と選定が行われるだろう。

選定を通らなければ聖女にはなれない。これは国の都合でそうなっているのではない。神によりそう定められているのだ。違う国もあるそうだが、少なくともアデウス国の聖女とはそういうものである。

聖女は、選定を越え、就任の儀を執り行わなければ聖女としての力に目覚めない。聖女としての力の種類も大きさも、それまで分からないのだ。

そこで一つ疑問が出てきた。熱でがんがん揺れる頭を宥めながら、エーレを見上げる。

「私、選定の儀なんてやりましたっけ？」

「…………やっただろうがっ！」

「えー……？　覚えてない……」

やったのなら神官長からお前が聖女だと言われる前にやったのだろう。

うんうん唸《うな》りながら記憶を掘り返す。

「選定って神殿でやります？」

「当たり前だ」

「えー……ん？　あ、合宿？」

そういえば、色んな年齢の女性達と泊まり込みで色々したことがあった。鏡を覗き込んだり、祈りを捧げたり、色々したものだ。

神官長からは、一人だと勉強をさぼるから勉強合宿に入れると言われた気が……まさかあれか!?

「どう考えてもそれだ、大馬鹿者！」

なるほど。ちゃんと選定やってた。

勉強してないけどいいのかなと思っていたけれど、藪をつついて蛇（勉強）を出すのも嫌だったので黙っていた自分を思い出す。

もう八年も昔なのに、今と全く変わっていない。なるほど、皆が勉強させたがるのも頷《うなず》ける。

「でも私、選定に入れるかな……追い出されたのに？」

「聖女候補は自薦他薦問わないが、どちらにしてもお前は俺が候補として掲げる。なんらかの理由で神殿に恐ろしい術がかかっていようが、選定の儀を歪《ゆが》められるわけがない。どんな不正も通らない。あれは、人の意思など関係のないものだ。逆に、お前が選定を越えられなければ、この国はまずいことになる。当代聖女がいるにもかかわらず聖女としての任につけない。そんなこと、お前を選んだ神がお許しになるはずがない。この国は神の怒りを買うだろう。お前には、お前のためだけじゃなく、国のためにも聖女の地位に戻ってもらわねばまずい」

それは私だって分かっている。

人の都合でどうのこうのできるなら、歴代聖女は貴族や政治家の家系で構成されていただろう。人の手も都合も届かないものだからこそ、聖女は尊ばれるのだ。

……男女混合型起床係を考えると、十三代目である当代聖女は全く尊ばれていないし、私も尊ばれる言動をしていた自覚は欠片《かけら》もないが。

「お前は、神官長達に聖女の力を使ったか？　お前の術は、お前の言動からは到底信じられないが、歴代随一の癒やしと浄化だろう」

「一言余計だと思いますけどね、それ。どちらにせよ、私の力は対象者に触れないと発揮できません。あっという間に捕縛されて誰にも触れなかったから無理ですよ」

後ろ手に縛られたとはいえ、隙を見れば兵士の一人くらいには触れたかもしれない。

でも、それでどうしろというのだ。哀れにも一人術を解かれた兵士が私の無実を訴えても、彼も共犯と見なされて罰を受ける。それで終わりだ。

幸いにも叩き出されるだけで済んだので、世界がひっくり返った絶望を知るのは私一人でいいと思った。

まあ、ここに哀れな子羊はもう一匹いたわけだけど。

「どうしてエーレは私のことを忘れなかったんでしょう」

「分からない。城から離れていたことは事実でも国中を巻き込んだ術だからな、出張先が国内だった俺も例外なくかかっていてもおかしくないが…………なんにせよ、今は答えを出せる段階にない。選定の儀に備え、お前は身体を治せ。ひとまず今日のところは、お前を捕獲できたことでよしとする」

「保護って言いましょう?」

「お前も、大人しく捕縛されたことは褒めてやる」

「保護って言いましょう!?」

捕獲はないだろう捕獲は。捕縛はもっとないだろう。今回は木に登っていたわけでも屋根に登っていたわけでもなく、ゴミ山に登っていただけだ。

そう言いたかったのに、少し疲れたのか、一つ息を吐いたところで沈むように意識が途切れた。

私は、眠りたくなんて、なかったのに。

悲鳴を上げた。

けれど声は音にならず、熱く掠れた無惨な吐息が喉から漏れ出しただけだ。

無惨なほど暴れ回っている心臓を無意識に押さえ、鎮静を待つ。頭は夢と現実の境で混乱しながら、激しい動悸で送り出された血液でやけに冴えている。

視線だけを動かし状況を把握しようと努めた瞳に、ちかりと光が差した。

カーテンの隙間から強い白が差し込まれている。夜が明けたのだと分かった。そして己が目覚めたことも。

胸を握り潰していた手をそろりと解く。

夢を見た。あの日から毎晩見る夢だ。なんのことはない。ずっと送ってきた穏やかで騒がしく、何気ない日々を辿っただけの、酷い悪夢だ。

「…………エーレ？」

ベッドの横を見ても人の姿はない。当然だ。よっぽどの病状でなければ、一晩中つきっきりになる必要もない。

まして、状況が状況だ。彼も忙しい身の上である。

それなのに、喉を大きな氷の塊が通り過ぎていく。冷たく固い塊は、胸元で止まり、張りついた。

熱でがんがん揺れる頭より、無理やり起こして節々が痛む身体より、緩慢な動作で床に下ろした包帯が巻かれた足より、胸が痛い。

寒い。

寒くて暗くて痛い。

白い息が出ていないことが不思議なほどだ。カーテンの隙間からは強い光が差し込んでいるのに、ここだけ深夜のように感じられる。

ちかちかと点滅する視界をこすり、扉を開けた。

廊下をぺたぺたと進む。身体を支え切れず、壁に手をつき、半ば引き摺るように歩く。

扉はいくつかあった。でも、どれを開ければいいか分からない。どれを開ければ正解なんだろう。どれも正解じゃなかったら、どうしよう。

そう思うとどの扉にも触れられなくて、結局出発した場所から一番遠い扉に手をかけた。

少しでも結果を後回しにした、臆病な決断である。

熱のせいで体温が上がっている掌には酷く冷たく感じるドアノブを、ゆっくりと回す。同じほどゆっくりと、扉を開く。ほとんどノブを回した衝撃で勝手に開いたようなものだ。自分で押し開ける勇気は、出なかった。

そこには見覚えのある部屋があった。床いっぱいに本が積まれた中に、かろうじてスペースを用意されたテーブルとソファー。

昨日私が食事をした部屋だ。

そのソファーから伸びた足を見つけ、ふらふら近寄る。

随分久しぶりとなった食事と呼べる物が載っていたテーブルにも、床にも、そしてソファーで眠るエーレの身体の上にも本があった。

本の量から考えると読書ではなく調べ物をしていたのだろう。開きっぱなしになっている本は、ページの重みで勝手にページが進んだのか背表紙の裏が見えている。

そこに押されている印は神殿の物だ。

元から借りていたのか、それとも私が寝ている間に借りてきたのか。どちらにせよ勤勉なことだ。

突っ立ったままぼんやりそれらを眺めていると、小さな声がした。唸り声とも呻《うめ》き声とも呼べそうな、機嫌の悪い声につられて視線を向け、ひゅっと息が止まった。

私の気配で目が覚めたのか、エーレの目蓋が開いている。寝起きでまどろむ瞳が、緩慢に彷徨《さまよ》いながら私を捉え。

大きく、見開かれた。

心臓が、止まったのか跳ね上がったのか分からない衝撃を生み出した。

最後にし損ねた呼吸で空になった肺に無理矢理息を吸い込み、勝手に吐き出された言葉が呼吸の代わりとなった。

「申し訳ありません。何も、盗んではおりません。お疑いでしたらどうぞ身体検査を。お許し頂けるのであればすぐにお暇致します」

頭が凄まじい速さで回っている。

けれど何一つ、本当に何一つとして有益な言葉も思考も出てこない。凄まじい速度で早鐘を打つ心臓と同じ速度で視界が点滅する。酷い吐き気がなければ、意識を失ってしまいそうだ。縋《すが》れるものが自分の意思ではなく吐き気だなんて笑えると、全く笑っていない私が思考の端で嘲笑っている。

「お前……」

「ごめんなさい、すぐ出ていきます、すみません、ごめんなさい」

「こら、待て！」

後退りし、素足が本の山にぶつかった。反射的に振り向いた勢いのまま走り出す。本の山が崩れたと気づいたが止まれない。

しかし、背後でもっと大きな音がした。衣擦れの音も相まって彼が飛び起きたのだと気づいて心が竦み上がる。

身体の末端まで全く力が入らず、逃げ遅れた手首を摑まれた途端、心の底が悲鳴を上げた。

それなのに口から飛び出たのは、泣きたくなるほど情けなくか細い、糸のような呼吸だった。

「ごめんなさい殴らないで」

摑まれていない腕で自分の頭を抱え、目一杯エーレから逸らす。

「事情は分かっていても流石にいま、いま、は、知っている人から殴られるのは、ちょっと、無理。ごめんなさい、すぐ出ていきますから、ごめんなさい、見逃してください。すみません、見逃して、

何も、何もしていません。だから、お願いします。見逃してください、お願いします、見逃して、殴らないで、ごめんなさい、殴らないで、見逃して」

頭も思考もぐらぐら揺れて、身体は煮えるように熱いのに芯から凍えていく。吐き気が酷い。寒くて熱くて目が回って、世界が砕ける。

砕かないで。お願いだから。

縋る物が、知らぬ間にすべて失っていた私の縁が、不意に思わぬ所から少しだけ帰ってきて、それを、いま、すぐに、砕かれたら。

笑って立ち直ることは、できない。

だって私は昨日、既に一度折れてしまったのだ。

砕かないで。痛みで記憶を、嫌悪で思い出を、軽蔑で想いを、砕かないで。

お願いだから、せめて、いま、この瞬間だけは。

目眩《めまい》が酷くなり足が縺《もつ》れる。だけど早く、早く去らないと。

昨日、張り詰めていた心が折れて初めて修復を開始できたはずの心が、それをさせてくれた人の拳で砕かれたら、死んでしまいたくなるだろう。

「マリヴェル！」

地上で溺れ焼けていく私の、摑まれたままの腕が強く引かれた。気がつけば、後ろから腕が回され、強く抱きしめられていた。

否、抱きかかえられていた。

宙ぶらりんになった私の足が床から離れている。

「お前、恐ろしいな！」

「……え？」

子どもが子どもを抱き上げたかのような体勢のまま、エーレはくるりと向きを変えた。

その勢いで、宙ぶらりんの私の足が振り回され、本の山を新たに崩したが、エーレは視線をやりもしない。すたすたと廊下を進んでいく。

「現状唯一の味方である俺が、この状況下で記憶を失った可能性に思い至ったにもかかわらず、聖女の力を試しもせず姿を消そうとする奴があるか！　恐ろしい行動だぞ、それは！」

子どもよろしく抱えられたまま呆然と顔を上げれば、エーレは本当に青褪めていた。

体勢が体勢なので顎を動かし視線を上げるしかなく、下から見上げていると、青褪めた顔に段々怒りが湧いてきたのが見えた。

「どんな手を使ってでも味方を確保しろ！　神官の前から去る聖女があるか！　いつもさぼりの際に発揮する驚異的な発想と頭脳と機転と粘りはどうした！　俺を含め、多数の人間からあれは軍師の才かただのくそガキかと評される、思わず拳が出そうになるふざけた策をこういうときに発揮せずしてどうするんだ！」

「……皆そんな風に思っていたんですか？」

「王子と一緒にメイドの格好をして城を抜け出したたわけはどこのどいつだ」

「発案は王子です」

そして衣装を用意したのは私である。

エーレの美しい額にびきっと青筋が走り、慌てて口を噤《つぐ》む。


そのまま元いた部屋に運搬され、ベッドに下ろされた。

いつものようにぶん投げられるかと思いきや、恐ろしいほどそっと下ろされ、心臓が凍りつくような思いをした。

いつも容赦ない人が優しいと怖い。

「俺が驚いたのは知らない人間が家にいたからではなく、まだ動けるはずがないと思っていたお前が起き上がっていたからだ。寝ていろたわけが。記憶がなくなるなどとふざけたことをしでかされた前例がそこら中に転がっているのに、俺が何も対策をしていないわけがないだろう」

冷たい視線で吐き捨てられたものの、布団を掛けてくれる手つきだけは優しかった。

昔、風邪を引いたとき、布団を掛けてくれた大きな手を思い出す。

いつも厳格で身なりをきちんとしている人だったのに、熱が下がらず魘《うな》される私を一晩中看病してくれたとき、軽く崩した服と髪をしている姿がなんだかくすぐったかった。

優しい人。

初めて、生まれて初めて、庇護されるというくすぐったくも不思議な温かさを持った行為を私に与えてくれた人。

今は、私の名前すら覚えていない人。

「何か食べられそうか」

「……いりません」

「なら寝ろ。まだ早朝だ」

そう言いつつ、ベッドの隅にどっかり座った衝撃で私の身体も揺れる。

「熱が高く、衰弱し、傷が膿み、栄養失調。お前ご自慢の悪知恵も鳴りを潜めるというものだな。気色が悪いからさっさと完治しろ」

本当に辛辣である。弱ってべそをかいてしまうという情けない醜態を見せた知り合いに、気色が悪いとはなんだ気色が悪いとは。

でも、その通りだ。

本当に情けないし、こんなみっともない自分、今代聖女として、何より神官長に育ててもらったマリヴェルとして恥ずかしい。

ゴミに埋もれて眠りながら、目が覚めたら夢ではないかと何度も思った。

いつも通り、往生際悪くベッドにしがみつく私を容赦なく起こしに来てくれる人がいて、一緒に朝食を食べてくれる家族みたいな人がいて。友達がいて、悪友がいて。

夢のようだなといつも思っていた空間が、確かな日常としてそこにあって。

夢の中では確かに日常は続いていた。けれど目覚めれば誰もいない。存在しているのは、こちらを食い物にすることしか考えていない、者になり切れぬ物ばかり。

私と同じ、物ばかり。

昔に戻っただけなのに、夢が覚めただけなのに、心臓を抉《えぐ》り出したいほどつらかったなんて、笑い話にもなりはしない。

「分かっています。もう一回寝たら、しっかり食べて、体力を戻します。十日あれば、充分。だから」

「ああ、こんなふざけたことをしでかした奴に天誅《てんちゅう》を下しに行くぞ。正直、ぶん殴るだけじゃ気が収まらん」

訳も分からず取り上げられて、はいそうですかと失えるほど、過ごした時間は浅くない。それにどうやら、私と同じほど怒っているらしい仲間もできたようだ。

泣くだけ泣いた。絶望だって知った。

だったら次にすべきことは、正しい怒りを持って、奪われた夢を取り戻すだけだ。

いつもは品良く座っている姿しか見たことがないのに、今の、足を開いてどっかり座っている様子とは全く違うはずなのに、むかし看病してくれた神官長を思い出した。

立場も人目も気にせず、ただ当人だけである姿が、本当に、ずっと好きだった。

言えばよかったかな。お父さんが、神官長としてではなく、ただ人のいいお父さんとしてそこにいてくれる瞬間が大好きだって。ずっと、お父さんって呼んでみたかったって。言えばよかった。

また鼻の奥が痛み、目元が燃やされたように熱を持つ。

泣くだけ泣いたのに、まだ泣けるから、絶望とは質が悪いのだ。強制的に思考を舵取りし、方向転換する。

そういえば、ここは彼の家なのだ。

しかも、もしかするとだが、私がいま寝ているベッドは彼の物ではなかろうか。

「……私、貴方に嫌われていると思っていました」

「俺がお前を猛烈に蛇蝎《だかつ》の如く地の底から嫌っていようがいまいが、当代聖女を守るのが神官としての務めだ」

「そこまで嫌われているとは思っていませんでした」

ベッドを奪って申し訳ないという気持ちが消え失せた。このままぐっすり眠ってくれる。

腹をくくり、布団を引っ張り上げた。

今更になって身体中がずきずき痛む。心が痛すぎてそれどころじゃなかった痛みが存在を主張してくる。

痛みを逃がそうと深く息を吸えば、部屋の匂いも一緒に吸い込んだ。紙とインクと僅《わず》かに香る神殿で焚かれている香の匂い。飾りっ気のない香りは、普段エーレが纏っているものと何一つ変わらなくて、少し笑ってしまう。

「もしもこれを仕掛けた相手が私より聖女に相応しくても、絶対に負けないわ」

「お前が当代聖女なのは、生命の夢であり不可能の権化と呼ばれている不老不死の妙薬作成方法と同じかそれ以上の謎だが、こんな手段を用いてきた相手が相応しくないことだけははっきりしている」

「……そこまでの謎？」

いくら残念聖女と呼ばれ続けた私でも、そこまで壮大な謎にされる謂《いわ》れはない。

控えめに異議を申し立てると、横しか見えていなかったエーレの顔が私を向いた。そこには凄絶な笑みが浮かべられている。

「聖女の見合い相手を軒並み女嫌いにし、会談をさぼろうと裸足で逃げるなど日常茶飯事で、六階窓から逃げ出し、入浴中の風呂場からタオル一枚で逃げ出し、川を泳いで逃げ出し、衛兵に扮して逃げ出し、王子の執務机の下に匿《かくま》われ、木の上で昼寝して落下して骨を折り、風呂場で駆けて転んで爪を割り、王子と遠乗りで逃亡して遭難し、王子の見合い相手を軒並み女好きにし、神官長の悪口を言った敵対派閥の頭領相手に幽霊騒動を巻き起こし、五十も後半になった男が一人で風呂にもトイレにも行けなくなった事件、これらが巻き起こした騒動の極一部というふざけた輩はどこのどいつだ」

「当代聖女と第一王子ですね」

「……一度聞こうと思っていたが、お前と王子はいつの間に親しくなったんだ。先代聖女と王家の関係は冷え切っていたんだがな」

「さぼり場所が被りに被って、一人優雅にさぼるための縄張り争いに精を出した結果、悪友という名の友情が芽生えました」

「お前、本当にどうして聖女なんだ？　王子はどうして王子なんだ？」

私は、人ってここまで無表情になれるんだなぁと感心した。

そんなもの、私が聞きたい。

微妙な空気を払拭するためと、元よりするつもりだった話へ向けて、一度目蓋を閉じる。

「エーレ、私」

「なんだ」

「貴方とは他人として、自薦で出ます」

「……俺達は元々赤の他人だ」

それもそうだなと思う返答を聞きながら、思っていたより素早く訪れた睡魔に乗った。

あの日から初めて、悪夢は見なかった。


九日も寝て過ごせば、傷跡はうっすら残れど痛みはほぼなくなった。熱もとっくに下がり、後は痩せて弱った身体を戻せばほぼ完治である。

私が奪ってしまった寝台の代わりにエーレが使っていた居間のソファーに寝転がり、本を読んでいた私は、玄関から聞こえてくる音に顔を上げた。

この家は、エーレとその家族しか知らない。エーレに用事がある者は、王城と神殿にあるエーレの部屋を訪ねる。つまり、この家を訪れる客はいない。

本の山をどけず、顔だけ出してじっと待つ。

やがて両手いっぱいに紙袋を抱えたエーレが姿を現した。そして、ソファーから顔だけを出している私を見て溜息を吐く。

「ただいま」

「――おかえりなさい」

本をどかし、紙袋を置いたエーレは、コートを脱ぎながらじとりと睨んでくる。

「忘れたとしても対処してあると言っているだろう」

「だから、その対処を教えてくれないと全く安心できないって言っているんです」

「話すくらいなら俺は死ぬ」

「ますます不安しか湧かない！」

皆が私を忘れた原因を特定できない以上、エーレもいつ私を忘れるか分からない。

その不安が常に付きまとう。彼は対処していると言うが、何をどうすれば対処となるのかすら私にはさっぱりなのだ。だからせめて説明してくれと言っているのに、これである。

彼が優秀な神官であることは間違いないので、それを信じるしかないが、どうしたって不安は残る。

「それはいいとして、お前、なんて格好をしてるんだ。服は用意しただろう」

「貴方の借りました。だって貴方が選んだ服、全部きっちりしすぎなんですよ。私、気楽な服が好みなんです」

エーレの服と、エーレが用意してくれた自分の服を組み合わせて適当に着ているのだが、いつも文句を言われる。呆れた目で見てくるが、こちらにも好みというものがあるのだ。正直見た目はどうでもいいが、着心地の問題である。

「基本的な聖女の規定に沿った服を選んでいるだろうが」

「休日の私を参考に選んでほしいんですけど」

「あれは公共の場でしていい格好ではない」

そうでもないと思うし、さらに言うとここは公共の場ではないのだが、長くなりそうなので流すことにした。

正直私も、選べる贅沢に浮かれている自覚はある。

それはともかく、ちょっとしたお店での食事にも困らなそうな服を用意してくるのは、聖女として振る舞えという無言の圧力なのか、はたまたエーレの趣味なのか。

エーレが買ってきた今日の夕食を紙袋から取り出して並べている間に、着替えを済ませたエーレが戻ってきた。

席について、食べながら話を聞く。

「選定、明日開始ですね」

エーレは一口大に千切ったパンを静かに飲み込んだ。

「ああ。……本当に、自薦でいいのか？　自薦は人数が多い。それこそ一日や二日では収まらない数が国中から集まることになる」

「構いません。こんなことをしでかした連中は私の顔を知っているかもしれないけれど、こっちにはなんの手がかりもない。でも、私には、私以外に記憶を持った仲間が一人いる。それしか武器がない。けれどそれが最大の武器だと思っています」

私は、フォークを突き刺した肉に大口を開けてかぶりつき、数度の咀嚼《そしゃく》後、お茶と一緒に流し込む。

「エーレ。貴方は私の奥の手であり、懐刀です」

フォークを机に突き刺し、口角を吊り上げる。

「今代聖女マリヴェルの名において、必ず聖女に返り咲きます。よって、神への忠義をその胸に宿す神官よ。神を侮辱し、国を謀った不届き者の喉笛、切り裂いてやりなさい！」

「御意」

深く、神へ向ける礼より僅かに浅く、王へ向けるものより僅かに深い、神官の礼。

かつて多くの神官から向けられたそれを望んだことは一度もない。今だって惜しんではいない。

けれど、たった一人から向けられるその礼がこんなにも心強い。

聖女の座に未練はない。元より私に相応しいとは思えないし、気がつけばそこにあった不思議な地位だった。

けれど、皆が大事にしていたから。私の大事な人達が、私を大事にしてくれた人達が、大切にしていたものだったから。

だから、私なりに守ってきた。私なりに愛してきた。

それを奪われた。

ならば、奪い返すまでだ。

それに、聖女の座に未練はなくとも、付随する責任を投げ出していいものとは思っていない。

聖人のような心を持った女、ではなく、実際に聖なる力を持った女が現れる理由は、そこに神がいるからだ。幻でも幻影でもなく存在している神秘を蔑《ないがし》ろにした結果が平和であった例はないだろう。

敵が誰で、どんな力を持っているかは知らない。分かるのは、手段を選ばない、神をも恐れぬ精神の持ち主だということ。

でも、大丈夫。私も、野蛮な行いなら少しだけ得意だ。

建国史上、最もゴミ山と過ごした時間の長い聖女をなめないで頂きたい。どんな酷い臭いにも、醜悪な淀みにも、怯みはしない。そんな健全なもの、とっくの昔に捨ててきた。

今の私にあるのは、捨てなければ生きてこられなかった部分に、捨てたものよりもっと素敵で温かい何かをぎゅうぎゅう詰め込んでもらった心だけである。

だから、ほら、最強じゃないか。

むんっと気合いを入れてフォークを握った私を、ゆっくり顔を上げたエーレが見つめた。そして、静かに口を開く。

「だが、俺は武官ではないゆえに、正直、喉笛を切り裂くより先に自分の手首が折れるだろう」

「悲しい……思うんですけど、私がいま着ている女性用の服、着られるのでは？」

「着ない限り、着られないという可能性が残されている。それは希望だ」

「あ、はい」

ちょっと懐刀が刀の様相を呈していないけれど、まあ、頑張ろう。


今まで借りていたベッドから、壁に向けて手を合わせる。

そこには、簡易な神棚と神玉があった。

神玉とは、アデウス国において神を祀る際に用意される宝石のようなものだ。大きさも形も色も様々だが、神の象徴として祀られる際は丸いものが使用される場合が多い。綺麗な円形であればあるほど値が張る。

名が神玉なのは、アデウス国でしか産出されず、この国で神具として扱われているからだ。だから、他国ではあまり流通していない。

目の前にあるのはそれはもう綺麗な丸。しかも子どもの頭ほどの大きさ。恐らく、一等地でもなければ家が一軒買える。本宅でもない本置きの家に置かれる品では絶対ないが、王都に荷物置き用の一軒家を建ててもらえるお坊ちゃまの別宅なら納得な神玉に手を合わせたまま、目を閉じる。

そして、閉じた目蓋と合わせた掌にぐっと力を込め、両方開く。

神様、どうもこんにちは、マリヴェルです。

今日から聖女選定の儀が始まるので、今から行ってきます。

神様もいろいろ忙しいと思いますが、気が向いたら援護お願いします。

援護がなくても頑張りますが、援護があったら楽だし嬉しいので、どうぞよろしくお願い申し上げます。

つい先月までは、聖女の務めとして自分より大きな神玉に向かって毎日祈っていた。一応スラムでも神殿へ向けて祈ってはいた。ゴミ山の上から。

儀式として必要な動きは一切省き、祈りだけを送る。正直、これだけで充分だと昔から思っている。神様、たぶんそこまで見ていない。

だって、声はほっといても聞こえるだろうけど、視界にはこっちから「そいやぁ！」と眼前へ滑り込まないとわざわざ覗き込んで見てくれるほど暇ではないと思うのだ。何せ、アデウスだけを数えても、人間はたくさんいる。いちいち個別に見ているとは思えない。

まあ、どちらにしても神様への祈りは、基本的に来るか分からない援軍要請である。

神様助けてと祈ったところで助けが来るとは限らず、また来ないとも限らない。だからこそ来たら嬉しい。

なんにせよ、どんなことも自分が頑張らなければ意味がない。駆けっこで一番になりたいと祈ったって、自分が走り出さないと一番になんてなれっこない。豊作にしてくださいと祈ったたって、土を耕し種を蒔かなければ何も芽吹きはしない。

それでも、祈りとは願いだから。

神様、神様、神様。

私の大切な人達が、事故に遭ったりせず、何事もなく無事に帰ってこられますように。

どこも怪我をせず一日を終えられますように。

不幸や不運や厄や悪縁から守られますように。

皆の今日が、明るく穏やかな幸いで満ちていますように。

皆が今日も笑っていられるように、アデウス国が平和でありますように。

世界に生きる誰もが、夢の見方を忘れたりしませんように。

誰もが、人が人として人のまま、あなたに願えますように。

毎日毎日繰り返した願いを、今日も紡ぐ。物から人になって願いは変わった。その願いを、人から物に戻っても、祈った。

神様、神様、神様。

ねえ、聞いて神様。

叶えてくれなくてもいいから聞いて。

叶えてくれたら嬉しいけど聞いて。

ねえ、神様。

人は夢だけでは生きていけない。けれど、現実だけでも生きてはいけないのだ。

願いを向ける先があるだけで生きていける日がある。祈る先があるだけで救われる夜がある。叶えられた願いを一生の糧にできる朝がある。

たとえあなたが私の願いを叶えてはくれなくとも、誰かの祈りが通じた事実があるのなら、祈りという概念が捨て去られていないのならば、人は夢を見ていけるのだ。

歴代の聖女が、神をどう思っていたかは知らない。聖女としての私に求められる信心が、そんな形を願われているわけではないと知っている。

それでも、私にとっての神様とはそういうものだ。

祈りを負担にしない存在。どれだけ願っても必ず叶う保証がない代わりに、願いに傷つきも同情もしない無限の存在。

私はそう思っている。そして神様は、そんな私を聖女に選んだ。

ならば、私の神はそういう存在なのだ。

見つめる神玉は、なんの反応も返さない。神玉は神力に反応して光る場合がある。あいにく私は神力をろくに持ち合わせていないから、光らせた例しがない。

それでも、神力を介さず、ただ石として光を滑らせる見慣れた輝きは、私の立ち位置がどうであれいつも通り綺麗だった。


アデウス国において、聖女を目指す女は恵まれている。

まず、選定の儀に出る資格が女であること以外何もない。身分、年齢、神力問わず、選定の儀に赴くことが可能である。

スラム出身、七歳、神力零《ゼロ》の私が出られたあたりで察せられる通り、アデウス国に生まれた女であれば誰だって出られる。

しかも、選定の儀に出る意思があれば、そこに至るまでの費用はすべて国が持ってくれる。

つまり、連れを含む旅費及び滞在費の心配をしなくていいのだ。本気で聖女を探している面子《メンツ》以外には、ただで王都観光ができると人気のイベントだった。

本来、聖女が死ねば追悼はするがそれはそれ、即座に選定の儀が開始される。

アデウス国において、聖女不在というのは大変な問題なのだ。

長い不在が続いた過去には、疫病、戦争、不況、水不足に豪雨に不作に飢饉にと、ありとあらゆる厄災がよりどりみどり状態で押し寄せたという。

そんな国家閉店大セールは誰も望んでいないので、聖女捜索は国家存続において何より優先されるのである。

ちなみにこの大セール、聖女が聖女の任につけていなくても起こるので要注意だ。

しかし聖女が殺されても別に起こらない。

神様、大セールの開催条件を今一度見直しては如何《いかが》でしょうか。


聖女選定の儀は自薦と他薦に分かれる。

第一の試練、他薦は神殿で、自薦は王都の隅で行う。

自薦といっても、三親等までの他薦は自薦の範囲とされる。血縁には誰しも血迷うものだからしい。血縁に会ったことのない私にはいまいち分からない感覚だったが、評価基準が甘くなる感覚ならなんとなく分かる。

私が抱くこの感覚が、正しく万人が家族に抱いている愛と呼ばれる感情であるかは確かめようがないので分からないが。

私は前回、神官長の推薦で選定の儀に出た。だから自薦枠で出るのは初めてである。

しかし選定の儀自体、自覚がなかったので初めてのようなものだ。これは緊張して然るべきだろう。私は少しだけどきどきして、今日という日を迎えた。


「その服で向かいたくば俺の屍《しかばね》を越えていけ、マリヴェル」

「何故に朝っぱらから唯一の味方を殺害せねばならぬのか」

「勿論黙ってやられるつもりはない。必ず道連れにしてくれる」

「何故に朝っぱらから唯一の味方と同士討ちせねばならぬのか」

国を挙げての大行事である聖女選定の儀の朝、ほんの少しだけあったらしい私の可愛げという名の緊張は、見事なまでに霧散していた。

動きやすさを重視し、エーレのズボンとシャツを拝借した私の前に、一流店にだって入れそうなドレスとワンピースの境が曖昧な服を持ったエーレが立ち塞がる。

エーレ自身は、王城に勤める神官の礼装だ。聖女の服は白、神官と神兵の服は黒である。

彼はこれから出勤なので神官の礼装なのは当然だ。しかし、いつだってしれっとしたすまし顔で神殿や王城を歩く神官の格好をしていながら、今の彼はすまし顔どころか脅迫顔である。

「外をうろつくだけでもおかしな格好で、よりにもよって聖女選定の儀に出ようとするな！」

「あなたの服ですよ!?　それに出るとこ隠しとけばわいせつ物陳列罪でとっ捕まることはないと思

いますし、何より一番動きやすいのはこれです」

「大きさが合わないだろう」

「いや、言うほど合わなくは」

多少裾を折り曲げたが、それだけだ。若干肩が落ちようと、袖を捲《まく》ってしまえばそれで済むし、腰回りはベルトを締めれば特に問題はない。

両手を広げて見せれば、エーレはすっと真顔になった。表情を消し去れば、王城にいるときと全く変わらない。相変わらず雪の精のように儚いと言われた綺麗な顔である。

しかし、その目には光がない。

「俺は深く傷ついた」

「はいはいはい！　大怪我大病悪霊、失恋不運落とし物、ありとあらゆる艱難《かんなん》辛苦にお困りの際は、当代聖女がお役立ち！　ちょっとばかり寄付金をはずんでくださいましたら次回はなんと三割引きでお引き受け」

「神官長直伝のこめかみ掘削拳を披露する日がついにやってきた」

「知らぬ間にとんでもないものを会得していらっしゃる！　ちょ、待ってください！　それ脳みそ抉り取れたかってくらい痛っ、ちょっ、まっ、あ――！」

神官長が繰り出す秘技、拳骨という名の脳天粉砕拳とぐりぐりという名のこめかみ掘削拳は、どんな生意気なくそがきでも服従してしまう恐怖の仕置きである。

それがまさか、目の前の男に伝授されていたとは。

私の悲鳴も虚しく、神官長秘技こめかみ掘削拳は見事な精度で私のこめかみを抉り取った。

「う、ぁ、あ……し、神官長と同じくらい痛い……」

じんじんではなく、ぎりぎりめしめし痛む頭を抱えたまま呻く。

「ちなみに、皆伝者は他にもいる」

「大惨事じゃないですか！」

おもに私だけが！

しゃがみ込み、抉り取られた脳みそを思って涙している私に、さらなる恐怖がしれっと降ってきた。まさかとは思うが、男女混合型起床係にも伝授されてはいまいな……いないよね!?

「へこんだ……絶対へこんだ……こめかみと私の心がめしょめしょにへこみました……」

「そんなことより早く着替えろ。俺は自薦枠の選定には顔を出せない立場だ」

時間がないことは確かだ。私はこめかみを撫でてへこみがないか確認しながら、恨みがましい目でエーレを見上げた。

「意地でも着替えないと心に決めました」

「ほぅ……？」

「秘技連発しすぎではないですか!?　ちょっと落ち着いてください！　これには山より低く海より浅い事情があるのです！」

「頭を差し出せ」

「神官の自制心は水溜まりより浅い」

「参、弐、い」

「すみませんごめんなさい戯《ざ》れ言《ごと》です寝言です今際の際の戯言《たわごと》です」

当代聖女唯一の懐刀、めちゃくちゃ聖女を刺してくる。研ぎに出した覚えもないのに勝手に尖って刺してくる。

ちなみに、神官長は力と技巧で痛みを生み出したが、エーレは細く尖った指と骨で抉ってくる。

結論、どちらも死ぬほど痛い。

「この事態を引き起こした犯人が命を狙ってくる可能性を排除できない以上、動きやすい格好でいたいのです」

立ち上がりながら告げれば、エーレは苦虫を噛み潰したような顔で拳を収めてくれた。

平和とは対話の上になり立つもの。しかし、その結論に至るまでに築かれた犠牲は多く、痛みも残る。こめかみを擦りながら、平和を噛みしめる。

「……今のところ、その可能性が低いとはいえ、無視できないな」

どうやら、エーレにとっては絞り出すように言うほどの苦痛を強いる決断だったらしい。

それはそれで悪いことをしたなと、ヤスリで削った爪の量くらいは思わないでもないが、動きやすいと楽なのでよしとしよう。

正直、私も命を狙われる可能性は低いと思っている。エーレが言う通り今のところは、だが。

だって、相手に私殺害の予定があるなら、とっくに殺されていた。

そもそも私はスラムにいたのだ。スラムで死体が出るなど日常茶飯事だ。死因が捜査されることすら稀である。

病死であれ事故死であれ殺人であれ、誰の所有物でもない物が壊れて原因を突き止めようとする人間はいない。人はそれほど暇ではないのだ。

これが自然ならば災害を懸念して調査が入るかもしれないが、所詮は人工物。壊れたところで誰が気にするというのだろう。

それなのに、暗殺の類いは一度も来なかった。

若い女が現れた事実に群がる暴漢は常に現れたが、それだけだ。それらですら、殺しを目的として現れた物はいなかった。

ちなみに暴漢に対しては、聖女として鍛え上げた逃走力により事なきを得た。武闘派は皆無だったはずの神官が、いつの間にか神兵を追い抜く速度で追いかけてきた中を逃げ延びていた私に隙はない。

……神官達、進化しすぎじゃないだろうか。一体彼らに何があったというのだろう。毎日、逃げる度に彼らの速度が上がって怖かったものだ。

懐かしい日々をしみじみ思い返していると、深く息を吐いたエーレは美しい薄緑色の髪をぐしゃりと握り潰した。神殿でも王城でも、彼の身なりが乱れたところなど見たことはなかったが、家では取り繕わないらしい。

「何度も言うが、俺は自薦の会場にはいない。人数によっては手伝いに入る場合もあるが、基本的には他薦枠だ。だから軽率な行動は控え、必ず人目がある場所にいろ。何度も言うが」

細かく掠れるような呼吸音は、先程吐かれた息が吸い込まれていく音だった。

「木に登るな夜中に抜け出すな平らになって建物の間に挟まるな細長くなって排気口を滑り降りるな丸くなって箱の中に収まるな本来人が入ることが想定されていない場所に忍び込むな床を這うな天井を這うな壁に張りつくな二階から飛び降りるな三階から滑り降りるな穴を掘るな水に潜るな池で泳ぐな溝を這うなカビが生えた物は食べるな傷んだ物は食べるな落ちた物は食べるな廊下は走るな屋根は走るな窓枠を飛び越えるな講義中に居眠りするな会議中に逃亡するな胸元を開けるなスカートを上げるな靴を脱ぐな下を向いた親指を向けられて中指立てて返すなかけられた呪いを投石で解決するな」

「あ、お疲れ様でした。お先に失礼しまーす」

この人、神官長より口うるさいかもしれない。

エーレの横をするりと通り抜け、玄関を目指す。本を崩しながら追いかけてくる音を聞きながら、早足で辿り着いた扉に手をかける。

そして、くるりと振り向く。ぐわっと口を開けてお小言を飛び出させようとしたエーレは、僅かに目を見開き、動きを止めた。

ふっと小さな息を吐き、吸う。

「エーレ、お願い。私を忘れるなら、もう二度と会えない場所へ私を送ってからにしてください。そうすれば、忘れられたことなんて知りようもないから」

わがままと甘えと情けなさが詰まった傲慢な要求を、エーレは怒らなかった。先程まで遺憾なく発揮されていた口うるささも飛び出さない。

ただ、静かに表情が散った。

「……俺とお前は長い付き合いではあるが、信頼を築くに値する何かがあったわけでも、名がつく関係を築いたわけでもない。その俺の言をマリヴェル、お前が信じないというのなら、それでいい。だが神官としての俺は、聖女の信頼を勝ち得ない行いをしてきたとは思わない。それ以上は、神官である俺への侮辱だ」

寸分の乱れもない髪と服で、美しい礼が捧げられた。

「十三代聖女マリヴェル。私があなたの神官として相応しくないと仰せであれば、すべてが元通りとなった後、神殿を去りましょう」

今すぐ去らないあたりがなんともエーレらしい。

私達は、職に関係しない個人的に名のつく関係を築いてはこなかった。

けれど、長い時を同じ空間で過ごした。神殿、そして王城という広い場所であったが、そのどちらであっても所属する組織を同じくし、同じものを守ってきた。

だから、彼の為人《ひととなり》くらい、分かっている。

分かっている上で告げた最後のわがままを真っ正面から生真面目に受け止めてくれる人を、あの日、世界でただ一人私を捜してくれた人を不安に思うのは、ただの私の愚かさだ。

ふっと小さく笑う。その音で、エーレは姿勢を正した。

目線が合った瞬間、お互いにっと笑う。私にとっては慣れた笑みであるが、エーレの笑みは随分ぎこちない。

慣れない笑顔の形をあえて選択してくれたこの人を信じるくらい、本当は造作もなかった。

「私を覚え続けるあなたを信じています。だから――神殿で会いましょう」

離れている間に私を忘れてしまうかもしれないと、不安がるのはこれで最後にする。

現状、信じられるのはエーレだけだ。そのエーレが大丈夫と言ったのだ。

方法が何かは分からないが、エーレがそう言ったのなら、私は信じなくてはならない。それだけが、私を人たらしめる縁だ。エーレを信じられなくなった私はもう、人として生きる縁を失ったと同義だ。

何一つ信じられなくなった女を、人は聖女と呼べるのだろうか。

そんな生き物を、人は人として認めない。

そして私も、そんな己を人として判定できない。

私はエーレを信じる。そうできる生き方を教えてもらった。そうできるように、してもらった。神官長が、皆が、そうしてくれたのだ。

私は、彼らが教えてくれた生き方を忘れてはならない。

だって私は、物から人になったはずだ。神官長が名をくれたあのときから、私は人間として生きたはずなのだ。何より、物として生きる私を見ても、神官長はきっと笑ってくれない。

開けた扉の先は、腹が立つほど晴れ渡っていた。靴さえなくしたあの日もこんな空だった。

随分久しぶりに思える外界の空気に、懐かしさは湧かない。無に近いほど均《なら》された感情は、防衛本能ですらあったのかもしれない。

気落ちなんてしていない。気落ちなんてしていない。

雨など、降ってはいないのだ。

そうと認めてしまえば二度と立てなくなると分かっていた私の弱さが生んだ強さ。あの日、快晴の空から降った弱さを、私は一生許さない。

「マリヴェル――我が聖女」

扉が閉まる寸前、声がした。

「神殿にて、お帰りをお待ち申し上げております」

補強のために生まれた強さでも、一緒に支えてくれる人がいるのなら、それは紛れもない強みだった。

二　聖✴蜂

"Saint Mariabelle"

One day, the world forgot about me.

アデウス国は、大きく二つに分けられている。

言うまでもなく、王城と神殿だ。

建国七百年。国を統べる王族と、民を導く聖女。それらによって成り立ってきた国であるが、実は神殿が登場したのは建国から二百年ほど経ってからである。

今では国教として当たり前に存在しているが、建国当初アデウス国の神は定まっていなかった。

アデウスは、この辺り一帯に散らばっていた多数の集落が合流してできた国だったからだ。

アデウス国の国教は、一人の聖女登場から始まる。

簡単に言えば、神の声をなんだかんだと聞いた聖女の指示によりなんやかんやあって国が助かったのだ。国を滅亡から救った聖女と神を讃え、神殿が造られた。そうして、当時はそれぞれが掲げていたはずの神は一つに集約され、一教となった。

今では、アデウス国にとって聖女就任といえば新たな王が決まるほどの大騒ぎとなる。


だが、これはないのではないだろうか。

漣《さざなみ》の如く蠢《うごめ》く人の頭を見ながら、私は静かに目蓋を閉じた。

「……うぉあ」

さあ、反撃開始だと意気込んで出てきた私は、現在虚ろな目で大行列の中にいた。

王都の片隅には、とても広い平野がある。右手には深い森が続き、スラムとは違い住み着いている人間もいなければゴミ山もない。最低限は人の手が入った広場だ。

そもそもスラムのゴミ山は、そこに住み着く物が掻き集めてきた物も多い。この世にスラムを作るのは人間だけだ。そもそも何かをゴミと定義するのが人間だけなのだから、ゴミを作るのもゴミを集めるのもゴミが集まるのも、人間だけの習性である。

ここと反対側の場所に位置しているスラムにも昔は森などがあったそうだが、何代か前の聖女がスラムをなくそうと尽力した際、いろいろあって燃えたらしい。そうしてスラムは今も王都に根付き、森が復活する前にスラムにいる物が食い尽くしてしまうのでなかなか復活しない。

元々、豊富な水が溢れているはずのアデウスにおいて、何故か水の恩恵を受けづらい土地だったので余計にだろう。

森があるこちら側は、平時である今はもっぱら祭りなどの行事に使われている。何かと使用される頻度が多いので、野原のはずなのに地面は踏み固められ、背の高い草はあまり生えていない。草自体あまりなく、剥き出しの土が見えていた。

その地に、老若男女……老若女がひしめき合っていた。

先代である十二代聖女が身罷《みまか》って十一年。十三代聖女である私に関する記憶を失った人々にとっては、十一年間も聖女が不在なのだ。それは焦るだろう。老いも若きもとりあえず女は出なければと使命感も溢れ出すというものだ。

昔は十年どころか二十年近く聖女が現れない場合もあったらしいが、ここ二、三百年は五年以内に聖女が見つかっている。十年以上聖女が現れないなんて、誰もが本の中でしか知らない世界だ。

さらに、先代聖女は十八歳から九十五歳まで八十年近く聖女で在り続け、歴代最長の在位を誇っていた。

アデウスで今を生きるほとんどの人間が、聖女不在の時代を知らない。人は知らないものを異様に恐れる。そういう生き物なのだから、少しでも見知った状況へ戻そうと尽力するだろう。

だからこの混雑は理解できる、が。

「それにしたって多すぎでしょう……」

行列に並び、早三時間。まだ受付すら終わっていない大惨事。

しかも、何故だか途中から一歩も動かなくなった。疲れ果てた人々は地面に座り込み始める。

私は早々に地べたを選び、どっかり腰を下ろしたままだ。ズボンでよかった。スカートの裾に悪戦苦闘している人々を見る度、しみじみそう思う。

スカートは、座ろうとするとこの上なく邪魔だ。尻の下にぴゃっと敷き込もうが、纏めて抱えようが、地面につけば汚れる。汚れる範囲を狭める努力をしつつ、下着が見えない創意工夫をこなす手間を考えれば、ズボンでどっかり座ったほうがどれだけ楽か。

しかし、よく考えれば汚れは何者も差別せず平等を与える。ならばむしろ尊いのでは？

私は唐突に真理へと至った。

真理に到達した理由は暇だったから。これに尽きる。

神様、当代である十三代聖女はまた一つ賢くなりました。私に暇を与えてくださってありがとうございます。ただ、何もやらなくていいのは楽だけど、何もやることがないのは楽とは違うと知って頂けましたら幸いです。

ぽひゅーと息が漏れる。溜息すらやる気がない。出鼻をくじかれ肩すかしを食らった勢いと気合いが、行き所を失っていじけてしまっている。

簡単にいえば、私は現在、急にできてしまった暇な時間を盛大に持て余していた。仕事しか生き甲斐のなかった人間が定年退職後に抱く気持ちは、こういう虚無なのかもしれない。

「やることが、ない」

大地を埋め尽くす女達。それらを囲む、神官、神兵、王宮の兵士、女達の連れ。さらにそれらを囲む屋台に出店。

この場にあるのはひたすら混沌であった。

あっちではお茶が売られ、そっちでは串焼きが売られ、こっちでは包み焼きが売られ、そこでは王都名物ただ王都という文字の焼き印が入った王都饅頭が売られ、ここではもらって困る三大土産の一つ王都という文字が入った旗が売られ、あそこでは絶対店で売れ残ってたんだろうそれと突っ込みたくなる置き場に困る特に便利でも可愛くもない置物が売られ。

それらをきゅっと上げられた口角と、殺気ともとれる光を宿した瞳で作り出した笑顔を惜しげもなく発揮する店員達が売りさばく。

正しく、この場は混沌と狂気が満ちていた。

まあ、当代聖女はさっきそこを通りがかった店員から串焼きを買い、噛み千切れず苦労しているのでそんなものだろう。ちなみにこの串焼き、名産紫毛アデウス牛の肉と謳われていたが、絶対違うと分かる固さである。顎が疲労骨折しそう。

国中の人間が集まり、注目される行事。そんなもの、商売人からすればただの宴《うたげ》である。金だ金だ、金が動くぞ。この機を逃してなるものか。ここが稼ぎ時。かもを逃すな。この際、置き場に困ってた商品全部売ってやる。

商売人達は殺気立っていた。ちなみに客は浮かれている。

中には純粋に十三代聖女が見つかったらいいな、そのお手伝いができたらいいなと思っている人もいるのだろうが、いかんせん周りの殺気が強すぎた。

この混沌は国中に広がっているため、あっちもこっちも祭り状態である。街道沿いなど、どこの王族が凱旋するのだと聞きたくなる浮かれっぷり。

これ、聖女が見つかるまで毎回行われるので、結構な経済効果があったりする。


「あ、いたいた。お嬢さーん」

噛み切れない肉を永久にむしゃむしゃしつつ、ぼへーっと周囲を眺めていると、串焼きが入った箱を首からぶら下げた男が小走りで戻ってきた。

明らかに名産紫毛アデウス牛じゃない串焼きを売りつけられた代わりに、その店員を使って列が止まってしまった理由を聞いてきてもらったのだ。

「どうやら、人数が多すぎて受付済みの人が待機する場所、いっぱいになったみたいですよ。だから、一旦受付を止めてるみたいっす」

「あー……想定以上の人数が来ているのでしょうね」

選定の儀が一番混むのは、聖女が死んで初めて開かれる第一回目だ。

今回もそれなりの混雑が予想されていたが、十一年間聖女が不在という危機に触発された人々により、恐ろしい数の女性陣が詰めかけてしまったのだろう。

しかしおかしなもので、その十一年間を疑問に思っている人間が少数いるとエーレは言っていた。先代聖女が死んで十一年間、一度も選定の儀が開かれないわけがない。だが、それをおかしいと思う人間が少数しかいないらしい。

異常だ。

国中が私を忘れるよりずっとおかしな話である。

八年間聖女を務めた私を忘れても、十三代つまりは何百年も続いてきた聖女の、ひいては神殿の、そしてアデウス国の仕組みを忘れられるものだろうか。根幹を忘れさせるなど可能なのだろうか。

「お嬢さん？」

首から下げた箱の位置を調整しながら不思議そうにかけられた声に、はっとなる。

「……えーと、じゃあしばらく進まないのですね」

「あ、食べ終わった串もらいますよ。それと、もう受付が終わった人から順に選定を始めているようなので、少しずつは進むらしいです。ところで綺麗なお嬢さん、もう一本いかがですか？」

「いま右頬に詰まってる嚙み切れない肉を見たご感想を伺ってもよろしいですか？」

「いやぁ、はっはっはっ。健闘を祈ります」

いくら胡散臭い爽やかな笑顔で誤魔化そうが、最後だけ真顔になろうが、その肉は断じて名産紫毛アデウス牛ではない。

虚偽の看板を堂々と掲げ去っていった男を見送り、右頬に寄せていた肉咀嚼作業に戻る。

エーレに渡された財布の中身が潤沢すぎて、小腹を満たすことを躊躇《ちゅうちょ》しなくていいのはありがたい。だが金貨をみっしり詰めるのはどうかと思う。足りなくなる心配をしているのもどうかと思う。

狂喜乱舞しソファーの上に仁王立ちし、拳を天に突き上げいそいそ懐にしまったが、どうかとは思っている。

エーレの金銭感覚は天下一級品のぽんこつだ。

この事態が解決したら返すつもりだが、果たして彼は貸した金額を覚えているのだろうか。借用書を用意しておくべきだった。……なぜ借りた側がそわそわしなければならないのだろう。

ずっしり重い懐を無意識に撫でてしまいそうになるもぐっと堪え、素知らぬふりで肉を嚙む。大金を持っていますなんてこんな人混みで曝すのは危険だ。

そして、私がせこせこ貯めていた資産はどうなったのだろう。

正直、手に余る額があった。それらの大半は神官長が管理してくれていた。その中からお小遣いとして渡してもらっていた分だけを手元に持っていた。その分だって貯めた。

聖女の部屋には何故かあちこち隠し場所があったので、その中の一つに貯めていたのである。隠し場所は前の聖女達もあれこれ使っていたみたいで、本来は綺麗に片付けられているはずの前任聖女の私物が出てきて面白かった。

それはともかく私のお金！

「うぉああああああ……」

頭を抱えて呻く。肉は邪魔なので塊のまま吞み込んだ。

突如呻いた私を周囲の人々は奇妙なものを見る目で見て、は、こなかった。大行列に疲れ果てた人々が、あちこちで呻いているからである。なので、私は安心して呻いた。

私の部屋が放置されていたことを考えれば無事かもしれないが、あの部屋は歴代聖女が使ってきた部屋だ。聖女選定の儀が始まってなお放置されるはずがない。私物は処分されたか、よくて回収されているだろう。

神官長に預けていたお金はどうなったのだろう。

神官長は身に覚えのない大金が手元にあったからといって、こっそり使うような人じゃない。ならばどこかに届けを出すのだろうか。出所の分からない大金を所持していたと、神官長の立場が不利になったらどうしよう。

神官長は、聖女の代替わりと同時に新しい人が就任する。

だから、私の神官長は私の神官長なのである。

王城は勿論、神殿も一枚岩ではない。派閥や、神官長の座を狙っての抗争もある。その代の聖女が気に入らないと暗殺だってあり得る。

神により選ばれた聖女は解任できない。だから殺すしかないのだ。

どうも神様、そのあたり適当なようで、聖女が聖女の任につけていないと厄災を振りまくのに、聖女が殺されても特に何もしない。

重点置く場所、間違ってると思うのだ。

なんにせよ、私が忘れられている間に神官長が私の神官長じゃなくなっていたら猛烈に嫌だ。その原因になるのはもっと許せない。

顔を上げ、ばんっと頬を叩く。

流石に驚いたらしい周囲が引いたが気にしない。体調も戻ったし、明日の生活に困る状態でもなくなった。ならば、脳みそ全部使って考えろ。考えて考えて考えて。脳みそ焼き切っても考えろ。

意味は、あるはずだ。

前代未聞の事態が起きたこの時代。

聖女が私であったことに、意味があるはずなのだ。

神の意思がかかった選定とはそういうものだ。そうでなければ、莫大な手間をかけて神を通した選定などどうする必要がない。神がいちいち人間の営みに介入する理由がない。

『怒りを静めなさい。その怒りに形を与える工程は、君を案じている人々へかける言葉より大切なものかね？』

懐かしい声が蘇《よみがえ》る。

神官長を侮辱した男へ憎悪に似た怒りを覚えた私を諭した、神官長の声だ。

どうしても抑えられない怒りを復讐心への薪にしていた私を、神官長は叱りはしなかった。気力と体力の使い方を、ただ教えてくれた。それらには限りがあるのだと、だからこそ使い方を誤るなと、教えてくれた。

両手を絡め合った拳に額をつけ、細く長い息を吐く。

正直に言うと、神官長の言葉を懐かしんでも、声を懐かしく思いたくなかった。声を懐かしむほど遠く離された現状は、意識を向ければ向けるほど滾々《こんこん》と憎悪が湧くほど許し難い。

だがいま私がすべきは、選定の儀を越え続けることだ。

憤りも、やるせなさも、怒りも、憎悪も、嘆きも、屈辱も、何一つとして意味がない。それらを丁寧に言語化し、煮詰め、さらに燃えたぎらせる薪にして。

そんなことに費やす余裕はないのだ。煮詰めた感情に言葉を尽くす暇があるなら、もっと考えることがある。

まずは、切羽詰まっている事態の打破から始めるべきだ。

私はゆっくりと顔を上げた。すると、前に座っていた女の子と目が合った。振り向けば、後ろに座っている女性とも合った。視線を巡らせれば、同じように周囲を確認している人々がいた。

私達ははんなりと笑い合い、列を守り合う協定を結んだ。

三時間並ぶと、いい加減トイレ行きたいよね。

皆で協力して列を守り始め、しばらく経った。そこでようやく、少しだけ事態が進展した。

「それでは、名を」

列が詰まり、受付まで辿り着けなくなった。ならば「受付が動けばいいんだな!」という斬新な発想により、受付が移動してきた。

受付が終わらねば参加者の全体数が把握できないので合理的ではあるが、別に受付用に設置されたテントごと移動してこなくていいと思うのだ。

人の頭がひしめき合う空間を縫いながら、ひょこひょこ移動するテント。ここの責任者、融通が利くのか利かないのかいまいち読めない。

目の前の神官は、エーレが着ていた衣装より飾りが少ない。この量だと、恐らく四級神官だ。

神官は、特級から五級にまで分けられる。振り分け方は、勤続年数、神力の強弱、働きっぷりなど様々だが、基本的に数が少ないほど上の位となる。神兵はまたちょっと分け方が違う。

「もし？」

答えが遅れた私へ不思議そうに声をかけた神官は知らぬ顔だ。それでも懐かしい匂いがする。もみくちゃになってなお整えられた身なりから香る、神殿の香。

残念ながら私はこの人達の顔と名前を知らない。だが、この人達は私を知っていただろう。

ここで聖女の力を使えばどうなるだろう。その考えはいつだってちらりと頭を過《よぎ》るが、結局は最初と同じ結論に至ってしまう。

聖女の力とて無限ではない。一日何百人にも使える無限の万能薬ではないのだ。ここで数人の神官に使って、それでどうなるというのだ。彼らが私を思い出し、それで？

消されないと、言い切れるだろうか。

人々から当代聖女の記憶を消し去った存在が、思い出した少数に手を出さない保証はどこにもない。それが再びの忘却であるのならまだいい。消される対象が命とならない保証がない限り、力を使う相手を選ぶ必要がある。

権力と実力を兼ね備えた人。即ち、神殿にいる高位の神官達。また王城の面子。

たとえば、神官長、とか。

「もしやご気分でも？」

神官達は、テントの下に収まっている女達全員の受付を纏めて済ませていく。なるほど、仕切りの代わりにしているらしい。

「すみません。名はマリヴェル。姓はありません。居住区もありません」

この間まではあったし、姓も得る予定となっていた。残念無念この上ない。

「と、申しますと」

「スラムです」

ぎょっとした顔をしたのは周囲にいた女性達だけで、神官達は大仰な反応を見せない。王都では特別珍しい話でもないのだ。

だが疑問はあるのだろう。神官は私の格好を上から下までさっと見下ろした。

「失礼ですが、スラムにいたとはお見受けできませんが？」

「親切な方が衣服を提供してくださったのです。身支度を整える場も提供してくださいました。心より感謝しております。どうかあの方に、神のご加護がありますように」

ついでに私にもありますように。

にこりと微笑《ほほえ》みながら告げれば、神官達はそれ以上問うてはこなかった。私達の会話が聞こえていたのか、他の列の女達がこちらを見てひそひそと何事か言葉を交わし合っている。そこには、苦笑とも嘲笑ともとれぬ色が交じっていた。

スラムにいたという女が、風呂に入り、髪を解かし、男物の服を着ている。それも、仕立てのいい服だ。貴族の男がスラムにいた女に気紛れを起こしたと解釈されたのだろう。

貴族の道楽は幅広いが、人は己の知識にある範囲でしか思考を回せない生き物だ。

どう思われようが構わない。

ここアデウス国において、聖女に必要なのは聖なる心を持った女ではない。

神により選ばれた。その事実だけが必要なのだから、貴族の道楽でこの場に現れた女でも、他者を自らの妄想で嘲笑する女でも、誰だって構わない。

だから神官は何一つ気にせず作業を続けている。

「では、こちらに親指を当ててください」

神力が籠もった紙に指をつければ、じわりと熱が灯った。同時に紙へ指紋が刻まれる。神殿の紋様が入った紙に入った私の指紋。そこを機転に、神官は力を入れた。

ぱきんと飴細工が割れるような音がし、紙だった物は透明な板へと姿を変えた。

「あなたが聖女ではないと判定が出るまでの間、この割り札があなたの証明書となります。こちらを提示すれば、宿泊や食事代は無料となります。残念ながら通過できなかった場合、自動的に効力を失い、本体は消滅します。詳細はこちらに印字されていますので後ほどお読みください。では」

必要情報だけ渡し、神官達はさっさとテントごと移動した。なんともさっぱりとした対応だ。

さっきの神官達と話したことはなかったが、私が聖女だったときは、聖女様聖女様と大勢の神官が話しかけてくれたものだ。あまり話したことのない神官も、用事でしばらく一緒にいればすぐに仲良くなれたから、少し寂しい。

最初はとても気を遣ってくれるが、最終的には私の頭を肘置きにしてお茶を飲むくらい仲良くなれるのだ。

ああ、神官達が私を呼ぶ声が懐かしい。

「聖女様」

「聖女様聖女様」

「聖女様？」

「聖女様……」

「聖女様っ」

「聖女様！」

「おのれ聖女――！」

何故みんな、呼び方の変転とそこに籠もる熱が同じなのか。

神官による聖女の呼び方教育なる勉強会でもあるのだろうか。昔から続く制度とは、納得のいくものから、「何故この手段を選んだ……？」と心の底から不思議に思うものまでよりどりみどりなので、聖女の呼び方もそういう類いなのかもしれない。

不思議なことに、呼び方と共に表情も大いに変改しているが、そういう類いなのだろう。

懐かしい思い出を辿っている間にもどんどん時は過ぎていく。

空の色は、赤より藍に比重を傾けている。元気なのは夕食を売りさばいている面子だけで、当事者である女性達は皆ぐったりしていた。

だが、流石に列は進み始めた。私は自薦の選定方法を知らないが、どうやら複数人一斉に行うらしく動くときは一気に進んだ。

それでも相当時間がかかる。エーレも言っていた、一日や二日では済まないと。いつもでさえその混雑なのだから、今回はさらに待つ覚悟がいるだろう。幸い、私は先頭に並んでいるほうだ。

そんなことを考えていると、突如鈴の音が響き渡った。

「それでは、今から番号札配布を開始します」

神官達が声を張り上げる。一斉に視線が集まった。

動きだけが発した音も、この人数だと大歓声と変わらない大音量となる。サボり中に見た兵士の行軍訓練と似た音がしたなと思った。

「渡された方は、明日の朝六時よりここに番号順で並んでください。番号が大きい方は午後からでも結構ですが、呼ばれた際その場にいなければ最後尾に並んで頂きます」

列に並んだまま数日を過ごさなくてもいいよう、どう足掻《あが》いても今日中には不可能と判断された人へ番号札が渡され始めた。彼女達は一旦帰るか宿に泊まりなりして、また明日並ぶのだ。

幸いというべきか、私は番号札を渡されなかった。私の真後ろの人から渡され始めたのだ。

後ろの人は渡された瞬間、がっかりしたようなほっとしたような顔をした後、私を見て哀れみの表情を浮かべた。

私も、虚ろな目で前を向いた。まだまだ先が見えない行列が続く。見えるものは人の頭人の頭人の頭紫毛アデウス牛の看板。これは、徹夜も覚悟しなければなるまい。

眠気覚ましに、再びどこの牛の肉とも知れぬ串焼きを食む手段も視野に入れた。


番号札を渡された人から、ぞろぞろと移動が始まる。同時に前がごそっと動いた。今まで何度か繰り返した動きをほぼ反射で行う。詰める距離は変わらない。

一度につき大体百人分の距離が動いている。動く時間は、一時間に一回くらいだ。

番号札を握りしめた女達は連れを捜して散っていく。先に帰った相手もいれば、まだこの場にいる相手もいるようだ。

どんどん人が減っていけば、ようやくまともに周囲を見ることができた。

不安そうに周囲を見回している人もいれば、合流できてほっとしている人もいる。疲れ切った顔を隠そうとしない人もいれば、疲れを見せず笑っている人もいる。

まっすぐ前を向いて歩いていく子どももいた。比較的いい服を着ている人が多い中、清潔とは言い難い服を着ている。

他にも、そういう人はいた。そういう人達は、まっすぐ前を向き、誰かを捜す素振りも見せず去る。不安も期待も浮かべぬ瞳に決意だけを光らせ、暮れゆく世界に消えていくのだ。

それは、これしかない女達だった。

これしか、今の生活から逃れるすべがない。そういう人間達だとすぐに分かる。何一つとして寄る辺のない、己が身一つが命を繋げるすべであり証明。それ以外何もない。子どもも大人もない。多くの人間が当然に持ち合わせている後ろ盾を、血反吐《ちへど》を吐きながら、爪が剝がれてもしがみつかなければ得られない。そんな女達。

スラムで見かけなかった顔も多い。王都以外から集まったのだろう。そして、何かに繋げられなければ新たにスラムの方角へ散る住人となる。

そこには男も女もない。何もない。

己が身一つしか持ち得ず、その身は多くの誰かより蔑ろにされる生。

酷く馴染みのある感覚を纏ったまま、消えていく背を見送る。様々な環境へ散っていく背を見送りながら、短くなった髪を弄《いじ》る。彼女達を救うのは神ではなく人の仕事であり、掬い切れない罪は国のものだ。

座っているだけなのにやけに疲れた足首を回し、たしっと地面を叩く。

聖女選定の儀はまだ始まったばかりであり、私としては始まってもいない。

「がーんばろ」

まだまだ先は長いが、進まなければ叶わない。

願いとは、そういうものである。

そこからどれくらいの時間が過ぎただろう。日の傾き具合で判断できなくなって久しい。太陽はとっくの昔に沈み、商魂たくましい商売人達でさえ大半が撤収を始め、明日の仕込みに帰っていった。

また一つ、ごそっと列が進んだ。ここまで来ればようやく列の先頭が見え始めた。

先頭から百人ほどの女達が森の中へ消えていく。女達は帰ってこないので、どのくらい通過者が出ているのかさっぱりだ。森の中で何が起こっているかも分からない。ただ、ほんのり明かりが見えているので真っ暗闇を歩かされるわけではないようだ。

「うばぁー……」

猛烈に面倒臭い会議前の資料作成、読み込み、読み合わせで、関係者と半月近くほぼ徹夜で詰めていたときに出したような呻き声が漏れた。

疲れた。何もしてないのに疲れた。

考えるだけなのはどうにも性に合わない。とりあえずやってみてから後悔するほうが性に合う。やりながら考えるので、徹夜してでも今すぐ全試練駆け抜けたい。

「寝ときゃよかった……」

どうして律儀に起きたまま待ってしまったんだ。起きているように見せかけてぐっすり眠るのは大得意だったのに。

どうやら、自分でも思った以上に緊張していたようだ。

周りを見れば、最初は緊張していたはずの人々が船を漕いでいる。

一応、自薦枠も他薦枠も難易度としては変わらない。そもそも選ぶのは神であって人ではないので、人の意思で選定の儀をどうのこうのと弄れないのだ。

だが、疲労が溜まるほど不利になる気がしてしまう。

他薦枠ではどんなことをやったかなと、記憶を絞り出す。最近考えることが多すぎて、それ以外はからっからになった脳みそを根性で絞り、かろうじて抽出した。

たしか、中庭にどでんと設置された人の背丈ほどある神玉の周りを一周し、光ったら合格、だった、はず。

いま思えば、あの神玉には試練用の特殊な神力が注がれていたのだろう。そうでもなければ、神力を持ち得ない私が光らせられるはずがない。

現に、普段よじ登ったり抱きついたりしても光った例しがなかった。

その現場を押さえられた際は、脳天粉砕拳により星が瞬いた。痛かった。

流れ作業で延々と進み続ける列。貴族が多く、噎《む》せ返るような香水の香りとわさわさしたスカートに挟まれる私。飽きて逃亡を図る私。その首根っこを一秒で摑み上げる神官長。服を脱ぎ捨て離脱を図る私。眉間に山脈を刻み脳天粉砕拳を炸裂する神官長。

懐かしめばいいのか忘れたままでいたほうがよかったのか悩む思い出が蘇ってしまった。

神官長、その節は大変ご迷惑をおかけしました。

その後も多大なるご迷惑をおかけしました。

これからも甚大なるご迷惑をおかけするため邁進して参りますので、どうぞよろしくお願いします！


眠らない都と呼ばれる王都でさえほとんどの明かりが落ちた頃、ようやく私の番が来た。

とっくに日は変わっているだろう。残っていたのは私を含め二百名ほどいたが、全員移動の指示が出たので、少しでも一回の試練挑戦者数を増やそうと試行錯誤しているのだろう。この回がうまくいけば、明日は最初からこの人数を通すはずだ。

そうすれば今日の倍ははける。その代わり、担当の神官達は今日の倍頑張らねばならない。神殿からの増援は避けられないだろう。

頑張れ、明日の神官達。第一の試練を越えた当代聖女が、その頃にはたぶん到達できているであろうベッドの中から応援しています！

立ち上がり、尻をぱたぱたはたいて汚れを落とす。折り曲げていた裾に入っていた小石も取り出した。

なんとなく摘まんだ指先で転がした小石は尖っていて、ちくちく肌を刺してくる。もう少し力を込めれば肉を突き破るだろう。靴があるってすばらしいなと、思う。

ぞろぞろ移動し、森の前に並ぶ。真っ暗な森はひどく静かだ。遠くから見えていた薄い明かりは、どうやら森の入り口からではなく途中から設置されているらしい。

待ちくたびれた人々は疲れを隠せていなかったが、その顔には緊張と興奮、そして期待と不安が満ちていた。

私もわくわくしてきた。

何をするか分からないが、とにかく何かやってるほうがいい。しかも、よく考えたら夜の森に入れるのだ。

いつもなら「夜の森で遊びたいです！」「聖女の大馬鹿野郎様、とっとと部屋で寝ろ」という、悲しいほど短い遣《や》り取りで一蹴されていたのに、今日は合法的に夜の森に入れる。

こんなに素晴らしいことがあるだろうか。

「大変お待たせ致しました。それでは皆様、十三代聖女選定の儀、第一の試練を開始します。内容は簡単です。森に入り、道を進み、そこで待つ神官の元に辿り着いてください。以上です」

人々がざわめく。

先程あった様々な感情が不安一色に変わっていく。ちらちらと神官達へ視線を向けたり、互いに顔を見合わせたりするも、誰も口に出さない。

神官達はざわめきが収まるまで待つ心づもりのようだ。先に進まない気配を察知。

とりあえず手を挙げてみた。神官が、揃えた指で私を示す。

「はい、どうぞ」

「キケンナンジャナイデスカー。ヒルマニシレンヲウケタヒトタチ、ズルゥイ」

「森は神力で満たしてあり、通常時の森と違い生き物はおらず、また昼も夜も周囲の光量は変わりません。昼もこの暗さで行っています。聖女の資格がない人間は、道から逸れます。そうなった方々は神官が回収します。他にご質問がある方は」

説明し慣れた様子で必要事項だけが語られた。その後、誰も手を挙げないことを確認し、神官達は静かに胸元へ手をつけた。

神より浅く、王よりも浅い簡易の礼だ。

この礼を受けたのは久しぶりだ。みんな気楽に接してくれたが、礼をする機会があれば、必ず神より浅く、王より深く、頭を下げた。

私の大切な人達が、私を聖女として扱ってくれた。認めてくれた。だからこそ私は、何がなんでも元に戻らなくてはならない。神が定めた場であっても、そこに座り続けようと決めたのは皆がいたからだ。

こんな所で待ち疲れを起こし、挫けるわけにはいかない。とっくにやる気満々だったのに、行列に阻まれ不完全燃焼となってしまったこの気合いで、今なら空さえ飛べそうだ。

神よ、世界よ、刮目《かつもく》せよ！

これが、忘却聖女帰還物語の第一歩だ！

ぐっと拳を握ったと同時に、背後で小さな悲鳴が聞こえた。ざわめきが漣のように広がっていく。

ついでに、なんか羽音がした気がするが、すぐに羽音は消えたので気のせいだろう。

しかしなんとなく気になり後ろを振り向けば、背後にいた人々が私を指さしていた。首をねじ切らんばかりに捻《ひね》って見た私の背には、空を飛ぶ輝かしい羽の代わりに巨大な蜂が止まっていた。

……なんで？

「それでは皆様に、神のご加護がございますことを」

「うわ蜂っ！」

神官の祝援を大声でかき消した私は、全速力で夜の森へと突っ込んだ。

背後から女性達の悲鳴にも似た驚きの声と、「ちょっ……一番で通過しても特典などは特にございませんからねぇ!?」という、おすましが取れた神官達の絶叫が聞こえてきた。

それらを気にする余裕もなく、夜の空気を思いっきり吸い込む。

「私の神様のご加護、なんかちょっと独創的すぎませんかぁー!?」

どれだけ絶叫しても、神のご加護は私の背から取り除かれなかった。しかし私は当代聖女。だからこそ分かることがある。

これ、神のご加護じゃなくてただの不運だ。

そして誰か聞いてほしい。

ほぼ丸一日行列に並んで挑んだ第一の試練、蜂と一緒に五分で終わった。

とりあえず行動したい。確かにそう思った。

だが、誰が第一の試練を五分で駆け抜けたいと言ったのだ。しかも蜂と一緒に。

「どういうことなの」

自分の声で目が覚めた。自分の声であろうが、現実の音を耳にすることで世界を認識し、いつの間にか寝てしまった現実を把握した。

枕を押し潰すように突っ伏していたベッドの上で、そのまま伸びをする。身体がぴちぴち鳴った。あまりの疲労で、ぼきんと鳴る気力もなかったらしい。

待ち疲れ、恐ろしや。蜂はもっと恐ろしい。

よっこいせと起き上がり、今度は座ったまま伸びをする。くわっと欠伸をしながら時計を見れば、時刻はもう少しで夕方になろうとしている。寝すぎた。

ちょっと考えながら、ぼりぼり腕を掻く。腕をひっくり返し、腹を捲り、足を持ち上げる。あちこち、ぽつぽつと赤い斑点がある。ノミかダニだろう。

部屋の中をぐるりと見渡す。

中にある家具はベッドと、申し訳程度に置かれているクッション部分が破れた椅子だけだ。ちょっと動いただけで断末魔を上げるベッドに床。雨漏りの跡だろうか、壁には染みが猛威を振るい、天井は割れている。窓ガラスには罅が入り、破れたカーテンにはカビが蔓延《はびこ》る。あと、なんか酸っぱい臭い。

誰がどう見ても安宿以外の何物でもない。

もう一度欠伸をして、椅子にかけておいた服を着る。昨夜というべきか今日の早朝というべきか若干悩むが、とにかく第一の試練が終わったのがその時間だった。その時間から泊まれる宿を見つけるのに苦労したのだ。

そもそも、大半の人がそこまでに宿を見つけている。王都の住人は家がある。遠方から着た者達も、第一の試練が始まる当日までには王都に着いているだろうし、連れがいる場合は行列に並んでいる間に宿を探してくれているだろう。

王都にいたが今晩から宿のない私が、数十年に一度行われる行事の当日に、まともな宿を確保できるはずがない。

通過者であれば金銭の心配はしなくていいが、空中に金を払っても意味がない。払う先がなければ、金貨は金貨のまま食べられないし泊まれないのだ。

結果、スラムにほど近い、色々と訳ありが雨を凌ぐ際に仕方なく利用する宿に泊まった。

つまりは、訳ありさえも躊躇する宿である。

一応悩んだが、大金を抱えたままスラムで寝るのと道端で寝るのとこの宿で寝るの、その三択ならば、ちゃちではあるが鍵がかかって周囲が覆われているほうがマシだと判断したのだ。

スラムよりはマシだが、寝ている最中たまにドアノブががちゃがちゃ鳴る音と男の舌打ちが聞こえていたことを思い出し、誰も見ていないのに気障《きざ》ったらしくふっと笑う。

「エーレが知ったら怒りそう」

くどくど怒るか、ぐぁっと怒るか。……こめかみ掘削拳が出てきたらどうしよう内緒にしようそうしよう。

あえて言う必要もあるまい。

かっこつけたままかいた冷や汗を拭う。

大きく十三区画に分かれている王都の中、スラムとこの区画だけは名づけられていない。ないものとされているのだ。それでも実際にはあるので、ひっそり十四区画と呼ばれている。

「さて、と、やることやっとこうかな」

時間が時間だったので、昨日は風呂も着替えも用意できなかった。今日はそれらを確保しつつ新しい宿を探したい。贅沢を言える立場ではないが、ここで命を懸ける理由は全くないのだ。

私は第一の試練を通過した。蜂と一緒に。

これで第二の試練に進める。蜂は知らない。

第二の試練からは神殿で行うが、全員の合否が決まらなければ第二の試練は始められない。だからそれまでは、宿で待機しなければならない。

さて、今晩の宿はどうしようかな。第一の試練を通過できなかった面子は滞在費が出なくなり、宿が空き始める。今日は飛び込みでも泊まれる確率は上がっている、はずだ。

選定の儀を一目見ようと王都に来ている観光客も大勢いるので、確実とは言えないが。

とにかく動かなければ始まらない。私は、よいせと立ち上がった。

支度はすぐに済む。

私の荷物など、エーレから借りた服とお金が入った財布、そして聖女選定の儀通過者証明である割り札だけだ。準備など服着りゃ終わる。非常に楽だ。

聖女時代は身なりを整えろと口を酸っぱくして言われ、髪を結うだけで時間がかかったものだ。式典ともなると、肌の調子を整えるために一週間以上前から下拵《したごしら》えされる。当日は夜が明ける前から始まり、七時間ほどかけて支度が終わるのだ。

その間、口にできるのは飲み物くらいだ。運がよければ軽く摘まめるが『化粧を終えたら何も口にできぬものと思え』、そう告げた世話係達の顔は、戦士のそれであった。

鏡なんてないので髪は適当に手で梳き、用意は終わった。

「よし、身嗜《みだしな》み整えましたよ。今日も一日頑張ります、神官長。あと数時間で今日終わりますけれど、些事ですよね！」

報告終わり。

部屋に一枚だけある扉に張りつき、耳をつける。廊下に人の気配はない。

今はまだ日が弱まり始めただけだが、もう少しすれば本格的に赤く染まり始めるだろう。そうなると、今夜の宿を求めた客が入り始める。人がいない間に出たほうがいい。

昨日は開口一番断末魔といわんばかりの勢いで叫んだ扉を宥めつつ、できるだけ音を立てず開ける。閉めるときも叫ばれるのは分かっていたので、半開きのままにしておいた。

廊下も頑丈そうな部分を選び、なおかつ体重移動に気をつける。部屋は三階だったのでこの先には階段が待ち受けているが、階段は歩く場所が限られているから簡単だ。皆が歩く真ん中は音が鳴りやすく、端は鳴りにくい。

一階受付には誰もいない。用事があればカウンターで無造作に転がっているベルを振るのだ。一応奥に店主の姿が見えているが、ちらりとこっちを見ただけでまたごろりと寝転がってしまった。

一泊と伝えているし、基本的に先払いなので去る客に用事はないのだ。そして私にもない。

長居は無用だとさっさと宿を出た。

宿から出て真っ先に視界へ入るのは、土が剝き出しになっている狭い道と転がるゴミ。そしてなんだか酸っぱい臭い。スラムよりはマシだが、ものの質は変わらない場合が多い。

だから、早く人目のある場所に移動しようと歩き出した。昨日は日が落ちるどころか明ける寸前だったので比較的安全だったが、夜が近くなれば危険が増す。

この辺り一帯は、スラムに比べればしっかりした建物があるほうだが、道の幅は狭く建物の壁は崩れている物が多い。隣の家へ傾いていたり、半分以上崩れている物もあった。建物同士の間隔も狭く、鼠専用通路になっている場所もあった。

そもそもスラムと並んでいる地区だ。治安がいいはずもない。狭い道の端々には、蹲《うずくま》っている人や寝転がっている人があちこちに見受けられる。

歩いていると前から野太い話し声が聞こえたので、建物の間に滑り込んだ。子どもならともかく、並大抵の男では入ってこられないだろう。狭い所に入り込むのは得意なのだ。

そういえばエーレから、「平らになるな」と言われていたような気がするけど早速破ってしまった内緒にしよう。

平らになっている私の横を、あまり風呂に入っていないと一目で分かる男達が大笑いしながら通り過ぎていく。

持っている武器がちぐはぐだ。切るよりのこぎりのように使わないと対象を千切れないぼろぼろの剣から、武器屋でいい値段がするであろう弓までバラバラである。

一際体格のいい男が持っている剣は貴族の家で飾られていてもおかしくない代物で、彼の体格にも合っていない。十中八九盗品だ。

賊の類いだろうか。

「しっかし、こんな人混みで捜せるかねぇ」

「金払いがいいお客さんだ。いいとこ見せときゃ次に繋げられるかもしれねぇから、てめぇら気張れや」

何十年かに一度の大行事。人が動けば金が動く。金が動けば価値が動く。そういうときは、おこぼれを狙った輩が群がってくるものだ。

会話も見た目も物騒である。関わるとろくなことにならないので、この手の輩には存在を認知されないに限る。

男達は私に気づかず通り過ぎていった。

声が完全に聞こえなくなってから、隙間からぬるりと滑り出る。

やはりこの手はかなり有効だ。それなのに、神官達には見つかるようになってしまった。以前は集団で駆け抜けていったのに、今ではどんな隙間もとりあえずはと覗き込んでくる。覗いた先に私がいて、絹を裂くような悲鳴を上げた神官（四十代男子）は元気だろうか。

入り込んだ壁を掃除してしまい汚れた服を、ぱたぱたはたく。服の仕立てがもっと悪ければよかったなと贅沢なことを思う。だが、仕立てのよい女服よりよほど安全だ。

その後も足早に進み、ようやく警邏《けいら》の目がある場所に出た。

穏やかで、忙しなく、今日が途切れる出来事が非日常な場所。

町行く人々は、近くにいる人の凶器や力の差を確認しなくていいし、何かあれば警邏を呼ぶ。親は丸みを帯びた子どもの手を引いて歩き、子はその手が自分の後ろ盾だと認識する必要もなく守られる。

掬い取られる範疇にいる人々が生きる場所。そんな人達を、警邏が守る。掬い取られない物は守られない。持つ者は与えられ、持たざる物はすべてを与えられない。

不公平だがおかしな話ではない。警邏が守っているからそう生きられるとも言えるのだから。

土が剝き出しになっていない舗装された道を、靴越しに歩きながら考える。

私が使っていた神殿の部屋は、掃除が入っていなかったとエーレが言っていた。本来、聖女の座が空席であっても毎日清掃が入る。それがその仕事ごと放棄された。

エーレ以外の人から、十三代聖女の記憶は失われた。だが、私がいた痕跡は消えていない。様々な書類にも私の名前がある。今はまだ。

それなのに何も騒ぎになっていない。

エーレはこれを催眠の類いではないかと言った。

事実が過去から変化し、現在になりかわっているわけではない。時が乱され、過去が改変されたがゆえの変容であれば、当代聖女の痕跡ごとなくなっているはずだ。そんな術が可能かどうかは知らないが、それを言い出せば国中から当代聖女の認識を失わせる術だってあり得ないはずだった。

塗り潰されているのは人の意識だけ。物的証拠があちこちに散らばっているのに、誰も十三代聖女が既に見つかっている事実に目を向けられないのは、何かしらの阻害があるゆえに認識できなくなっているだけだと。

少なくとも、今はまだ。

それならば、規模はとんでもないとしても人の範疇に収まる。誰かとんでもない神力を操れる人間がいると仮定できる。

私の存在を、聖女として過ごしてきた間に残した物を、名を、行動を。すべて根こそぎなかったことにできるのは神の所業だ。だが、人の認識だけを阻害したと考えれば人でも可能だった。

問題は、そんな規模で神力を扱える人間に心当たりが全くないことである。

私にも、エーレにもだ。

そもそもエーレは、神力だけでいうなら神殿で五本指に入るほどの力を持っている。何せ最年少一級神官の称号持ちだ。

そのエーレに心当たりがないとすれば、神殿の関係者ではない、はずだ。

「先代聖女派だったら困るなぁ」

先代である十二代聖女は今でも根強い人気がある。王政に切り込み食い込みとかなり行動派だったので、王城関係者からは蛇蝎の如く嫌われていたらしいが、民からは絶大な人気があるのだ。

頭の切れる美女だったそうだ。そりゃあ人気も出るだろう。

私の人気？

民からは知らない。神殿からは諦念を、王城からは「遠くで幸せになってくれ、大陸の裏側くらいで」との言を頂いた。

それはともかく、先代聖女はよくも悪くも様々な痕跡を残している。何せ、先代聖女派という新たな派閥を生み出してしまったのだ。

通える学校が限られていた平民の子が貴族の養子にならずとも学校を選べるようになったのも、爵位を継ぐ資格も結婚後給金を得る職にもつけなかった女性がそれらを認められたのも、先代聖女の功績だ。

建国七百年間変わらなかったしきたりや法律を変えたのは凄いし、さぞや努力をされたことだろう。

そんな人気絶大な先代聖女を唯一とする派閥が、先代聖女派である。

先代聖女至上主義ともいう。

先代聖女派は、慣例として優劣は存在させないと決まっていたはずの歴代聖女に、堂々たる差をつけた。先代聖女は、最も偉大で、最も美しく、最も賢く、最も強く、最も素晴らしいと言って憚《はばか》らない。

それが先代聖女派だ。

それどころか、この世で最も尊ぶべき存在と掲げたのだから堪らない。

神殿内、つまりは神官や神兵からも多く排出された先代聖女派。先代聖女と関わった時間が長かったと考えると当然の帰結かもしれないが、これはまずい。

何せ、神殿に勤めながら神より聖女を取ったのだ。

先代聖女派はことごとく神殿から叩き出された。それでも公言していないだけで身の内に秘めている者はいるだろう。神官長はいつも頭を痛めていた。

鼻だけで溜息を吐く。口を開けば、頭を抱えて呻きかねなかったからである。考えなければならないことが多すぎるし、いろいろ、そういろいろ、もやもやするのって、本当に心の底から。

「あーもーめんどくさっ！」

結局口が開いてしまった。

突然叫んだ私に、周囲の人々は足先の向きを変えた。そそくさ離れていく人々との間に木枯らしが吹いた気がする。いいんだ、歩きやすくなったのだから。

もの悲しい気持ちを快適な道で誤魔化すも、歩を進めればまた道が塞がれてきた。

時刻は夕方。家路へ急ぐ人やこれから一遊び繰り出そうとする人。朝に次いで人の往来が激しくなる時間だ。それに加え、ここ数十年で一番人が集まっているのだ。混むのは当然である。

しかし、何やら人の動きがおかしい。何かを避けるように動く。さきほど避けられた身だからよく分かる。

次にもの悲しいことになったのは誰なのだろう。ほんの少しの同情心と好奇心と仲間意識と暇潰しをこね合わせた気持ちで、視線を巡らせる。進行方向右手側が発生源のようだ。

そこには、昨日私が泊まった宿とは雲泥の差の宿があった。貴族は訳ありしか利用せず、庶民は利用しやすい。そんな宿だ。

今日はここでもいいなぁと思う。

割り札を見せれば高い宿でも泊まれるが、後ろ盾がない状態で貴族の中に飛び込むのは危険だ。さっき避けたごろつきが金と地位を持っている、そんな貴族もいるからだ。ごろつきは力尽くで欲を叶えるのに対し、貴族は金と権力尽くでくる。それだけの違いだ。

「だから！　きょうだけ！　こいつのねつさがったら、すぐでてくから！」

子どもの金切り声に、忙しなく行き交う人々は奇妙なほど進路を曲げて歩いていく。

暗くなり始めた夜の闇を吸い取り、空いた部分へ昼をはめ込んだかのようにガラス張りの玄関は明るい。周りが暗くなればなるほど光は目立つ。

そんな宿の正門に、その子どもはいた。

ぼろぼろの服を着た少女がいた。身体は汚れ、酷く痩せている。年齢が分かりにくいが、両手の指数に足りているとは到底思えない。

そして、少女は己よりもさらに小さな子どもを抱いていた。こちらは乳幼児から幼児に到達したばかりに見える。

子どもは少女と同じ状態だが、一つだけ違うのは顔を真っ赤にして荒い息をしていることだ。

少女は必死に言い募る。今日だけ、今日だけでいいからと。言葉を受け取っている男は、服装からしてこの宿の支配人だろう。

「だからねぇ、困るんですよねぇ」

「たのむから！　こんななってるのに、そとでねかせたらこいつしんじゃう！」

「ですがねぇ、貴方はお客様ではございませんので、わたくし共にはどうにもできません。割り札の効力はもうございませんので。残念なことですねぇ」

うむ凄い。最後にとってつけたように告げられた残念な気持ちが欠片も伝わってこない。言い聞かせるように、ことさらゆっくりと告げられた残念な気持ちで、大体の事情は察せられた。

この少女は、私と同じく昨日第一の試練を受けた。そして、通過できなかったのだ。

「たのむから！」

「はぁ……これ以上は営業妨害で警邏を呼びますよ。具合の悪い弟を牢屋に入れたくはないだろう？」

何かを言い募ろうとした少女は、ぐっと唇を噛みしめた。そして、ぐるりと周囲を見回す。同情の色があった。恥じる色があった。無の空気があった。それらが交じる世界で大人達は目を逸らし、足早に立ち去っていく。

少女の目には、最初から期待などなかった。何かを確かめた。確かめて、確信した。

彼女が何を思ったのか、分かったのは私だけだった。

人混みを掻き分けて飛び出した私は、さっと懐に手を入れた少女の腕を掴み、反対の腕を高らかに掲げた。

「はいはいはーい！　私、聖女選定の儀第一の試練通過者でございます！」

通過時に注がれた神力により、透明な割り札にはぽんっと一つの花が咲いている。この割り札、通過できなければその日に消えてしまう。神力で作られた物だからこそ、該当神力による強化がなければ実態を保てないのだ。

「本物？」

「本物だ……」

ひそひそ囁かれる声に、ふふんと胸を張る。

当然ですよ！　何せ当代聖女ですからね！

「今年の参加者は五万人だったか？」

そんなにいたの!?　まずい、宿が空いていない可能性が出てきた！

「いま通過が分かってるのは三十人くらいだったかしら」

それしかいないの!?　まずい、宿がら空きじゃない!?

胸を張っていた私は、とんでもない数を聞いて飛び上がった。そして、いまなお走り回っているであろう神官達を思った。

今晩は、あなた達の疲労回復を神様に祈りますね。加老による回復遅延は対象外なので自力で頑張ってください。

そして、神官長様は如何お過ごしでしょう。

最近上がらないと悲しそうに言っていた肩の具合は如何でしょうか。高い所に登った私の首根っこを摘まんで引き摺り下ろしていた頃のように、健やかな肩の上下運動を心よりお祈り申し上げます。

素早く祈りを捧げた後、一つ咳払いをしていそいそ割り札を胸にしまう。このシャツ、内側にポケットがあって便利だ。

聖女の服もあちこちにポケットを作ってもらいたいのに、一個もないのだ。おかげで木の実とかダンゴムシとか入れる場所がなくて苦労した。神官長が近くにいたら彼のポケットに詰め込んだものだ。

しばらくの間、いつも厳格な顔をした神官長のポケットが夢と死骸でパンパンになってる……と噂になった。申し訳ないことをしたと今は思っている。ちょっとだけ。

神官長の、健やかなポケット事情をお祈り申し上げます。

「な、なんだよ！　はなせよっ！」

我に返った少女が私の手を振り払おうとする。だが、痩せ細った幼子の力などたかが知れていた。

私の片手も振り払えない少女を摑んだまま、支配人の男へ視線を向ける。

艶やかに、しなやかに、強《したた》かな聖女の笑みを。

ちなみにこの笑顔、猛烈に練習した。習得するまで顔が攣りまくった痛く悲しい思い出はおいておこう。思い出したらまた攣りそうだ。

こほんと咳払いし、心持ち声量を上げる。

「お兄さん、折角のご厚意もそんなに迂遠的では皆様に真意が伝わりませんよ」

「……なんのことでしょうか、お客様」

割り札が有効ならば、奇異な格好をしていてもお客様。さすが客商売。

だが、だからこそ悪評はまずいはずだ。庶民の味方なお値段が売りな宿であっても、支配人を置く気概を見せるなら、ついでに大人の気概も見せてもらいたいものである。

少女の前に膝をつき、目線を合わせた。少女は咄嗟に逃げようとしたが、ぐったりした子を抱きかかえている身はそれほど身軽ではないだろう。

結局逃げられなかった子ども達の、感情が掻き交ぜられた視線を間近で受けながら、にっと笑う。

「大丈夫ですよ。この方は、ちょっと意地悪な言い方だったけれど、警邏に保護して頂きましょうねと言ってくださっていたのです」

「は？」

明確な意思を持った呆け声は、人混みの中でもはっきり聞こえる。だが、無視して続ける。私が話しているのは彼ではないのだ。

「警邏が来たら、保護機関に連れていってくれますよ。そういう法律がね、半年前に決まったんです。同時に、養護院の経営も国が担当になっています。今までは地区や個人が寄付を募り個々で営んでいましたが、もう違います。水や道路、郵便に医療。それらと同じく、採算が取れずとも国が成り立っていく上で欠かせない分野だと法律によって定められました。だから、保護者がいない子どもは保護機関に連絡するか、自分で連れていくかなんですが……お兄さんはお仕事中だから、警邏にお願いしようとしたのでしょう。ねぇ？」

ぐるりと首だけ回して振り向けば、男は気味悪そうに一歩下がった。秘技ふくろうの真似。

ちなみに暗闇でやったら神官達にお化け扱いされ、塩、酒、書類、椅子、ありとあらゆる物を手当たり次第に投げつけられ、二度とやるなと涙目で怒られた。

仕方がないので、夜に自分の部屋で鏡を前に練習していたら、突如現れた暗殺者に腰を抜かされた。暗殺を稼業にしているのに幽霊が怖いとは、難儀なものである。夢で魘されたりしないのだろうか。

「困っているあなた達を追い出すなんて、そんな酷いことするわけがありませんよ。だって、半年前に制定された未成年保護義務法、時と場合によっては努力義務じゃないんですよねぇ」

未成年保護義務法。

その名の通り、未成年を大人達が守りましょうねという法律だ。

大人には保護が必要な子どもを見かけた場合、受け入れ場所となっている機関に連絡する義務がありますよと法が刻んでいる。

「でも、皆様大人ですものね。自国の法律なんて私などがわざわざ口にするまでもなく、皆様勉強

されておられることでしょう」

そんなわけはない。大人でも知らない人は知らないだろう。

スラムや先程の地区にいる大人は生きているだけで精一杯だ。そうでなくても、所詮人は知っていることしか知らないし、知ろうとしたことしか抱けない生き物だ。

男の口元がひくりと引き攣った。すいっと視線を回せば、通過率が異様に低い試練を越えた聖女候補を見ようと集まってきていた人々が、揃って視線を逸らした。

はいちゅうもーく。

「基本的には子どもを守るよう努めましょうねという内容なのですが、命の危険がある場合には、ねぇ？　ほら、人聞きが悪い言い方ですが見捨てたなんて、ね？　そのように見えてしまう言動を行った場合は、罰金か懲役刑……」

はいかいさーん。

見世物じゃないぞ散れ散れ状態で人々が散っていく。見世物にしているのもなっているのも当人自身なのだが。

自分で集まり自分で散る。忙しない人生だ。

誰も走っていないのに、物凄い速度で離れていく。足音が楽器演奏みたいだ。しかも打楽器。いっそ走って逃げたほうが清々しいと思うほどの必死さであった。

人々が石を放り込まれた魚の群れのように散った後には、支配人の男だけが残った。お仕事ご苦労様である。

　にこりと微笑み、少女の頭を撫でる。ごわついてべたつくのにかさつく、無機物のような髪だ。肌は粉が吹くほど乾燥している。栄養不足に清潔不足。直ちに保護が必要な状態だと判断するのは容易だ。

　少女もその腕に抱かれる子どもも、目をまん丸にして顔を引き攣らせている。どう見ても恐怖しか感じていない。

「色々とお忙しいことでしょうし、ご事情も、ね？　あることでしょうから、私が保護機関に連れていきますね」

　人目のある場所でお金のない客を受け入れるのは、危険を伴う。同じように受け入れてくれと詰め寄ってくる物が現れるからだ。善意につけ込む物は際限などない。だから善意は見せる場所を選ぶ技量が必要になってくる。そういう事情も理解はできた。

　だが、本当にその事情を考慮してこういう態度を取っていたのなら、奥の人間はあんな目で見てはこないだろう。

「そ、れは、助かります。ご親切に、どうも……」

　もごもごと口を動かす男を、宿の奥から総支配人が見ていた。飛んでこようとしていたが、脅えた顔になった子どもを見て足を止めている。深々と下げられた頭に、軽く頭を下げて返す。

　世の中持ちつ持たれつ。それに、気にくわない所業を行った人間を裁く権利は、意外と当人にはない場合が多い。それでいいのだろう。私刑が蔓延る時代が平和だった例はないのである。

「では、お仕事頑張ってください」

そしてこの法案を通したのは私のお仕事なので、そこのところよろしくお願いします。


「あー、どっこいしょ！」

少女の腕から子どもを預かり、かけ声と一緒に立ち上がる。予想通り軽い身体だ。肉も水気も失われた、熱く乾いた子ども。

異臭に少し、安堵する。腐臭であればもはや間に合わない。

左手で子どもを抱え、右手で少女の手を引く。そうして歩き始めれば、散っていた後も遠巻きにそれとなく見ていた人々に追いついてしまった。

ちらちら視線を向けてくる人々の間をまっすぐ歩く。気まずいことがあると、殴りかかってくる人間と避ける人間に分かれる。人混みが分かれる様子を見るに、ここにいるのは避ける人間が多いのだろう。

そもそも厄介事を避けない人間ならばこの位置まで逃げていない。いい意味で避けない人間ならば、少女達に伸ばされる手もあったはずだ。

「ごめんなさい、二人抱っこは難しくて。あ、おんぶにします？」

よたよた歩いてついてくる少女に謝れば、少女は安堵と警戒をない交ぜにした瞳で私を見上げた。

「な、なんだよ！　あんた！　なにっ……」

「お医師様に見て頂いて、ご飯食べて、お風呂入って、ふかふかは保証できないけど、少なくとも虫に刺されない布団で眠れる場所に行きましょうね」

いやぁ、かなりお金がかかる制度だから通すのに時間がかかったけど、徹夜しといてよかった。根性で通した法律までなかったことにされていなくて本当によかった。

まあ、私は忘れ去られたんですけどね！

「昨日はどこに泊まったんですか？　そこでもお医師様を呼んでくれませんでしたか？」

「はなせって！」

もしかすると昨日は宿に泊まっていないのかもしれない。大人を信用していない子どもが割り札を手に入れたとて利用するとは限らないのだ。また、法案を通したところで先程の支配人のようにすべての大人が義務を遵守するとは限らない。世界とは単純ではないのだ。

先代聖女を煙たがり犬猿の仲となった王城で新たな法案を、それも利益としての収入は見込めず大変な金額が動く法案を通すのはとても骨が折れた。

暗殺者が来て物理的にぼっきぼきだ。

神殿を叩き出される前に治してもらっていてよかった。癒やしの神力を扱える人は神官でもそう多くはないのに、総掛かりで治してくれてどうもありがとうございます。お手数をおかけしました。

私に手を引かれている間、少女はそれ以上言葉を発さなかった。ただ、私を窺っている気配だけが伝わってくる。歩く速度に勢いはなく、ぽてぽてと揺れる身体には未だ迷いが見えた。

当たり前だ。甘い言葉には裏がある。タダより高いものはない。夢を見るには代償が必要で、払う代償は得たものの何倍も取り返しがつかない。

それでも、この少女が甘い言葉に拒絶反応を示しつつもついてくるのは、私が抱く子どもが苦しそうだからだ。熱が高い。傷口が膿んでいる。熱に抗う体力も、傷口を癒やす金もない。

少女が反射的に逃げ出してしまわないよう、人目のある大通りを選んで道を行く。

もう夜だというのに、行き交う人々は増える一方だ。同じ家に帰る人がいればゆっくりとした足取りで。子は親と手を繋ぎ。一人で帰る者は足早に、けれど数十年に一度の行事が開催され、様々な催しに彩られた町並みへ興味を向けて立ち止まる。

その度、ぶつかりそうになる身体を避けた。抱いた子どもに接触しないよう、手を繋いだ少女に大人の足が当たらぬよう、人の間を縫っていく。

本当は大通りではなく横道を突っ切れば保護機関までの近道になるが、人気のない道は恐怖心と警戒心を増大させるだろう。そして、警邏がいるとはいえ今は私も通りたくない。もしも何かあったとき、子どもを二人抱えては走れない。

「……あんた、だれ」

ぽそりと少女に問われ、そういえば自己紹介してなかったなと思い至る。失敗失敗。

少女の声は、先程まで喉が張り裂けんばかりに大きかったのに、今は聞き取れないほど小さい。

「マリヴェルと申します。あなたとこの子のお名前は？」

長い沈黙が落ちた。

「…………あんた、なんで、へんなかっこうしてるの」

「え!?　似合いませんか!?　動きやすくてかなり気に入っているのですが」

「…………へん」

「そうですかぁ。残念無念」

「……かおも、へん」

「顔も!?」

「うごきとか、ぜんぶへん」

「何一つとしていいところがない！」

何故だ！　何がいけなかったというのだ……全部か!?

それなら仕方ない。忘却される前から残念聖女との異名を冠したこの身である。子どもの素直な感想は謙虚に受け止めるべきだ。むしろ、幼気《いたいけ》な子どもに全部残念な大人を見せてしまい、誠に申し訳なかった。

「そういえば、聖女の試練を受けたのですよね？」

少女の表情はずっと硬い。緊張と警戒は当然あるだろうが、どうもさっきから違和感がある。

「そこで神官から、保護機関について聞きませんでしたか？」

いくら忙しかったとはいえ、目の前に保護対象がいる状態で神官がそのまま放り出すとは思えない。渡された書類にも記載されているが、保護が必要な環境にいた子どもは文字を読めない可能性が高い。だから必ず口頭でも伝えられていたはずだ。

少女は答えない。焦りを浮かべた視線で私の口元を凝視している。

足を止めれば、少女は警戒と脅えを滲ませた顔で立ち止まった。視線が、私の顔と、私が抱く子どもを行き来し始める。私が何かおかしなことをしたら、即座に飛びかかってくるつもりなのか足にも力が入っていた。

しゃがみ込み、目線を合わせる。離した手を自分の口元に当て、ゆっくりと話す。

「私が、話す、声、聞こえますか？」

後退りしそうな身体を必死に押し止めているのか、身体が妙に傾いている少女は、じっと私の口を見ていた。

ゆっくりと大きく開けた口でもう一度「聞こえますか？」と問いながら、自分の耳を触る。少女は、吐息と区別がつかないほど小さく掠れた声を発した。

「…………しずかなとこなら、ちょびっと」

なるほど。

道理で最初、声が大きかったはずだ。かと思えば今は耳を澄ませなければ聞こえないほど小さい。耳が聞こえにくいと声の強弱を調整しにくいのだろう。言葉自体は流暢に話せているし、この歳でも発音に違和感がない。ならば先天的な問題ではなさそうだ。

腕の中に抱く子どもの熱が高くなっている。荒い息も心配だが、何より大きな震えは筋肉の収縮に近い。痙攣《けいれん》しかけているのかもしれない。

医術の知識はないが、すぐ治療が必要だとは分かる。

だが、強引な手に出ると少女は私の手を振り払って逃げてしまうだろう。腕に抱く子どもも、軽いとはいえ片手でずっと抱くのには限界がある。実は、腕がぶるぶるしてきた。

「んー……ちょっとこっち……人目のないほうに来られますか？」

大通りから外れた建物の陰を指さす。少女の身体が強張《こわば》った。

怖がるだろうとは思っていた。目線を合わせたまま、自分の耳を触る。そして、くるりと回した指を少女の耳へと向ける。

「あなたの耳を」

自分の目蓋を指でこじ開け、見開く。

「診ます」

治療しますと言えればよかったが、身振り手振りで伝えるには少々難しい。

「みみを、めんたまにつめこむの？」

「斬新な発想！　さてはあなた発想の天才ですね？」

私の身振り手振りの出来映えが無惨すぎたようだ。今度練習しておこう。

……付き合ってくれそうな人が誰もいない。忘れられるって悲しいなぁと、しみじみ思う。忘れられていなくても付き合ってくれなそうな気もする……悲しくなんてないやい。

歩道のど真ん中でしゃがみ込む私を、邪魔そうな一瞥が通り過ぎていく。幾人も幾人も向けていくから、これは一瞥ではなく纏めて百瞥とか新しい単語を作ってもいいのでは？

「じゃあ、壁際でしましょうか」

子どもを抱え直し、どっこいしょと立ち上がる。思っていたより腕が疲れていて、何歩かつんのめってしまった。少女は慌てて両手を広げ、私の後をついてくる。万が一子どもが落とされた場合を心配しているのだろう。

抱えたまま転ばないよう踏ん張るし、どうにもならなくて転んでしまった場合は私の顔面から地面に突っ込む予定なので、どうか安心してほしい。

よたよたと歩道の端まで進んだ私は、追いついてきた少女を自分の身体と建物の間に立たせた。

きょとんと見上げてくる大きな瞳に、子どもを渡す。

「少し……ちょびっとお願いしていいですか？」

少女は慣れた手つきで、小さな身体には大きすぎる幼子を器用に抱いた。不安と警戒心と興味が入り乱れた瞳が、私を見上げる。警戒心は怒りに似ているけれど、その根本にあるのは恐怖だ。

だから笑う。笑いすぎれば胡散臭くなるのでそこは気をつけて。

詐欺師ほどよく笑うものだ。すべてひっくるめて笑顔で覆う。それが信用を勝ち得る一番簡単な方法だ。何故笑うか。それは、笑顔は人が一番安心する表情だからである。

小さな子が小さな子を抱いている姿は可愛らしい。だから、ただ可愛らしいなぁという思いを膨らませた感情をそのまま表面へ出す。

それだけで顔は勝手に笑みへと変わる。

可愛い。可愛い。ふくふくとして、ただただ明日への期待だけを胸に笑っていたら、もっと。

少女と子どもの頭に手を置き、息を吸った。

そして、二人を私の陰に隠したまま聖女の力を使う。

不自然な風と共に広がった髪の先まで光が走り抜けるが、髪が短いので光はすぐに散っていく。

さほど目立つことはなかったはずだ。現に、この場で癒やしの力が使用されたにもかかわらず、誰一人足を止めることはなかった。

本来、人の欲に直結する力を使用する際は、術者の安全が確保されていなければならない。そうでなければ、我も我もと集まった人々により余計な暴動が起こるからだ。延命に繋がる癒術などその最たるものである。

周りの気配を探り、おかしなどよめきがないことを確認し、ほっと視線を落とす。そんな私を、まん丸の目が見上げていた。

まん丸の目がぱちくりと瞬《まばた》きをする。その腕に抱かれた子どもの息は整い、すぅすぅと穏やかな寝息が聞こえていた。少女はきょろりと周りを見た後、慌てて腕の中の子どもへ視線を落とす。

少女の顔はくしゃりと潰れた後、大雨となった。

「ねつ、さがってる……も、もう、ずっと、なんにちも、さがん、なかっ……」

「うん。お耳はどう？　聞こえますか？」

「わか、わかんなっ、いっぱい、おと、いっぱい……」

「うん。お耳は、いつから聞こえなかった？」

「おと、さん、たたく、から、ぐーで、たたく、から、それで、そっから、わかん、なくて」

「うん、そっか。うん」

会話ができている。

エーレでも試したが、相変わらず聖女として授かった力は健在だ。聖女として制定した法案も機能している。健在じゃないのは認知とエーレの筋力だけである。大問題である。

しかし、今の問題はそこではない。

私はそっと少女の胸元に手を差し込んだ。少女がはっと顔を上げる前にそれを取り出す。

取り出した手に握っているのは、錆びたナイフだった。

「あの人を刺して、警邏に捕まろうと思った？」

長い沈黙の後、少女はこくりと頷いた。

「……ろうやにはいったら、ぱんと、みずもらえるって、きいた、から。こいつ、こいつに、あげよ、うって、おもった、から」

牢屋に入るのはあなただけで、この子と一緒にはいられない。当然、この子に食べ物をあげることも叶わない。

私はそうと知っている。けれど、少女は知らない。誰も教えなかったからだ。

知らないことを知っておけと責めるのは、惨《むご》い行いだ。だってこの子は、知らない事実を知らないのだ。世界の惨さしか教えてこなかった子どもに無を知れと、一体誰が言えるのか。

ぼろぼろと泣きじゃくる少女と声で意思疎通できている現状と、子どもの頭から熱が引いていることも掌で確かめる。

しかし病や怪我は治せても、弱り切った身体が完治したわけではない。後はお医師様に診てもらいつつ、栄養つけて、たっぷり寝て、すくすく大きくならなければならないのだ。

自身が時を過ごして得た結果でなければ、どんなものも応急処置に過ぎない。どんな本も技も術も神力も、神から直接与えられた聖女の力でさえ、万能なものなどありはしない。

人が扱うのなら、それが神でないのなら、万能を謳うは詐欺師であると心得よ。

神殿の心得である。

何はともあれ、身体のつらさが楽になって何よりだ。

少女と子どもを覗き込む形で建物に肩と頭をつけた私は、うんうんと頷いた。流石に衰弱と怪我と病を負った子どもを二人いっぺんに治すと体力使う。……削れすぎだと、思わないでもないが。

私は二人を見下ろしながらにこにこ笑う。

どうしよう。一歩も動けなくなった。

だるさにつられて身体を傾けてしまったが運の尽き。元の体勢に戻る力がない。私と建物の間には二人がいるため、そのままずるずると倒れ込むのも不可能だ。

ふっと静かな息と共に微笑む。どうしよう。詰みだ、これ。

このまま朝を迎えるかもしれない。

どんな場所でも眠れる自信はあるが、どんな体勢でも眠れるかは試したことがないので分からない。なんにせよ、この体勢で寝たら翌日首が死ぬ。

諦念の笑みを浮かべ、静かに燃え尽きた私の背後が何やら騒がしくなった。

最後の気力を振り絞り、ぞりぞりと壁で顔を剃りながら振り向く。

道路の端に一台の馬車が停まっていた。洒落っ気の欠片もない、実用性重視の馬車から三人の人間があたふたと駆け下りてくる。全員同じ服を着ているので制服だろう。つまり、同じ組織に所属している。

そして私は、その制服を知っていた。

「保護要請の連絡を受けて参りました、未成年保護機関の者です！　具合の悪い子ども二人と、男物の服を着た奇妙な少女とは貴方のことですか!?　貴方のことですね！　なるほど奇妙だ連れていきます！」

「連行にしか思えない！　あなた、さては警邏ですね!?」

「よくお分かりですね！　以前は警邏隊で働いておりました！」

「うわ正解してしまった」

保護の際の手引き書が全く守られていない。別に一辺倒に守れとは言わないが、せめて大声出しながら駆け寄るなというあたりは守ってほしいものだ。私が保護対象の子どもだったら、死に物狂いで逃げ出している。保護対象じゃない私でさえ反射で逃げ出したいくらいだ。

駆け寄ってきた三人は、不安そうに私の服を握りしめている少女とわたわた目線を合わせ、少女が抱きしめている子どもをおろおろ覗き込み、心配そうにぎゅうぎゅう毛布で包み込む。

だが、如何せん勢いが強すぎる。保護と捕獲、どっちの単語を使うか悩みがせめぎ合う。

うーんと呻いたら、視界がくらりと揺れた。世界がたらいに入った水のようにくわんと揺れる。

あ、まずい。これ本格的におかしい。

そう思ったが最後、壁にもたれていた顔がずれ、体重の力で削れた。痛みがあったようにも思うが、それらを把握する前に私の意識は途切れた。


目が覚めたら二日後だった。ぐっすり爽快大遅刻！

「うぉわぁ!?」

ぼんやり開いた寝ぼけ眼がカレンダーを捉えた瞬間、思わず跳ね起きた。

なんか顔が痛い。

「頭いったぁ！　いや顔!?」

しかし、そんなことより選定の儀！　第二の試練はいつからだ!?

慌ててベッドから飛び起きる。ここから神殿までどれくらいかかるのか。

そもそもここはどこだ!?　なんか知らない服着てる！　いやこれ寝間着だ！　なんか知らない寝間着！　お金！　エーレから借りた服とお金どこいった!?

とりあえずベッドから飛びおりたが、次にしなければならない行動が多すぎて決められない。

裸足で無意味に床を踏みながら、その場で回ってしまう。無駄に足を動かして見た部屋の中は、とてもすっきりしている。ベッド、簡単な机と椅子。机の上にカレンダーと時計。壁際にぬぅんと立つ細長い棚。カーテン閉まった窓。以上、終了！

昨日、いや二日前泊まった部屋より狭いが、綺麗で清潔だ。なんというか、まともだ。整いすぎているわけでも豪奢でも朽ちているわけでもない、普通と呼ばれる生活がここにある。

すとんと肩から力を抜く。遅刻は、まあ適当な言い訳を考えよう。

落ち着けば、胸元で何かが揺れているのに気がついた。小さな鍵だ。そういえば机に引き出しがあった。

やっと足踏み以外でまともに足を動かし、机へと向かう。上下ではなく前後に動かせば、身体はあっという間に動くのだ。むしろ留まるほうが難しい。

　一番下の引き出しに鍵穴があった。しゃがみ込み、首から外した鍵を差し込む。抵抗なく入った鍵に再度安堵の息を吐く。ゆっくり右に回した鍵が、がっと止まった。

　逆だった。

　しばしの沈黙を経て、そっと左に回す。鍵は回り切り、かちゃんと音を立てた。

　滑りのいい引き出しは軋《きし》むことなく、少しの力でその中身を見せてくれた。伸ばした指でちょいとつつき、中身を確認する。

「……保護機関の施設ってことで、大丈夫、かな？」

　引き出しの中で大人しく鎮座している財布の中身は、一切減っていなかった。

　財布の隣には割り札が並べられている。そのまま置くのは憚られたのか、こっちはハンカチを敷いた箱の中に入れられていた。

　引き出しの中身を懐にしまい直す。さて、こうなると服は棚の中だろうか。振り向こうとした背で、がちゃりと取っ手が回る音がした。半身を捻って様子を確認する。しかし、音はすれど誰も入ってこない。

　扉は小さく開いていた。

　その隙間から小さな頭が二つ見えている。茶と金が低い位置でひょこひょこ揺れ、次の瞬間勢いよく扉が開いた。

ばたばたと駆け込んできたのは、汚れても破れてもいない洗濯された服を着た少女と子どもだった。少女は私に背を向け、ベッドを向いている。両足に力を込め、床を踏み抜かんばかりに踏ん張っていた。子どもは、そんな少女の横できょとんと首を傾げている。

「はいこんにちは」

棚の前から呼び掛ければ、少女が勢いよく振り向いた。一拍遅れて、子どもも続く。

「おきた！」

「た！」

二人とも顔色がいい。お風呂にも入れてもらったのだろう。少女が跳ねる度に茶の髪が、子どもが少女の周りを回る度に金の髪がさらさら揺れる。少女は、子どもを纏わりつかせたまま私の前に駆け寄った。

「あの、あのさ」

「うん」

「あたし、あたしね、なまえもらった。それで、あんた、おきたらよんでこいっていわれてて、このこもね、なまえ、もらって。あんた、おきたらごはんだって、あのひとたちが。あんた、いっぱいねるから、みんなびっくりして、それで、それでね、あたしいままでがきってよばれてて。こいつ、ちびってよばれてて、でも、なまえもらった。それで、ごはんおいしくて、おふろがかわじゃなくて、それで、ねえ、それでね、かみ……しょるい？　かくとき、あたしたちのなまえ、かいてもらった。まだあたし、かけないけど、おぼえるから。それで、それでね」

しゃがんで目線を合わせながら、一所懸命教えてくれる言葉に頷く。少女が胸いっぱいに空気を吸い込んだ瞬間を見計らい、言葉を滑り込ませる。

「お名前、私にも教えてくれますか？」

問えば、少女は嬉しそうに笑った。かと思えば、恥ずかしそうに言葉を呑み込んでしまう。微笑ましく可愛い。照れ隠しとして、握っていた泥団子を自分の顔面にぶちつけた私とは大違いだ。

「あのね……マリにした」

「べう。べう」

「そっかぁ、可愛いお名前もらいましたね。よかったですねぇ」

「マリがいいって、あたしいった」

「そうなんですね。素敵なお名前ね」

「べう！　べう！」

マリは恥ずかしそうにはにかんだ。ところで隣の幼子さん、大変不思議な鳴き声をしていますね。何の鳴き真似だろう。牛かな？

べうべう鳴きながら、両足でどちどち床を踏む子どもが伝えたい内容が分からないので、とりあえず頭を撫でておく。

「こいつ、ヴェルっていってるんだよ」

「そっかぁ……ん？」

なんだか、大変に聞き覚えのある音ではなかろうか。

「マリ？」

「うん！」

「ヴェル」

「べうー！」

胸を張って答えてくれたマリに、両手を上げて答えてくれたヴェル。

二人合わせてマリヴェル。

「……………………」

やめておいたほうがいいよ!?

割り札には名前が書かれてあるので、機関の人も目にしたはずだ。だから、あのとき子ども達が理解できていなかったかもしれない名前を改めて知っていてもおかしくはない。

おかしくはないのだが、やめておいたほうがいいと思うよ!?

物凄く心配になってきた。だが本人達が誇らしげなので何も言えない。

後で機関の人に、子ども達が名前を変えたいと言ったらすぐに変えさせてあげてくれと言っておこう。名前を変える手続きは煩雑だが、必要となったらその手間を惜しまないでほしい。

子ども達の未来が懸かってるんです！

保護機関は、連日大忙しだ。

飛び交う書類、飛び出していく職員、飛び込んでくる保護対象の自称親。舞い散るインク、滅びる徹夜職員、滑り込んでくる警邏隊、お縄にかかる自称親。

修羅場溢れる光景であるが、ここでは日常茶飯事である。最初から警邏隊と組んだ計画を立てていてよかった。

子どもは商品になる。安く使える労働力になる。タダで使える駒となる。

子どもを贄《にえ》にする物も、子どもを自らの益に使う物も、育てはしないのに使いたいからと必死に取り返そうとするのだ。親であれ自称親であれ、子どもを金に換える手段に見ている物は、そこら中に転がっている。

だから、保護機関施設内には警邏隊の詰め所を必ずつけた。警邏隊だけで手に負えなくなったら騎士が出てくる。

毎日サボり場所で鉢合わせする第一王子と頭を抱えながら案を練ったので、比較的障害なく提携できた。場合によっては聖女も出るよ！

それに伴い警邏隊も随分増員したが、増員した警邏隊から保護機関へ転職した人がいたらしい。

……また足りなくなってないかな。ちょっとそわそわしてしまう。

常に修羅場溢れる職場を吹き抜け二階から眺め下ろしつつ、観葉植物の陰で新聞を読む。風呂と食事と、洗濯してくれていたエーレの服を着直した私は、話がしたいという職員の要望を聞いてここで待っていた。

第二の試練は明日からだそうだ。ぎりぎり間に合ったらしい。急いで神殿に駆け込む必要がなくなってよかった。

職員はまだ来ない。今日の修羅場を見ていれば理由は分かり切っているのでそれ自体は問題ないのだが、膝にマリが乗り、背もたれと私の間をヴェルが山登りしているので微動だにできないのが目下の悩みである。

「これ、これなんてよむんだ？」

「聖女選定の儀、本日の通過者二十三名と書いています」

「ふーん」

全く興味なさそうだ。彼女は通過が叶わなかった組になるのだが、全く気にならないらしい。

当人曰く、タダで行けて、ご飯が食べられると聞いて参加したのだそうだ。

どこから来たのかは、本人もよく分かっていないので不明だった。遠方から馬車に忍び込んでここまで来たという。一応希望の参加者には迎えの馬車が出るようになっているのだが、知る機会もなかったのだろう。

幼子だけでよく無事だったと胸を撫で下ろすしかない。

「これは？」

「四日終了現在、八十六名が通過、とのことです……一日目が七人だったそうなので、それに比べると随分数が増えています。二日目から神官の数を大幅に増やし、一日で行える数を大幅に増やしたそうです」

「へー」

うむ、やはり興味がないようだ。でも問うてくるのであれば答えましょう。

かつて、私がそうしてもらったように。

「ねえ、こっちは？」

「アデウス王立研究所が、また新たな神具開発に成功したようです。神具に新具、だそうです。この記事を書いた記者さんは、言葉遊びがお好きなのでしょう」

それか親父ギャグ。

「しんぐってなに」

「神力は分かりますか？」

「うん。それがいっぱいあったら、かねになって、くうにこまらないやつ」

「大正解。物知りですね。詳しくはこれから学んでいきましょう」

「でもしんぐはしらない。はじめてきいた」

「日常ではあまり使いませんからね。まだ日用品として使用できる物は少ないですし。神力は個々人により得意とする力が違いますが、神具は自分が扱えない力でも使えるようになる道具です。神具を作るのが得意な神力、というのもあるのです」

マリは少し困った顔をした。

「むずかしい」

「ですよね。私も言っていて頭がこんがらがってきました」

「もお！　しっかりして！」

「はい！」

その間ヴェルはというと、頂点への挑戦に興味がありすぎた。

私の髪を引っ摑み、背中を蹴りながら、見事登頂成功である。首が死にそうだが、頭の上から満足げな鼻息が降ってくるので賛辞を贈る意味を込めて拍手した。

上半身を動かさないよう拍手するのはあちこちの筋肉を使う。首？　首なら私の上で滅んだよ。

左のおでこに小さな掌がべちべち張りつく。恐らく登頂喜びの舞いである。

「あっ！　だめだぞ、ヴェル！　こいつ、かおすりおろしたんだから！」

そう聞くと痛そうだなぁと思いつつ、新聞を捲《めく》る。

現在、私の顔半分は包帯やらガーゼやらに覆われている。顔で身体を支えていたところで意識を失い、マリの言う通り自分の体重で顔をすりおろしたのだ。

壁がざらざらしていたのが敗因だった。

わりと凄惨な現場になったはずなので、子ども二人の精神と建物の所有者に悪いことしたなと思う。

　しかし、怪我した瞬間もそうだがその後も二日目覚めなかったとなると、相当疲弊していたようだ。たった二人癒やしたくらいでそんなに寝込むだろうか。単に疲れていたのかもしれないが、その前の晩だって夕方まで眠りこけたのに。

　考えていると、ぺちっと温かな温度が掌に降った。視線を向ければ、マリが自分の手を私に重ねていた。

「なあ、おれさ」

　マリの喋り方の大半は、彼女の音を塞いだ父親の喋り方から学んだのだろう。さっきは自身を「あたし」と呼んでいたが、あれは恐らく、ここに来て学んだ呼び方だ。だから、意識しなければ前から使っていた呼び方に戻るのだろう。

　今まで見てきた子ども達もそうだった。

　他に知らなければそれだけになる。別に喋り方なんて好きにすればいいのだが、好きにするというのは選んだ結果だ。それしか知らないからそれだけを使い続けるのは、選んだとは言わない。

「おれ、ヴェルひろってよかった……でもさ、ヴェルはおれでよかったのかな。おれ、ヴェルがねつだしても、なにもしてやれなかったから」

　子ども達を保護した場合、近くに保護者がいなければ行方不明の届け出と照合する。マリもヴェルも、該当する届けは出ていなかった。ヴェルはマリが三ヶ月前に拾った子どもだという。その段階から、二人は一人だったのだ。

少なくとも三ヶ月以上、子どもが行方不明になっていても届け出がないということは、そういうことだろう。

俯《うつむ》き、ぽつぽつ話すマリの声を聞き逃さないよう耳を澄ます。ヴェルは未だ頭頂部に登頂中だ。楽しそうで何よりである。

「私は昔、ゴミ山で拾った小さな子を死なせてしまいました。私には守れませんでした。助けを求める方法も、知らなかった」

大きな瞳が私を見上げた。それに微笑みを返せるくらいには、大人になった。

両手を上げてヴェルを頭から下ろす。抗議の声を上げてじたばたと暴れる身体を落とさないよう気をつけながら膝に下ろす。マリがヴェルのために片膝開けてくれたから、すんなり下ろすことができた。

「あなたは、あなたとヴェルの存在を私に教えてくれました。素晴らしい功績です。ありがとう、マリ。私にあなた達を見つけさせてくれて、本当にありがとうございます」

マリの額に唇を落とすと、大きな瞳がぱちくりと動く。何度も何度も瞬きをしながら、小さな手が恐る恐る自分の額に触れた。

「マリ、ヴェル」

静かな、けれど滲むようにしっかり受け止められる声が子ども達を呼んだ。子ども達は、ぱっと視線を向ける。私も意図せず、そして意図して、一拍遅らせて顔を上げた。

そこに立っていたのは、七十を過ぎた男だった。去年膝を悪くして杖をつくようになったが、それでも矍鑠《かくしゃく》とした様子は変わらない。

「そろそろ夕食ですよ。食堂に行って、お手伝いする時間ではないかな？」

マリは、あっと声を上げた。私の膝からぴょんっと飛びおりる。ヴェルも真似して下りようとするが、こちらは少し時間がかかった。何せ膝からでも下山である。よいせよいせと下山していくヴェルを片手で支えている私を、マリはそわそわしながら見ていた。

「あの、あのさ、まだいる？　いなくならない？」

「いいえ、もう行きます」

正直に答えれば、マリの顔は夜になった。暗くなった顔に、小さく笑う。

「嘘のほうがよかったですか？」

「……ううん。だまされるの、きらい」

暗い顔のまま、それでも私を真っ直ぐに見上げてくれた瞳は星のようだった。

「ちゃんとおしえてくれて、ありがとう」

子どもが掬い取られる国であればいいと願った。それが前提とされた道理であってほしいと祈った。祈るだけじゃ駄目だから聖女でよかったと思った。

「また、あいにきてくれる？」

「……うーん」

「だめ？」

悲しげに眉を下げるマリに、右の口角を上げて答える。

「聖女は忙しいんですよ？」

「まだいっこうかっただけじゃん！」

もーと叩いてくる手を受け止めながら、声を上げて笑う。マリの真似をして叩いてくるヴェルは拳だった。

あ、いたっ。骨に直接当たる！　しかも涎すごい！　お腹空いたの!?

いっぱい食べてきて！

笑いながら、二人の頭に手を置いた。二人の小さな子どもは少し身構えた後、心地よさげに身体の力を抜いた。

「マリ、ヴェル。どうか色々なことをしてください。学んで、遊んで、食べて、眠って、大きくなって。どうか、夢を見てください。夢の見方を知ってください。そして、夢の見方を忘れたとき、思い出す物語を見つけてください。思い出でもいい。本でもいい。景色でも、誰かの言葉でもいいんです。なんでもいい。けれど忘れないで。夢の見方を、覚えていて。それはいつか、あなたを打ちのめす苦しみから進むための意思を与えてくれます」

二人一緒に抱きしめる。ヴェルは反射のように私に手を伸ばす。マリはしばしの躊躇の後、恐る恐る背へと手を回してくれた。

「会いに来られるよう頑張りますね」

「かお、すりおろしちゃだめだかんね」

「私も好きですりおろしたわけじゃ……」

「へんじ！」

「はーい！　努力しまぁす！」

よろしいと重々しく頷いたマリは、その真似をしたものの頭が重くてただのお辞儀になったヴェルの手を引き走り去っていく。

一度振り向き、元気よく振ってくれた手に振り返す。

ぱたぱた走っていく二人を見送り、静かに待っててくれていた人へ改めて向き直る。

「所長が自らいらっしゃるとは思いませんでした」

老人は、ひょいっと眉を上げた。

「おや、ご存じでしたか……どこかでお目にかかったかな？」

「――いいえ。以前、お見かけしましたので」

この機関を作る根拠となった未成年保護義務法。この法案を通すために四年ほど毎日顔を突き合わせていましたよ。心の中でこっそり付け足す。

お互い甘い物が好きなので、会う度にお気に入りのお菓子を持ち合い、新作菓子情報を交換していた遣り取りも今回から中止となった。

「どうぞ、おかけになってください」

促され、では遠慮なくと素直に座る。これ以上長居するつもりはなかったが、私が座らない限り所長も座らないだろう。

「貴方のお名前を勝手に頂いてしまいました。申し訳ありません」

まず切り出された話題は謝罪だった。

所長が言うには、割り札を読んだ職員と、二人の命名書類を作った職員は違うらしい。結果的に私の名前が、子どもはそれらに許可が必要とは知らず、職員は事態を知らず、私は何一つ与《あずか》り知らぬ間に、二人に分断して与えられた。

その件を丁寧に謝罪してくれたが、それ自体は全く問題ない。ただし、もしも二人が改名したいと言った場合は、即座に対応してくれるよう約束してもらった。私の名前をつけるなんて、私を忘れていなければ百人中百三十人が猛反対するだろう。

「私の名も頂き物ですので。名をくださった方はきっと喜んでくださいます」

その事実だけは、皆も喜んでくれるだろう。後は絶対、形容し難い顔をするか、止めたほうがいいと思うよと絶叫する人に分かれるとの確信がある。

「そう言って頂けると助かりますが……その怪我も、神力での治療ができず申し訳ない」

「神力で治療頂くような怪我でもありません。その力は、子ども達に残してくだされば」

治療が可能な神力保持者は多くない。神殿であっても数えるほどだ。国によっては治癒師として強制的に軍の所属とされるほど数が少ない。

その上、神力とは体力と同じで使用すれば使用するほど疲弊するものだ。当然、一日で治療できる数には限りがあった。

そんな貴重な力を私の顔に使う必要はない。顔が削げただけなので命に別状はなかった。

「失礼ながら、貴方も治癒をお使いになられるとか」

「私は治癒師でも神官様でもございませんので、真似事にございます」

「これはご謙遜を。マリは、貴方が二人同時に癒やしてくれたとそれは興奮して話してくれましたよ。とても見事な治癒です。それこそ、並の治癒師では到底できる芸当ではないですなぁ」

笑みを返答とする。返ってくるものも笑みだ。

うふふあははと、幸せを循環させているのならいいが、ここにあるのはなんか嫌な汗掻いてくる空気だけである。さっさと話題を変えよう。

そう決めて口を開くが、向こうが一足早かった。

「是非ここで働きませんか？　見ての通り人手不足なのですよ」

にこやかに告げた視線が、すぃっと動く。向けられた先を追って、吹き抜けから一階を見下ろす。

頭を抱えて書類に突っ伏す職員、窓をぶち破って飛び出す警邏隊、素っ裸で風呂から逃げ出してきた子ども。それを追うタオル一枚の職員。

事態は相変わらず混沌を極めている。

むしろ時が経てば経つほど悪化している。子ども達が保護されている区画からここまで結構な距離があるはずだが、あの格好で駆け抜けてきたのだろうか。大惨事である。

人手が足りないのは一目瞭然だ。だがこれ、人手が増員されれば治まる類いの混沌なのか？

なんにせよ、それを受けるわけにはいかない。何せ私は。

「明日から王城で第二の試練なんですが!?」

あと、当代聖女である。

「選定の結果が出てから考えて頂ければと」

「落ちると!?」

にこやかな笑顔で黙らないでほしい。

確かに私も、私のようなものが聖女を目指してます宣言したら鼻で笑う。だが、アデウス国民に残念なお知らせがあります。

だいぶ前から、私が聖女です。

「十二の試練……あと十一か、十一の試練を軽々と乗り越える予定ですので、別の人材を探して頂ければと」

明日からの私にご期待ください。

所長はひょいっと肩を竦め、それ以上強くは勧誘してこなかった。引き際を見極めるのが上手な人である。

「それは残念。おっと、アデウス国民としては喜ばしいことですとも、ええ、勿論」

白々しい笑顔も年の功で好々爺に見える。彼が場を持てば、その調子から逃れるのはなかなか難しい。だからさっさと切り上げようとした雰囲気を察したようだ。食えない爺の称号は誰にも渡す気がないらしい。

「ただ、一つだけ聞きたいことがあるのですが」

「私にお答えできる事柄でしたら」

答えられないことのほうが多いと思うが、とりあえず聞くだけ聞こう。そう思い、心なしか居住まいを正した私を前に、所長はすっと声の調子を落とした。

「貴方は普段、治癒を使った後、倒れるほどの疲労を感じますか？」

思わず口を閉ざしてしまった。これでは何かあると答えているようなものである。

「答えたくなければ答えずとも結構です。ですが現在、神力がうまく発動しない事例が確認されているようです」

「は？」

どう答えるべきかと頭を巡らせている間に追加された情報で、思わず声が出てしまった。

所長の顔を見ても冗談とは思えない。そもそも、そんな質の悪い冗談を言う人ではない。

「いつもならば問題ないはずの力を使って昏倒《こんとう》したり、そもそも発動しなかったりと、安定しないようです。その影響で、貴方が受けた選定の場もうまく整わなかったようです。ですから、神殿から二級神官以上が出てきていますしね」

神力は、人間が扱う目に見えない力を指す。

国によっては魔力、気、祈りなど様々な呼び方があった。アデウス国において神力とは途中で授かるものではなく、身体と同じく持って生まれてくるものだ。

アデウス国では他国とは違い、神力自体は珍しいものではない。発現させる能力の違いはあれど、国民全員が所持している。

一般的にはマッチ一本ほどの火を起こせる、そよ風を起こせるなど、小さなもの。大きな力になれば嵐を起こせるとも湖を持ち上げられるとも言われている。その規模の神力を扱える者は、神殿でも数えるほどしかいない。

ちなみに、大小様々あれど、誰もが持って生まれる神力を検知できない悲しい例外がこの私である。泣いてなどいない。

持って生まれる力であるがゆえにか、不思議なことに神力は国によって特色が出る。

それにより、聖女選定の儀でアデウス国の女のみを選べるのだ。

旅費や滞在費目当てに参加しようとも、アデウス国民の神力を検知できなければ申請は不可となる。検知方法は簡単だ。受付で配布される割り札である。アデウスの神力を持っていなければ、あれに指紋は刻まれない。

　神力が輝かしき零《ゼロ》の私でも、何故か割り札の指紋は刻める。神のご加護か、それとも私の神力は零《ゼロ》ではなく数値として出せない量であれば存在しているのか。

　それはともかく、神力は身体と違って成長することもなければ老いもしない。決まった量が変わらずその身に在り続け、ただ不変があるだけだ。

　それなのに、神力に不具合が出るなんて聞いたことがない。私の治癒は神力ではなく神により与えられた聖女の力だが、それだって二人を治した程度で枯渇するようなものじゃない。

　だが、事実昏倒し、負傷しても痛みに気づかず眠り続けた。二日も眠り続けるなど、空っぽになるまで使い切りでもしなければあり得ない。

　嫌な予感がし、膝の上に乗せていた掌へ視線を落とす。誰かに触れていなければ聖女の力は効力を持たないが、力として感じ取ることはできる。

　それなのに、光が身体の中を走り抜けず霧散した。

「……なるほど？」

　敵の正体も動機も、何も分からない。だが、一つだけ浮かんだことがあった。それを呑み込み、掌を握りしめる。ぐっと吊り上げた口角は、きっと笑みに見えることだろう。

　やるべきことは変わらない。神殿に戻り、聖女に戻る。

　結局はそこに集約してしまう。それ以外何もできない。何もない。それを知っている。

切り替えができなくて、スラムなど生きていけるか。頬を殴り飛ばされた事実を気にする暇があれば、さっさと次のパンを探さなければならない。後でもできるものは後回しだ。

「そのような内容を、神殿と王城が簡単に公表するとは思えませんが」

アデウス国は豊かな国だ。

土地は肥え、鉱山は満ち、技術は溢れ、大小の差あれど神力を全国民が持ち、一教が穏やかなる支配を持つ。スラムはあれどそれを王都が抱えているがゆえに、方々へ散らず、地方の治安はそれほど悪くない。

他国から見れば、喉から手が出るほど美味しい国なのである。

何かしらが不足した際、財源確保でも資材確保でも食糧確保でも人材確保でも、名が挙がる筆頭国がアデウスだ。無難な交易でも、暴威による略奪でも、だが。

歴史上アデウスはそれなりに戦争を仕掛けられてきた。その度勝利してきたからこの豊かさを保てている。だが、ただでさえ聖女不在のまま大きな行事を開催している最中に、神力に異変が生じたなど他国に知られたら厄介なことになる。他国がつけいる隙をこれ以上作りたくないはずだ。

さて、その情報元はどこだ。

そろりと視線を向ける。にこりと返された。あ、駄目だこれ。

「年寄りは、暇な分耳ざといのですよ。前の職場繋がりとか、ねぇ？」

王城――！　頑張れ王城――！　情報ダダ漏れ――！　そっちが頑張ってくれないと、情報共有の義務として王城に報告している神殿が報われないぞ――！

「なに、前の職場のお隣にも、茶飲み友達がおりましてなぁ」

神殿――！

本当に駄目だこれ。

彼を前に情報の秘匿は難しそうだ。私はそうそうに諦めた。最低限個人の秘密だけは守ろう。そう決めた。

「色々と大変なのですね。ですが本当に、怪我のことはお気遣い頂かずとも結構です。薬をつけてくださったではありませんか。おかげで化膿せず済んでいます。お世話になりました。私が滞在していた間の費用をお支払い致します」

強引に話を逸らし、戻した。所長はそれに付き合ってくれた。

「それはとんでもないことでしょう。貴方が聖女候補である限り、国民は貴方を補佐する義務がある。そして貴方もまた未成年だ。ならば、我々は機関の職員として大人として、貴方を保護する義務がありますので」

話題替えには付き合ってくれたのに、それ以外は一歩も譲る気がないこの笑顔。法案を通すときは大変頼もしかったのに、目の前に立ちはだかると絶望しかない。

所長を決める際、ありとあらゆる人を検討した。

新しい法、巨大な機関。金がかかり、莫大な時間が懸かるのに結果が見えにくい。そんな制度を、誰も踏みならしていない歴史に投入する始まりを担ってくれる人。

重要視したのは、広い人脈があり、人望があり、多方面から圧力を受けにくく、横槍を避けて切り返し、足を引っ張る手を踏みつけ、火をつけようとする輩に油をぶっかけて当人を燃やす勢いを持った人、である。

まさか、大臣が職を辞して手を挙げてくれるとは思わなかった。さらに、生まれも育ちも伯爵位。法案に行き詰まる度、「よーし、爺溜め込んだ権力使っちゃうぞ」と片目を瞑《つぶ》った姿を見た。物凄く見た。強い味方すぎた。

そういう人なので、舌先三寸、小手先の言い訳で引いてくれるわけがない。どうしようかなと頬を掻こうとした指がガーゼに触れて、溜息を吐く。掻くのも言い訳も諦める。

そも、残念聖女と名高いこの私。得意なのは舌先三寸、口八丁。そこを封じられては正攻法しか残らない。

「諸事情によりこちらでお世話になる気はありません。割り札の権限も使用しません。ですので、私の手持ちからお支払いさせて頂きます。これは決定事項であり、変更はありません。本当は目覚めてすぐお暇するつもりでしたが、追われても困りますのでお話に応じただけです」

「諸事情とは？」

所長はにこやかな笑顔を崩さない。それより幾分か胡散臭い笑みを浮かべる。彼を参考にして練習したのに、私が浮かべると胡散臭いのなんで？

「私にも、敵はおりますので」

私にも、あなたにも、敵はいる。

命を身体を立場を損ねろと、それが己の利益になるからと、益はないが損をさせたいからと。

そんな理由はあちこちに転がっている。それを私より知っているはずの人は、やはり笑みを浮かべたままだった。

「私はその敵を、この場に持ち込むつもりはありません。ここは、子どもが明日を信じるための砦《とりで》です」

そのために聖女の権限を全稼働して作った機関であり、法だ。

機関だけを作るならそこまで権力を振りかざす必要はなかった。だが、法律の有無は大きい。個人がやりたいことを、皆がやらねばならぬことへ変化させる。

それが法律。それが義務。

法律は、その国で生きる人間との約束だ。

人々から当代聖女の記憶は失われた。それでも私は当代聖女だ。人々から私の記憶を奪った何か。それの狙いはどこにあるのか。私への攻撃か。何せ、私だけが国から失われたのだ。

だからここにだけは近寄らないつもりだった。

私が聖女として残した実績など、ここしかない。敵が私を追ってくる可能性が否定できない以上、絶対近寄らない。

どこか適当な場所に潜り込んでも、どこにも辿り着けずスラムへ流れても、ここにだけは絶対に。

神力が揺れているなど前代未聞の事態が起こっているなら尚更だ。

私は、ここにだけは来たくなかった。足の皮が剝がれても、爪が剝がれても、文字通り汚泥を啜ろうと。絶対に。絶対に。

たとえ私が死んだって。

得体の知れないそれを、この砦にだけは、絶対に連れてきてはなるものかと。

ふっと小さく笑う。それでもぶっ倒れてこのざまだ。話があるという職員を振り払って出ていかなかったのは、さっき告げた言葉の通り。私の保護に彼らが乗り出さないようにだ。

懐から財布を取り出し、金貨を五枚置いていく。

金ならある。保護は必要ない。

財布を仕舞う工程で、割り札も覗かせる。聖女の試練もまだ残っている。

名ならある。保護は必要ない。

名を与えてくれた存在もいる。保護は必要ない。

「保護は、必要ありません」

私はもう、あなたの名前を呼べずとも。

立ち上がり、彼が立ち上がる時間を待たず歩き出す。足の悪い人を置き去りにする性根の悪さは、なるほど、聖女に相応しくない。

けれど選ばれた。神は私を選んだ。

そして、私の大切な人達が私を聖女と呼んだ。ならば私は戻らなければならない。聖女の空席は国を荒らし、人に死を纏わせる。だから何がなんでも戻るのだ。

だってここは、あの人達が生きる国なのだから。

「マリヴェルさん」

呼び掛けられる声に振り向かない。しかし続く声は苛立《いらだ》ちや悲しみを浮かべることなく、ずっと穏やかだった。

「今度はお茶をご一緒して頂けませんか。わたしはこう見えて甘党で、それは美味しい菓子をたくさん知っているのですよ」

思わず笑ってしまう。知っている。

やあ盟友、元気かい。

ええ盟友、元気ですよ。

やあ盟友、お菓子あるよ。

ええ盟友、こっちにもありますよ。

知っているのに忘れられた事実がここにあるのに、変わらないものまでここにある。それは随分温かで、奇妙に寒々しく、痛いくらいに幸いが満ちていた。

「マリとヴェルに、どうぞよろしくお伝えください」

私の名を、まるで宝物のように教えてくれた子どもに言づてを一つ残し、私は走り出した。目指すは階段、正確にはその踊り場にある窓である。

開いている窓に向けて勢いを殺さず走り切り、窓枠に手をかけて飛び出した。下から上がってきていた職員と目が合ったので、片手を上げてかっこよく挨拶しておいた。

「お世話になりました！」

そして、片手を支えに使わなかった私は見事に体勢を崩した。

爽やかな笑顔で派手な音を立て落ちていく私が最後に見たのは、「えぇー……」という顔をした職員の皆々様であった。

夜中と言うには早い時間。子どもが走り回っていれば疑問に感じる時間。足早に家路につき、夕食に思いを馳せるには些《いささ》か遅く、眠りに誘うには早すぎる。そんな時間でもぞろぞろ人が歩いていた。屋台もあちこちで夜を彩る手伝いをしている。

流石、国を挙げての行事。いつもは閉まっている店も開いているし、客入りもなかなかだ。

みんな楽しそうで何よりだが、試練会場のことを考えると、流石に日付が変わる前には店も客も撤収するはずだ。その前に今日の宿を探さなければ。

だが、明日神殿に行くなら、いっそ正門前で野宿してもいいのでは？

この時間ならまだ馬車が出ている。正門前には当然門番がいるし、先日泊まった宿より百倍は安全だ。

それもいいなと思い、欠伸を一つ浮かべる。

「神力と、聖女の力が不安定に、ねぇ」

掌を握って開いて、じっと見つめる。

あのとき、誰の手をも振り払い神官長に駆け寄って力を使うべきだっただろうか。

しかし、攻撃と見なされれば、流石に叩き出されるだけでは済まなかった。その場で殺された可能性も高い。

当たり前だ。神官長の目の前まで迫った暗殺者に恩情をかける者を警備になど置いておけない。

それは正しい判断だ。むしろ、そんな暴挙に出た私を殺しにかからない警備はクビである。

「……敵見つけて蹴り飛ばせば全部元通りになりませんかねぇ、んん？」

人の視線と動きが不自然だ。警邏を見かける頻度も高い。走ってはいないが、足早に移動していく様子を見るに、どうやら揉め事のようだ。

気にはなるが、下手に近づかないほうがいいと判断し、進行方向を変える。

さて、今晩どうしようか。やっぱり正門前が最適解かな。

「ぁあん!?」

馬車を摑まえようと視線を巡らせれば、暗がりから伸びてきた何かによって腕を引っ張られ、声が裏返った。

びっくりしすぎて、ごろつきの威嚇みたいな声が出た。

完全に油断していた視界はがくんとぶれ、踏ん張るどころかたたらを踏む余裕すらなく、横っ飛びに路地へ引き摺り込まれる。路地は薄暗く狭い。通りとしてより、通路として使われる類いの道だ。これは大声案件かと、一拍遅れた思考に従い大口を開ける。

するとと、私よりよほど慌てた声がした。しかもその声に聞き覚えがある。

「ちょっと待て！」

慌てた声と手が伸びてきて、私の口を直撃した。

「いっ……！」

べちんと張りついた掌自体はそれほど痛くなかったが、その衝撃は削げた顔に効く。

響いた痛みに思わず呻くと、声と掌が一歩分離れた。

「すまん！」

「ったぁー……こんな所で何をやっているんですか、エーレ」

包帯の上からとはいえ傷口を触ってもどうにもならない。けれどなんとなく触りたい。

妥協案として全く意味のない顎を二本の指で揉みながら視線を向ければ、高そうな外套を深く被ったエーレが向かいの壁際まで下がって張りついていた。

狭い路地なので大した距離ではないが、背中を壁にぴったり張りつけ、両手を顔の横に上げているので、どう見ても私が彼を追い詰めている。濡れ衣である。

よくよく見れば、高そうな外套は自前で、その中身は神官の服だ。式典用の物ではないが、エーレは一級神官なのでそれなりに装飾が多い。

どう見ても夜中に一人でうろついていい格好ではなかった。

暗がりの中でも、まるで月明かりが集中しているかのように輝く髪と美貌である。色んな意味で夜道には気をつけたほうがいい。

「こんな時間に一人で出歩いたら危ないですよ。いくら警邏がいるとはいえ、不届き者も多くうろついていますし。エーレは綺麗な顔をしているのですから、特に夜は気をつけないと男女問わずに襲われますよ。どうしてこんな所にいるんですか？　いま神殿大忙しでしょうに」

「……お前が消息不明になるからだろうが！」

「うわびっくりしたぁ！」

突然ぐわっと怒鳴ったエーレに、私も壁に張りついてしまった。

「消息不明も何も、神殿に行くまで会う予定もなかったではないですか」

「マリヴェルお前、割り札使わなかっただろう」

エーレは、ようやっと下ろした手を胸の前で組み、私を睨んでいる。

「そういえば」

「あれが使用されれば自動的に神殿側の割り札へ通達がくる。それなのに、一切使用した形跡がない。何か問題が発生したと思うだろう。今も向こうの通りで騒ぎを起こしたがらの悪い集団が出たというのに」

「そうなんですか。どうりで騒がしいと。それにしても、割り札のあれ画期的な神具ですよね。最初に考えた人天才。技術公開できないのが惜しい」

「間諜《かんちょう》の仕事を助けるわけにもいかんからな……話を逸らすなマリヴェル！」

「逸らすんならもっと高速で逸れていける話題選びますよ！　これはただの世間話です！」

割り札は、そもそも使う暇がなかった。

最初に泊まった宿は問題がありすぎて割り札を見せるのは躊躇《ためら》われた。残り二日は、保護機関の一室で意識不明中に過ぎていた。どこで使えというのだ。

溜息と一緒にぐしゃぐしゃと掻き回される美しい髪が不憫《ふびん》だ。美しい人間は、己の美に無頓着である。無造作に崩されようと美しいものは美しいし、夜道を一人で歩かないほうがいい。

「エーレ」

「なんだ」

「わざわざ一人で神殿から出てこなくても。危ないですよ」

「……俺をなんだと思っているのか気になるが、元々出てくる仕事があった。お前の安否確認だけじゃない」

「この忙しい時期に貴方が出てくる仕事ですか？」

ありとあらゆる理由でてんてこ舞いだろう神殿を思う。阿鼻叫喚だったらどうしよう。

私は選定の儀に関わったことがないので内実を把握していないが、大きな行事が起こる度に、事務も実働部隊も皆が死にそうになっている現場は何度も見た。そのうちの一人が私なので、阿鼻叫喚具合はよく分かる。

その大忙し真っ只中のはずの神官が、夜道に護衛もつけず徘徊。非行は暇なときに走ってほしい。

そう思っていると、何故かエーレが半眼になった。

「言うまでもないことだが、夜遊びじゃない」

何故神官達は人の頭の中を読むのか。

「先の試練、想定以上の参加者により二日目からは二級神官以上の応援が入った。お前の安否確認がなくとも出てきてはいた。だが、神官として一番優先されるは聖女の安否確認だ。一度目はお前の意思を尊重したが、その結果がこれなら俺にも考えがある。説明を要求する。その怪我はなんだ。これまでどこに泊まっていた」

「えー と、その辺で。ほら、宿いっぱいありますし」

「その怪我はどうした、マリヴェル」

「えー と、その辺で。ほら、壁いっぱいありますし」

「……壁？　マリヴェル、お前ちょっと包帯の下を見せろ」

「うわ藪蛇！」

無造作に摑みかかられ、包帯を鷲摑みにされた。

「ちょ、なんですか!?　警邏呼びますよ!?」

「呼んだところで、現状において不審者はお前だ。俺がどれだけ襲われてきたと思ってる。そしてどれだけ返り討ちにしてきたと思ってる」

「うっわ、顔がいいって大変……この状況で警邏呼んだら私が暴行犯？　エーレに恋い焦がれ？　私が？　エーレに？　私が？　奇妙奇天烈《きてれつ》にも程がある」

「俺が持ち得るすべてを使い、お前を牢に叩き込んでやる」

「身分を笠に着た横暴をユルスナー、世界よ人々よタチアガレー」

「やる気のない暴動発起人はどこかの段階で身代わりにされて切られるぞ」

それもそうか。

話している間も攻防戦は続く。今日も世界のどこかで争いは起こるし、ここにも平和はない。しかも納得した隙を突いて包帯の端を見つけられてしまった。そこを見つけられると後は一直線。するする解かれ、残るはガーゼのみとなる。

傷口に張りついたガーゼを無理に剝がされると痛いので、観念して自分で剝がす。鏡がないから自分では見えないが、二日経ったのに未だ汚れているガーゼと、頰を引き攣らせたエーレを見るにわりと酷いようだ。

「…………………………は？」

長い長い沈黙の後、ようやくエーレの口から飛び出た音はそれだけだった。

　とりあえずガーゼを当て直すも、鏡がないのでうまくいかない。そもそも、傷の範囲はどこからどこまでだ。

　ああでもないこうでもないとガーゼの位置調整をしていると、無言で伸びてきた手がガーゼを奪った。そのままきっちり張り直され、包帯も巻き直される。きちり、きちりと、見えなくても分かる几帳面さで巻き直された包帯は、きつくもないのにずれない。見事だ。

「説明」

「いや、事故で」

「説明」

「だから事故」

「神官長直伝、秘技」

「物理的に傷口抉るのやめません!?」

　こめかみ掘削拳でも脳天粉砕拳でも大惨事である。どう考えても脅しだ。見事だ。

　仕方がないので、しぶしぶ白状する。白状してもさっき言った通り、事故以外の何物でもないのだが。

　保護した子どもを癒やした際、何故か失神した。その過程で顔をすりおろした。残念。

　失神で二日間保護機関にいたので割り札を使用しなかった。踊り場から飛び出したら落ちた。無念。

説明し終えると、エーレは深い溜息を吐いた。分かる。私もそんな気分。

「聖女の力までもが揺らぐか……使えなくなると、思うか？」

「そんな気がひしひしとしますね。この敵本当に人間なの？　魔王とかじゃなくて？」

「俺はまっ白な聖女服のまま逃げた子豚を追いかけ、三十分後何故か馬糞塗れになりながら子豚を抱えて戻ったお前を見てそう思った」

「それは魔王ではなく開幕三分でやられる下っ端の雑魚悪魔では？」

「そうとも言うな」

聖女の力をなくすかもしれない脅威を話し合っていたはずが、何故か私が雑魚悪魔という結論に達してしまった。世界には残酷が満ち溢れている。

エーレは少し青ざめた顔で、無意味に揺らした手を彷徨わせ、最終的に髪を耳にかけた。

「力のことは俺のほうで調べる。マリヴェル、お前は思い悩みすぎるな。神官長が仰っていたが、お前は悩むのがど下手だそうだ」

「悩み方に下手も上手もありますか!?」

「ひとまず、今晩ここに泊まれ」

私の言葉をしれっと無視したエーレは、懐から一枚の紙を取り出した。高い紙だと手触りで分かる。厚くてつるつるしていて、きっとまっ白なのだろう。大きさは名刺ほどだ。薄暗い中では書かれた内容が見づらく、差し込んでくる月明かりを求めて若干彷徨い、ようやく読めた。

紙の正体は、名刺といえば名刺だった。王都でも指折り高級宿、クリシュタのものだ。

「え、嫌ですよ」

「ここなら常時治癒師がいる」

「そりゃこれだけの高級宿ならそうでしょうけどね」

泊まるのは当然貴族ばかり、それも上位の貴族だけだ。何せ、王族御用達ですらある。男爵位程度では到底手が出せない高級宿。

こんな場所、頼まれたって近寄りたくない。

「そういう宿はどうにも居心地が悪くて。それに空いていないでしょう」

上位の貴族だって半年待ちと言われている宿だったはずだ。

そんな宿がこの騒ぎで空いているとは思えない。中途半端に高い宿は空きやすく、天井まで突き詰めた高級宿は部屋が満ちる。何故なのか理屈は知らないが、そういうものだ。

ぺっぺっと指を振ると、寒々しい無表情が返ってきた。冗談を挟まない本気に、これもまた面倒事であったと察する。

「最初からここに泊まらせてもよかったが、お前の言と意思を尊重して放逐した」

「放逐」

「放牧した結果がこれか、マリヴェル」

「放牧」

広々とした王都でのびのび育った生きのいい聖女です。

「このざまで、まさか現状維持できると思っていないだろうな」

「このざま。でも明日は朝から神殿ですよ？　もうどこで寝ても変わらないじゃないですか。なんなら遅刻しないように神殿正門前で寝てもいいくらいで」

「いくらお前が粗雑で無様で無惨で不憫になるほどついていなくても、何故か不思議と当代聖女だ。安全な場所で寝泊まりさせる義務が俺にはある」

「精神的に抉るのはもっとやめません？」

それに神殿正門前は安全な範囲だと思うのだ。だって真っ当な人目が常にある。雨風が凌げないだけで、安全に眠れるならその他の要因は些末事だ。

しかし、これは何を言っても引かないなと判断し、しぶしぶ了承する。どうせ部屋は空いていないだろう。お坊ちゃまは断られたことがないのかもしれない。

このお坊ちゃまほどの家柄になると、宿のほうから泊まりにきてねのお伺いが立てられると聞く。

一応顔だけ出して、駄目でしたーと他の宿を探せばいい。

そう決めて、大人しくポケットに名刺を入れた私を、何故か冷え冷えとした瞳が見ていた。

「顔だけ出して宿を変えればいいと思っているだろう」

「人の脳内を掻っ捌《さば》く神力って神官になる必須条件なんですか？」

「日常生活においてろくでもないことしかしなかった当代聖女へのろくでもない信頼の証だ。クリシュタは予備として常に何部屋か空けてある。聖女候補であればそこが使用される。どちらにせよ、この紙切れがあれば最上階が開放される」

「うわ、お坊ちゃま～」

「その通りだが？」

神殿に来た頃は口数少ない大人しい子だったと聞くが、一体どうしてこんなに打たれ強くなったのだ。神殿はそんなにも過酷な場所だったのだろうか。打たれ強くなりすぎて王城で渡り合えるまでになってしまったではないか。

昔の大人しく可愛かったエーレを返してほしい。私はそれほど親しくなかったのでその恩恵をほとんど受けていないが。

「りょーかいしましたぁ」

「後で泊まったか確認するからな」

さらりと放たれた言葉にぎょっとなる。

「ちょ、ちょっと待ってください！　いくらお坊ちゃまでも、あんな宿の顧客名簿見られるはずが……え？　見られるんですか？　やだ、貴族怖い……」

宿の信用問題に関わるのではないだろうか。そんな事実知りたくなかった。

心持ち距離を取ってみたら、呆れた目が私を向いた。

「クリシュタは当家が管理している宿だ。顧客名簿が見られないはずがないだろう」

「え⁉」

思わずここ一番の大声を出してしまった。

「紙切れは兄上から押しつけられたが、一応役立ったな。……マリヴェルお前、本当に気づいていなかったのか。名前が似ているだろう。クリシュタの名は、当時の当主が家名をもじって三秒で決めたんだ」

「い、言われてみれば……当時の当主様適当じゃありません？」

「そういう方だったらしい」

お坊ちゃまお坊ちゃまと思っていたが、これほどまでにお坊ちゃまだとは。

リシュタークは土地や山、それも鉱山銀山金山を大量に持っていると聞いていたが、まさか王都一の高級宿も持っていたとは。

「はぁー、お坊ちゃまだったんですねぇ」

「その上で出てくる感想がそれか」

呆れ顔から一転、何故か慈愛に満ちた顔が私を見ている。

しかし、曲がりなりにも長い付き合いの私には分かる。これは慈愛に見えるが、そこには慈しみも、まして愛など込められていない。

ここにあるのは、こいつ馬鹿だな、ちょっとくらい優しくしてやろうという同情と哀れみと貴族の余裕である。

そして、今晩の宿が決定した事実を示す。

逃れられない事実を悟り、がっくり項垂《うなだ》れる。それでもエーレが推すのだから面倒事はないと信じよう。

「分かりましたよ……どうもありがとうございます」

ふてくされながら礼を伝えれば、まだ微妙に哀れみが残る顔で頷かれた。こっちのほうが妙に傷つくのだが何故だろう。

肌に張りつくようにぴったり巻かれている包帯と肌の境目を撫でながら、溜息を吐く。

「ところでエーレ、貴方が出てきたのは神官達の神力が揺らいでいるからですか？」

前置きもなしに切り出した問いに、エーレはすっと表情を落とした。

消えた表情は、まるで王城を歩いているときのようだ。思考を読ませず、心を摑ませず、職務だけを果たす王城の神官。

「……聖女の安全が優先なのは本当だ」

「やだ、好きになっちゃう！」

「神力が揺れるという異常事態が起こっている。特に一般的な神力保有者ではなく、強い神力を持った人間が揺れやすいようだ。現在王都に人が集中している。酷い混乱が起こるのは避けたい。よって神官の不調を知られぬよう不調が出ていない高位の神官が代理を務め、場を治めている。幸い神力が強い人間は神官になっている場合が多く、また他の人間も神力の不調を感じればすぐ神殿へ相談に訪れているため囲いやすく、今のところ大きな混乱は起こっていない」

「私に惚れられるのそんなに嫌？」

懇切丁寧な説明をどうもありがとうございます傷ついた。

世間では神殿のために身も心も捧げた、人の心を持たぬ冷徹人間とまで言われる神官達。しかし一皮剝けば、腕捲りをしながら私を追いかけてくる神官達。膝まで捲り、飛び蹴り食らわせて逃亡を阻止する神官達。

何故だ。何故そのままの冷静な君でいてくれないのだ。何故世に思われているような冷徹部分を聖女へ向けてくるのだ。

「そりゃ私だって私に惚れられたらこの世の地獄かって思いますけどね」

「そこまでは言っていない」

「やだ、好き！」

「俺が一人息子だった場合、ここが末代となる覚悟を決めるだけだ」

「地獄扱いより酷くないですか？」

どっちもどっちと判断すべきか、こっちのほうが酷いと判断すべきか。

「あと、所長が普通に情報手に入れていましたが」

「……………………あの方は例外とする」

腕を組み、私も背中を壁に預けた。

「あえて敵と言いますが、敵の狙いは私だと思いますか？」

気がつけばエーレも同じ体勢になっている。

「マリヴェル、心当たりは？」

「ありすぎて……」

「確かにな……」

まっ白な聖女服ですっころんで洗濯の手間を増やし、時間が迫っているのにいつまでも朝食をおかわりし続け、見張り番が交替寸前に部屋をもぬけの殻にする。

うむ。恨まれて当然の所業である。

その度、山より高い神官服洗いの手伝いを、私のおやつ全部山分けを、夜勤当番の差し入れを個々で罰が下ったが、やはりそれでは足りぬ罪の重さであったか。

エーレは、ふんっと鼻を鳴らした。

「だがお前個人への恨みなど、神官長直伝の技を使えばその場で晴らせる程度だ」

「罪が重すぎる」

妥当だと言い切った紫がかった青色の瞳が空を見上げる。建物の切れ目から見える夜空は、地上の光によって星が隠されていた。

「これは当代聖女への攻撃だ」

「私も、そう思います」

「悪い知らせといい知らせがある」

「これ以上悪い知らせって何？　天でも墜ちましたか？」

空を見上げるエーレと向かい合い、私は視線を足元へと落とす。土を一枚隔て、丁寧に均された地面でさえ靴越しに触れる贅沢。腐臭もしなければ、ものも転がっていない。

まるでこの世の幸いが詰まったかのような足元だ。

「書類だけでなく石版に刻まれた文字でさえ、お前の名が読めなくなっている」

「書類はインクが滲んで？　それとも視界が滲んで？」

「白紙に見える」

この世の幸いが詰まった足元を見下ろしながら、大声で笑い出したくなった。

なんとなく手持ち無沙汰になった掌が、気がつけば顔に触れていた。髪ごとすべてを握り潰す。きっちり巻いてもらった包帯が乱れ、ガーゼが落ちていくが構うことはできなかった。

爪が傷口を抉り、痛みが滲む。それでも構わない。そのほうがよほどいい。

「やめろ」

静かな声が制止を求めるが、やめようがやめまいがどうでもいい。どうせなくなる傷だ。残ったところで命に別状はない。痛みを、私が覚えるだけだ。

失えと、言うのか。

こんな失い方で、すべてをなくしてしまえと。私には当代聖女の資格がないから、だから、こんな失い方をしても仕方がないと。神官長からもらったこの名でさえ、歴史に残してはなるものかと。

　そう定めた何物かが、この世に存在する。

「マリヴェル」

　決して荒らげず、根気よく紡がれていた声が私の名を呼んだ。その名を蔑ろにすることは、どうしたってできない。この名があるからこそ湧き立つ怒り、絶望、憎悪。

　この名は、あの人がくれた最初の祈りだ。

　怒りを原動力にするべきではない。大切なものがあるのなら、そうすべきではない。怒りを原動力にするが最後、それらすべて焼《く》べなければ終わらなくなる。

　だって私はまだ、夢の見方を忘れていない。

　深く吸い込んだ息を吐く。

「石版は、平らに戻されましたか？」

　神殿で使用される石版は特殊な石と術で造られる。そもそもが、強固な保存であり神に捧げる物として造られるのだ。文字を刻むことですら高位の神官でなくては不可能である。下位の神官では線を引くことすら敵《かな》わない。

　文字を刻み終えた後は、もはや何人たりとも手出しは不可能である。アデウス国を呑み込んだ術を使うほどの相手であっても、私の名前を削り取りたくば尋常ではない代償を支払うことになるだろう。

「触れれば削られた痕跡は分かる。だから、そこに文字はあるはずだ。文字が消されたわけじゃない。俺達が見えなくなっているんだ。お前が神殿に戻ったら石版を持ち出してくる。聖女の目でどう見えるか確認したい。できるなら聖女の力で確認をと思っていたが……」

「分かりました。倒れても安全な場所で使いましょう」

「その前に、誰に使う」

その問いには必要な情報のほとんどが込められていない。だが、意味は通じた。

ゆっくりと剝がした掌には、べったりと血がついている。こんな状態で高級宿に行っていいものかと苦笑するしかない。

「神官長に」

私の力は対象に触れられなければ意味がない。

今度は真っ当に、正当に、真っ正面から出向くのだ。あの人は、正当な手段を持って現れた人物から求められた握手を拒みはしないだろう。

死体を埋めたばかりの、死体と変わらないものの手を躊躇いなく握った人だから。

「……この力が揺らいでいるというのなら急がないと。できるなら、明日使うつもりです」

聖女となったあの日から、呼吸のようにここにあった力を失う日が来るのだろうか。

「回数が限られているなら、やっぱり偉い人から使わないとですしね！」

私はあの日、安堵した。

　この力がある限り、ここを出ていかなくていいのだと。ずっと神官長と一緒にいられるのだと、嬉しくて恐ろしくて、叫び出しそうだった。

　問題は、極限まで減らされたとはいえそれでも大勢の参加者がいる中で、握手を求めて近づけるかだ。

　奇声を上げながら奇っ怪な動きをして走れば全員避けてくれるだろうか。……兵士が飛んできて終わる気がする。皆の記憶が戻ったら、私の何かが終わる気もする。今更何も変わらない気もする。

「やっぱり先代聖女派だと思います？」

　偉大なる先代聖女エイネ・ロイアー。

　歴代一の人気と最長任期を誇る十二代聖女。一八歳で就任し、圧倒的な求心力で以て、若さによる不安定さを見せず、長年任を勤め上げた。老臣顔負けの知識で数々の政策を打ち立て、性別・地位など生まれによる不平等をなくそうと働きかけた。勤勉で、賢く、優しい心を持つ美しい人だったそうだ。

　人気大爆発した後、後任となった十三代聖女はこの私。

　うむ。暗殺されて然るべきである。私だって、神官長による推薦でなければ暗殺推奨派だっただろう。

　先代聖女に心酔し、それ以外の聖女を許せぬ先代聖女派。

神官長の地位を脅かそうとするのも彼らである。それにしたって、先代聖女に仕えた神官長に任を継続させ、先代聖女を基盤とした聖女を選ぶべしと声高々に叫ぶのだから困りものだ。

本来なら真っ先に彼らを疑うべきなのだが、私もエーレもいまいち釈然としない思いを抱いている。

何故なら彼らは、当代聖女を普通に殺しに来るのだ。

こんな回りくどいことをする理由がない。何せ「当代聖女を認めない。ゆえに殺します」と、あちこちに張り紙をして回っていたくらい隠れないし隠さない。

そんな人々なので、もし彼らに記憶があれば何をおいてもスラムにいる私を殺しに来ていただろう。それなのに、誰も殺しに来ない。

尋常じゃない状態だ。絶対に記憶を失っている。

そんなこんなで、神殿が一枚岩じゃない理由の大半はそこに集約されている。先代聖女派の中でも穏健派と過激派に分かれているので、一枚岩どころかバキバキ岩である。砂利よりはまとまっている程度だ。

神殿からすべての先代聖女派を排除できていればいいのだが、穏健派は擬態が得意なのでそれなりの数が神殿内に残っているだろう。ついでに聖女暗殺犯を捕らえても先代聖女派の過激派が勝手にやったと言われれば、穏健派まで潰し切れるほどの証拠が出てこない限り手が出せない面倒な事情もある。

エーレも難しい顔で考え込む。

「……それにしては大人しいんだがな。過激派の動向は押さえてあるが、唯一動きとしてあったのは、フェニラ・マレインの娘が他薦枠で残ったくらいだ」

「フェニラ・マレイン……」

私は神妙な顔で頷いた。

誰でしたっけ。

エーレは静かに浮かべた諦念により、それを受けた。いでよ、私の百科事典。あと人名録。

「フェニラ・マレイン伯、三十八歳。選定の儀に残ったベルナディア・マレイン十八歳の父親。メーウン領領主。先代聖女の右腕が前神官長ならば、左腕と呼ばれた男。条例を発足させた後、お前を東塔から突き落とした暗殺者の依頼主疑惑最有力候補」

「もう一声！　あ、やっぱり三声で」

「金髪、茶の瞳。少々甲高い声と早口気味の喋り方。隠しようもなく、そして隠す気もない先代聖女過激派筆頭。会う度何かしらの嫌みを言って立ち去っていくので恐らく常に暇なのであろう細目の男」

真面目に聞いていた私は、与えられたもう三声ならぬ四声を静かに聞き終えた後、顔の力を抜いた。ふっと笑った私に、エーレはすべてを悟ったらしい。諦念の色を浮かべた瞳が遠くを見つめたが、僅かな希望を胸に戻ってきた。

「お前が、散々投げつけられた論《あげつら》う言葉に対し、すべて満面の笑みで『仰る通りですね！』と返し場を微妙な雰囲気にさせた上に立場をなくさせた、フェニラ・マレインだ」

「その方散々ですね。新年の祝い席でしたっけ？」

「お前の聖女就任八周年祭だ！　新年のほうは初耳だぞ。どいつだ」

それとも年末の宴だったかと言わなくてよかった。爽やかな笑顔で誤魔化したら、顔が胡散臭いと吐かされた。所長を真似るとどうにも胡散臭くなる。

「……常日頃から思っていたんだが、お前は相当な侮辱を言い捨てていく相手に対し、毎度どういう感情を抱いているんだ」

「え？　えーと、『誰だったんだろう……』ですね」

「………………ただの感想だな」

そうとも言う。

その後、もう三声どころか十声ほど追加された情報と、私が提供させられたエーレ初耳記録を照らし合わせた結果、毎度私が微妙な雰囲気を提供してしまう相手は同一人物、フェニラ・マレインその人と判明した。

とりあえず、なんだか申し訳なくなった。フェニラ・マレインなる御仁に対しては勿論、エーレにも。私への嫌みなど、おはようの挨拶のようなものだ。正直誰が言ったかなど覚えていない。

「程度の低い嫌みであろうが聖女に対して非礼を行った相手はきちんと報告しろと、何度も何度も

何度も何度も何度も何度も何度も言われていたはずだが？」

「神官長への嫌みは覚えてるんですけどねぇ。それにあながち的外れでもないこと言うんですよ。阿呆の間抜けの腰抜けの、人生楽に生きることしか考えてない自堕落人間って！」

的確な評価である。自慢じゃないが、人生楽しく生きることしか頭にないのだ。

「自堕落人間は落とし穴を掘って爪を割らず、割れた爪を隠そうと義指を作らず、義指の材料を取りに神殿を抜け出し、最終的に足の爪を割って帰ってこない。それを部外者である政務官から聞かされる神官の心情を慮《おもんぱか》ったことは？」

「ところでいい知らせってなんですか？」

話を変えよう。

そろそろ嬉しくなる情報が欲しくなる頃合いだ。しょっぱい物ばかり食べていたら甘い物が食べたくなる。

露骨な話題変えに何故か素直に付き合ってくれたエーレは、静かに、だがしっかりと頷いた。

「お前の名が読めなくなり、聖女の力が揺らいだ」

「私と貴方って、いい知らせの定義がこんなに違いましたっけ!?」

それさっきまで話し合ってた内容ですね。

日増しに悪化する私が存在した証。それは断じていい知らせではなく、腹立たしいしやめんかこの野郎の知らせである。

「敵の力が増している」

「そうですよ。そのどのあたりにいい知らせ要素が」

「お前が神殿を叩き出されてから一ヶ月弱、よくも悪くも変化がなかったはずの現状がこの数日で大きく動いている。それも、神殿と王城から」

「……神殿と王城から？」

エーレは頷く。

「神殿の石版、本や書類では読めなかったお前の名が、俺の家にある新聞では読めた。意識しなければ読めないから、お前を忘れた人間には難しい上に、明日も読める保証はないが」

その言葉が示す意味に気づいて、はたと動きを止める。

「エーレ、この数日、神殿及び王城で滞在し始めたのは」

「聖女候補他薦組のみにございます、当代聖女」

少し疲れて、ずるずる座り込む。ざらざらした壁に引っかかり生地が傷んだろうが今はどうでもよかった。借り物であり、借主が目の前にいるというのに、なんとも酷い聖女である。

「動機は、私が聖女なのが気に食わなかったから、で、決定してもいいでしょうかね」

「……さあな。まだ何も確証はないが、闇雲に手を伸ばすよりひとまずであっても対象を絞りたい。その結果、可能性としてはそれが一番高いとは思う」

こんな聖女だ。私を気に入らない人間は多くいた。私より聖女に相応しい人間はそれこそ山のようで。

代替わりを望む人々の気持ちはよく分かる。私だって、私のような聖女は嫌だ。

十二代聖女を先代と呼びたくない人々。十三代聖女を当代と呼びたくない人々。多少の違いはあれど、願いは大して変わらない。そして、そんな人々は探さずともそこら中に転がっている。

なればこそ、神官長達は十二代聖女を唯一と掲げる彼らを、『先代』聖女派と呼ぶ。

どれだけ偉大であろうと、もはや終わった十二代聖女を先代と定義し、十三代聖女を当代と呼ぶ。

その意味を分かっているからこそ、先代聖女派は自らを先代聖女派とは名乗らないのだ。

彼らにとって、十二代聖女は先代ではないのだ。十二代聖女は、今なお『当代』聖女で在り続ける。先代聖女派にとって、当代は永久に十二代聖女なのである。

それを決して認めない意思を形にしたものが、神官長による先代聖女派の名付けだ。十二代聖女は過去の存在だと、今を治める聖女は十三代聖女だと、呼び名だけで分かるように。

それだけの意思を以て当代聖女として形作ってもらった私は現在、その認知を失った。こんなにも情けない話があるだろうか。

先代聖女が復権したわけでもないのに、当代は消え失せた。

「それとも、法案を通したからでしょうか」

「先代聖女が大分煙たがられたからな。政の場に出てこなかったお前が活動を始めたことで警戒された可能性はある」

「女性と平民の地位向上は図られてきたのに子どもをすくい上げる法はなく、王城ではお金のかかる法の言い出しっぺは攻撃対象となるので誰も手を挙げませんし。贅なら聖女が適任でしょう。所属はあくまで神殿ですし。だとしても、あの後はまたさぼるつもりだったのに」

「さぼるな」

「えぇー」

私が聖女である事実が気に食わないのか、聖女である私が気に食わないのか。

当代聖女の代替わりは聖女の死を以てしか行われない。聖女殺害に神の裁きは下らず、人の裁きあるのみだ。そして人は人の罪を暴かねば見つけられない。

膝の上にすりおろさなかったほうの頬をつける。どっと疲れたせいか、頭が重い。仕立てのよいズボンは高級なシーツのように柔らかな感触で心地よく、目蓋を閉じる。

「気に入らないなら殺しに来ればよかったのに」

「それは神官が許さん」

「別に私だって許してませんよ。でも、そのほうが手っ取り早いじゃないですか。どうしてわざわざ手間のかかる方法を選んだのでしょう」

こんな神をも恐れぬ凄まじい力で国の記憶を歪めるくらいなら、どうしてその力で私を殺さなかったのだ。大規模に力をばらまくよりよほど簡単だったはずなのに。

「真っ向から殺しに来てくれたら、私は逃げも隠れもするのに」

「ゴミ箱に隠れ、そのまま焼却場に運ばれる事態だけは避けてくれ」

「三度目の正直って言葉があるんですよねぇ」

隠れている最中に居眠りしないよう気をつけようとは思う。

「他薦枠の聖女候補は何人ですか？」

「十九人。貴族十五、平民三、不明一」

「相変わらず他薦枠は偏りますね」

「貴族は推薦者を探しやすいからな。その分自薦枠は貴族以外に偏るだろう」

それもそうだ。

現段階で有力な敵候補を十九人に絞ることができた。これは僥倖《ぎょうこう》だ。後手しか踏んでいない自覚はあるので、そろそろどうにかしたい。

なんにせよ、私は聖女に相応しくない。それは事実だ。けれど、他者を強制的に歪め、聖女の名を勝ち得ようとした敵だって相応しくない。

「……どうしていま笑うんだお前は」

不気味そうに覗き込んでくるエーレの言葉で、自分が笑っていることに気がついた。自覚すればますます口角が吊り上がっていく。

「だってもう、ぐじゃぐじゃ考えるの、疲れたんですよ」

相応しくない者同士の戦いなら、汚く無様で卑怯で適当でいいじゃないか。もともと無礼講。礼儀も何もあったものじゃない。どうせこちとりゃスラム出身。騎士の礼儀など持ち得ぬ上に、喧嘩の流儀すら知りはしない。

「勝てばいいんですよ、勝てば」

「結論がごろつきのそれだな」

「正真正銘ごろつきですからね」

「おい聖女」

「はぁい」

けらけら笑えば、嫌な予感しかしないからやめろと言われた。私だってまだ明確に何をするか決めていないのに、嫌な予感とは何事か。

これが信頼である。

「ほら、神官長も私が考えるの苦手って言っていたんでしょう？　だから、力尽くとかどうでしょう」

「考えると悩むは違う」

「え？」

勉強の気配を察知した。これは早々に話題を切り上げるべきだ。神官は総じて話が長い傾向にある。勉強なら尚更だ。

慌てて話題の転換先を探そうとしたが、探すまでもなくぽろっと飛び出てしまった。

「神官長、思い出してくれるかな」

勝手に転がり落ちた言葉は、泣き出す寸前のマリのような声だった。

「四十二歳のお誕生日、お祝いし直したいなぁ」

勉強をさぼって、厨房の皆とケーキを焼く予定だった。会議をすっぽかし、書庫室の皆と会場作りをする予定だった。内緒で用意した部屋へ、けれどきっと知っていたであろう人を連れていき、皆でお祝いするはずだった。

お父さん、お誕生日おめでとうございますって、言うはずだった。

明日、何かは変わるのだろうか。私はこれ以上何も失わず、取り戻していけるのだろうか。

神官長。ねえ、神官長。

私、明日、おうちに帰れる？

閉じた両手を開くと同時に、力を使う。淡い光が舞い上がり、ふわりと散る。今度は集中せずとも簡単に出せた。本当に安定しない。

神が与えた力を揺るがすなど本当に魔王でも現れたのだろうか。魔王はお伽噺《とぎばなし》の中だけでお幸せにお過ごしください。

何も言わなくなったエーレを見上げ、にやっと笑う。

「エーレ、私、名字ができるかもなので、石版掘り直しですよ」

「その程度の面倒は請け合おう。神官長の家系に珍妙な生物が刻まれる哀悼の念と比べれば安いものだ」

「貴様の名字になってやってもよろしくってよ！」

「この世の絶望は聖女の形をしていた」

「自伝でも書きますか？」

真顔のまま差し出された手が怖い。自業自得なので、その手を取らず自分で立ち上がろうとしたら手首を摑まれ、そのまま引っ張り上げられた。

そして現在、エーレの影が私に降っている。私は地面にお尻をつけたまま、私を摑んだ手とは反対の手を壁につけ、私を覗き込む形で無言を保っているエーレを見上げた。

エーレはきりっとした顔で胸を張った。

「俺をなめるな。子どもも相手でも十三歳あたりから既にぎりぎりだ」

「私のほうが強くありません？」

否定せぬまま再度挑戦を試みたエーレの手を借り、勢いで立ち上がる。エーレも手の力というよりは、寄りかかってしまった壁から元の体勢に戻る力を利用しているように見えた。その証拠に、エーレはたたらを踏み、先程までもたれていた壁に再び背をついていた。

私は引かれた勢いでエーレを壁に押し潰した後、よっこいしょと自立した。

お互い無言で服をはたいていると、なんだかおかしくなってきた。思わず漏れた笑い声が聞こえたのだろう。エーレは笑った私を見てぱちりと瞬きをした。

「私達、とことん締まりませんね。だって再会だって神殿でしましょうって約束したのに、いざ再会したの裏路地ですもん」

「……そうだな」

エーレも小さく笑う。しかし、すぐに眉を顰《ひそ》めた。

「傷口を抉るな」

「当代聖女はリシュタターク神官の進言を採用し、治癒師常駐のクリシュタに宿泊予定ですので問題はありませんよ」

きりっと答えたら、何故か指を揃えたエーレの掌が脳天に降ってきた。すこんと落とされた掌が痛いのなんの。傷には全く響かないのに、落とされた場所は抉られたかのようだ。

しかもこれは神官長の技ではない。ならば新技か!?

私が向けた驚愕の視線を静かに受け止めたエーレは、胸に手を当て、恭しく頭を下げた。

「聖女マリヴェル様。どうぞ至らぬ我が拳に名をお与えください」

「脳天かち割り拳と名づけましょう……」

何故だろう。十三代聖女の時代、神官達が物理技ばかり習得していく。秘技が後世まで受け継がれたらどうしよう。……後世の聖女達よ、今から謝っておきます。なんかごめんなさい。

そして敵よ、歓喜せよ。お前を打ち倒した暁には、全神官の物理攻撃がお前を襲う！

はず。

まさか私にだけ披露されるわけではあるまいな？

聖女を新技の餌食にした神官は、解いた指で自分の襟元を軽く正した。

「どうしてお前は傷に頓着しないんだ。もう少し自分を大事にしろ」

「大事にしていますよ？」

呆れと不機嫌を交ぜ込んだ溜息と共に不思議なことを言われて、首を傾げる。

「だって死んでいないでしょう？」

変なことを言うエーレはきっと疲れているのだろう。だって今も、奇妙な顔をしているのだ。

疲れているのは当たり前だ。ただでさえ忙しいのに、当代聖女忘却事件の調査を一身に担っているのである。

今日は早く帰って休んでほしい。だって、ある意味明日からが本番なのだ。

「とりあえず、先代聖女派とフェニラ・マレインの娘は引き続き注意しておきましょう。後は行き当たりばったりやりながら考えます」

裏路地から抜け出し、くるりと振り向く。エーレと話したからか、胸の中はだいぶすっきりしていた。

悩むのは好きじゃないのだ。そもそも悩んで足を止めれば人は死ぬ。動かない身体など腐り落ちるだけだ。動く身体と名があるからこそ、人は人として確立できる。

「それじゃあエーレ。今度こそ神殿で会いましょう。明日にはこの顔も綺麗になっているはずですから、見惚《みと》れないでくださいね？」

調子に乗って片目を瞑ってみせれば、極寒の海でももう少しは優しかろうという温度を纏った瞳が私を見ていた。

「第一王子が十日間一度もサボらない確率で、ない」

「私が粛々とした絶世の美少女になるくらいあり得ないってことですね。了解しました」

「理解が早くて助かる」

心の底からそう思ってるんだろうなと分かる深い頷きに見送られ、私はクリシュタを目指すべく足を踏み出した。


ちなみに、クリシュタに着くや否や、警備員にやんわり止められやんわり裏に誘導されやんわり治療されやんわり部屋に案内されやんわり風呂に押し込まれやんわり肌を磨かれやんわり髪を手入れされやんわり大量の料理が並べられやんわり寝かしつけられと、なかなかのやんわりとした忙しなさだった。

このやんわり具合が高級感。

やっぱり世の中、金である。

翌朝、治療を受けた顔はつるんと治り、何故か肌に髪にと磨き上げられ、ちゃっかり服を替えられた私は、ホテルの顔を背負ったやたら豪勢な馬車に揺られていた。

恐ろしいほど揺れの少ない馬車の中、背筋を正し、指先まできちんと揃えた手を膝の上に置く。静かに目蓋を閉ざし、到着を待っている私は薄く笑みを浮かべていた。

なんだ、これ。

寝起きの頭でぼんやりしていたはずの自分が何故、やんわり強制的に強固なまでに身なりを整えられているのか。そして、歩くかその辺の辻馬車を使うからと言ったにもかかわらず、何故やんわりと押し込まれたホテルの馬車に揺られているのか。

『選定の儀へ向かわれるお客様をお見送りできますなど、当ホテルの誉れにございます』

総支配人の笑顔は麗しく、重みがあった。人はその重みを強制と呼ぶ。

ちなみに、いま私が着ている貴族御用達の店でもしれっと入れるこの服は誰の指示でしょうか。とある神官の家で見せられた物にうり二つなんですがそのあたりどうなっていますか。

当の本人はさっさと神殿に戻ったのだろう。

今日も朝から仕事だろうから致し方ないが、疲れは取れただろうか。いい夢は見られただろうか。

ちなみに私は、神殿の皆が笑顔で新技を繰り出して追いかけてくる夢を見た。あれは幸福な夢だったのか悪夢だったのか。結論は出ない。

そうこうしているうちに、馬車は停まっていた。ノックに返事をすれば、扉が開いていく。

外からの風を感じながらふっと短く息を吐き、目蓋を開く。

「ありがとうございました。帰る予定はありませんので、迎えは結構です」

「畏まりましてございます」

扉を開けてくれた男に礼を言い、差し出された手は取らず馬車から飛びおりる。

馬車の昇降口は意外と高い位置にある。裾のあるスカートでは昇降しにくいが、聖女の服であれこれ飛び跳ねていた私に不可能はない。

そのおかげで転ばず飛びおりられた。勢いだけはすぐに止まらず、跳ねるように数歩進む。

体勢が落ち着くと同時に振り向き、送ってくれた馬車と人に片手を上げて礼を言う。御者と付き人は、丁寧に頭を下げて見送ってくれた。

「さて、と」

ぐるりと周りを見渡せば、突如現れた高級馬車にぽかんとした人々の視線が集まっていた。その高級馬車から女が飛び出してきたのだから、さらに目立つのは必然である。

ここは王城正門前。内ではない。外だ。

聖女候補は例外としても、その連れとしてここまで見送りに来た面子を王城内に入れるわけにはいかないからだ。

彼らは王城内に入る立場にない。この先にあるのは、アデウス国中枢を一手に担う政の場であり、王族が住まう王城。国教の総本山である神殿。そして国で一番の高さと歴史を誇る霊峰だ。

そう易々《やすやす》と常人が入り込める場ではない。

水の音が聞こえるのは、川と滝が近いからだ。

遠目からは、長い歴史を持つ巨大な建物が二つ見える。

手前に王城、奥に神殿。その間に実は一つの建物がある。王城と神殿を繋いで造られた狭間の建物は、賓客を迎え入れる場として使われている。そこから川を挟んだ向こうに神殿があった。そしてそれらとは比べものにならぬほどの時間、この地に在り続けた霊峰。

巨大な山の麓に建物が収まっているが、麓といっても、まるで山が大口を開けたかのような裂け目に当たる部分に、三つの建物が詰まっているのだ。神殿は、左右も背後も山と接しているほどだ。霊峰から流れ出る水は川となり、建物を縫って走っていく。夏は涼しいが冬は寒い。

国の中枢は、そんな場所だ。

アデウスの王都は水の都でもある。だが残念ながらスラムはその恩恵にあずかれない。立地が悪いのだ。そこしか場所が残っていなかったともいう。

遠くからでも見て取れるアデウスの中心が遠いと感じたのは、この一ヶ月が初めてだった。それまでは己と無縁の地だから、遠く思うことすらなかった。次は中にいたので遠いも近いもなかった。

今は、大きいなと、思う。

そこに入り込んだ人間として叩き出され、早一ヶ月弱。アデウスよ、神よ、私は帰ってきた！　ただいまを言う相手はいないけど！　あ、エーレはいるわ！

それに、今はいないけど前にはいたし、後には言えるかもしれないのだ。

なんだか随分久しぶりに思える景色を見上げる。

聖女候補は、今日から残りの試練が終わるまでここで過ごすのだ。そうはいっても通過できなかった者は去ることになるので、第十二の試練まで残る者は片手で足りる程度だろう。

私が特に動きを見せなかったからか、周囲の視線は散り始めた。それぞれ自分の用事に向けた人々を、今度は暇になった私が見る。

「身体には気をつけて。先月事故に遭ったばっかりなんだから、気をつけるのよ」

恐らくは両親と来ていると思わしき十代半ばほどの赤髪の娘が、母親に抱きしめられていた。

「家の名に恥じぬよう、立派に勤め上げろ」

こちらも両親のようだが、十代半ばほどの金髪の娘を見下ろす夫妻の顔は険しい。

「いい？　絶対聖女になるのよ。そうしたら家族みんなお腹いっぱい食べられるんだから。全部あんたにかかってるのよ！」

こちらは母親と兄だろうか。まだ十に満たないであろう少女に怖い顔で言い聞かせている。

「週に一度は布団を干して、毎日野菜を食べさせて、マーサの屋台のお菓子毎日食べさせたら駄目よ。あ、あなたのお酒は週に三回までですからね」

こっちはどうやら見送られる側が母親だ。四十代だろうか。

送り出す女の身を案じる者、激励する者、叱咤する者、からかう者。様々な声がする。

家族、友人。中には連れがいない女もいた。

連れがいようがいまいが、老いも若きも関係ない女達は、今日からここで選定の儀を越えていく。

他薦枠で通過した女達は既に神殿で待機している。だから、ここにいるのは通過者八十七名中六十八名の自薦枠。

そのうち一名が当代聖女ですので、皆々様お帰りくださってても結構ですよ！

だが現在は、通知されていた集合時間の三十分前。増えることはあっても減ることはないだろう。

門の前で騒がしくすれば、本来なら注意が入る。しかし、今はすべてに見て見ぬ振りをされ、門番達は静かに務めを果たしている。これから住み慣れぬ場へ試練を受けに行く女達が惜しむしばしの別れに水を差すのは無粋だ。

早く中に入りたくてそわそわしている私も、無粋にならない心配りができる女である。

さっさと裏に回って木に登り、枝を数本飛び移り、太い枝を揺らしそのしなりを利用して塀に飛び移り、王子と共に隠している縄をつたって中に入りたいなんてちょっとしか思っていない。

連れがいない女達は、示し合わせたわけでもないのに後ろで固まっていた。門の前は連れがいる女達が別れを惜しむ場になっている。

せっかくなので一番後方まで下がり、聖女候補を見回す。

服装や髪型からざっと判断してだが、貴族が一割、平民が七割、判別不能が二割といったところだ。貴族の多くは他薦枠を利用するので、こんなものだ。私も不明枠となる。

貴族と平民が同じ空間にいるが、平民は貴族に気後れしているようには見えない。人数に差があるのも大きいが、先代聖女は貴族と平民の差をなくそうと尽力したと聞くのでその結果だろう。

いいか悪いか？

貴族でも平民でもない私に聞かないでほしい。私は貴族には石ころより意識されず、平民には見下される出身ですよ！


そうこうしているうちに、定められた時間になった。周りの声が波打つざわめきへと変わっていく。緊張と不安、そして期待の高揚が伴う声だ。

同時に、門が開いていく。重々しい音を立てて開いていく門の向こうには、多くの人間がいた。

兵士、政務官、王族。そして神官達だ。

王城関係者も神殿関係者も、勿論全員が出てきたわけではない。

見よ、懐かしの我が友第一王子を。

鮮やかな紺色の髪は丁寧に梳《くしけず》られているというのに、金色の瞳はついさっきまで眠っていたのを叩き起こされたかの如きとろけ具合だ。一見乙女の心を総取りにしそうな爽やかな美貌だが、見慣れた人間なら分かる。これは七割寝ている。

彼は記憶があろうがなかろうが、私との再会が昨日ぶりであろうが三年ぶりであろうが寝ているだろう。

見ている間に、一つの瞬きが行われた。そして八割となった。

王城関係者は、この中に聖女がいると決まったわけでもないのにわざわざ朝早く出迎えるのも面倒だけど、出ないわけにもいかないので暇な奴行ってという事情で選ばれている。

だが神殿は違う。王を出迎えるときでもここまではしないほどの人間が揃っていた。

ここ半月ほどで随分見慣れた光放つ薄緑色の髪を見て、僅かに笑う。そうして観念し、ずっと視界の端に映り続けた人へと視線を向ける。

先頭に立っている人を見て、胸に滲み出す感情が喜びなのか痛みなのか、今の私には分からない。ただ、ああ、お父さんだと思った。私を知らないお父さんだと、思った。

薄墨色の髪はいつも通りきっちり梳られ、灰青色の瞳はいつも通りまっすぐに前を見る。いつも通りぴしりと伸びた背、いつも通りよれ一つ見つけられない最高位の神官服。いつも通り大きな背、いつも通りきっと温かな大きな手。

そして、いつもと違う、私を知らない人。

「神官長の位を戴いているディーク・クラウディオーツと申す。十三代聖女候補となられた皆様方には、本日より神殿及び王城において神の選定を受けて頂く。神より神託を賜るその日まで、どうぞご精進あれ」

何十人もいる聖女候補。さらにいつの間にか移動し周囲を固めているその連れ。それらの視線を一身に受けている神官長が、私一人の視線に気づくはずがない。

ねえ、お父さん。

あの日ダンゴムシとドングリを詰め込んだポケットが、こんなにも遠いの。

神より浅く、王より浅く、頷きより浅く下げられた頭。第一王子は下げない。

そんな礼を受けた。

聖女候補達も頭を下げる。深さはばらばらだ。貴族は浅く、平民のほとんどは深く、彼女達の連れも同様で。

身分とは糸のようだと思う。だから同じ身分の人間が頭を下げれば、それと繋がっている相手も同じように動く。

ただ一人微動だにしなかった私の頭だけが、集団の中に取り残される。

第一王子と目が合った。眠気にとろけていた目が僅かに見開かれる。周囲から驚愕の空気が溢れ出し、その人々が作り出した空気が全体に広がっていく。感情とは身分の糸を切り、違う糸で集団を作り上げる。

王城と神殿関係者は、皆、既に顔を上げていた。聖女候補とその連れは、上げていいものか悩んだのだろう。中途半端に上げ切れぬ頭は、なんだか同じ重りを載せているようだった。

皆の視線が私に集中する。さて、この場に相応しい顔はなんだろう。

そんなの考える前から勝手に口角が上がっていた。

悪戯《いたずら》が見つかったわけじゃない。サボりがばれたわけじゃない。逃げて捕まったわけじゃない。

私は戻ってきただけだ。生きて、帰ってきた。

ならば誇らしく胸を張り、笑うだけである。

「おはようございます！　聖女の帰還に相応しい朝ですね！」

にっと笑った私に、静かなるどよめきが広がっていく。

驚愕と動揺、そして、なんだこいつお近づきになりたくないわの気持ちが籠もった視線が一身に集まる。どよめきの後は、誰もが他者の反応を気にし、静寂が広がっていく。そんな中、私と同じ年齢ほどの少女の目が限界まで見開かれた。

少女は飛び跳ねるように顔を上げ、私を指さし金切り声を上げる。

「あんた、神殿に侵入した冒瀆者《ぼうとくしゃ》じゃないの！」

私を指さした少女に見覚えがあるようなないような。

神官ではないはずだ。神官ならばたとえ選定の儀であっても神官服を着ている。

ならば王城の使用人だろう。神殿内部は掃除や庭園の維持なども含め基本的に神官だけで回しているが、アデウス国では神殿と王城は通路だけではなく建物としても繋がっている。

客人及び聖女候補が寝泊まりするのもその建物になるはずだ。そこには当然神官以外がいるし、神殿内に神官以外の使用人が出入りするのは珍しくない。

巻き癖のある赤い髪を丁寧に編んで纏めた少女は、私と神官長達を交互に見た。

癖が強い髪がうまく押さえ込まれた編み方は、一人では難しいだろう。誰かが丁寧に編み込んでくれた髪を振り回し、少女は周囲から視線で問われる疑問に答えた。

「どうしてこの人がこの場にいるんですか！　この人は、一般人不可侵の神殿深部に侵入しただけでは飽き足らず、聖女の服を勝手に着用していたんですよ!?　神官長様、この人に罰をお与えください！　この者は、この場に立つ資格がありません！　この人の行動は神殿を、ひいては神をも侮辱したも同然です！」

興奮しているせいか所々ひっくり返る箇所はあれど、よく通る声をしている。演説向きだ。

彼女の両親は驚いた顔を隠しもせず、少女を見ていた。神官長は、まっすぐに私を見ている。

このまま沈黙を続けはしないだろうと思った矢先、神官長がゆっくりと口を開く。その前に口を滑り込ませる。姑息さなら任せてほしい。

「どこのどなたかは存じませんが、残念ですね、お嬢さん！　私は聖女候補なのです！」

ばんっと掌で叩きつつ胸を張る。勢いがつきすぎて咽《む》せた。自分で自分に痛手を与えてしまった。

仕様がない。こんなこともある。

「それが何よ。そんなのなんの理由にも」

「それがなるんですよ！　ありがたいですよね！」

「はぁ？」

嫌悪を滲ませた声に不可解さが満ちる。しかも一人分じゃなかった。あちこちから思わず漏れ出ましたといわんばかりの声が重なった。

そんな周りをぐるりと見回し、立てた親指を自分に向け、かっと笑う。にっこりなんて可愛げのある笑い方はできなかった。勢いだけの笑顔は、猿の威嚇みたいだなといつも思う。

「私が盗みを働こうが、あなたをぶん殴ろうが、ここで素っ裸になって奇声を上げようが、神殿も王城も私を追い出すことは敵わないのです」

「何、言って」

「何故なら私は聖女候補です。試練を落選しない限り、聖女候補で在り続ける限り、この国の何人たりとも私を追い払えない。それがアデウスの理《ことわり》です」

舞台に立つ役者のように大仰な身振り手振りを交え、私は歩き始めた。

「あなたが仰ることは事実です。私は確かに神殿の禁を犯しました。けれど、ああ、なんということでしょう。私には記憶がないのです。気がつけば、聖女様の服を着用し、神殿の奥深くに立っていたのです。勿論、いけないことであると理解しております。けれど、そうしてあの場にいたのです。私は確信致しました。これは神のお導きであると。きっと神は、私が聖女なのだと告げられたのです。ですからあのような姿で私を神殿へお招きくださったのでしょう」

歌うように言葉を紡ぎ、踊るように歩を進める。

周囲は先程まで浮かべていた嫌悪に変わり、恐怖を浮かべた瞳で道を空けてくれた。おかげで、何に邪魔されることなく先頭へ辿り着く。

神官長達は正門外へ出ていない。開いた門の中からこちらを向いているのだ。

正門から三歩離れて立っている神官長の前に立つため、私は正門の中へ足を踏み入れた。同時に声を上げる。

「私はマリヴェル。十三代聖女マリヴェルです。神様、あなたのお導き通り、私はここに帰って参りました。聖女マリヴェル、帰還致しました」

神様、聞こえておられますか。

神殿に聖女が帰還しました。これは当代聖女の宣言です。

ですから、聖女不在において与えられてきた厄災という名の罰は必要ありません。何があろうと降らせないでください。当代聖女はここにおります。

決して、神殿にも神官長にも、罰をお与えになられますな。

後で神殿内からもう一度祈っておこうと決める。

周り中から異常者を見る目が注がれるが、構うものか。いまさら取り繕えるものなど残ってはいない。兵士を含め、戦闘を得意とする面子がそれぞれの上官へ視線を向けている。私を止めるべきか否か迷っているのだろう。

私は誰に邪魔されることなく神官長の前に立った。神官長を見上げながらにこりと笑う。

「神官長様、どうぞこれからよろしくお願い致します」

ゆっくりと手を差し出す。様々な行事のために、優雅に見えるよう、けれど華やかすぎぬよう厳格に、美しく見える所作を血が滲むほど練習した。

練習の度、参考にしたのはあなたの動きだった。あなたのように長い手足も大きな身体も、品も教養も善なる心も持ってはいないが、神殿の儀を執り行うあなたの動きが滝のように美しく、憧れた。

厳格さと目つきの悪さが紙一重な瞳も、あなたが形作ってきた年月を彩る皺《しわ》も。柔らかく細まる目尻に刻まれた笑みは尊く、その愛に憧れた。この人に無条件に愛される人間はどれほど幸福だろうと、思ったのだ。

「……君の言は、正しい。君が選定の儀を通過する限り、我々は大切に君を迎えよう」

差し出された大きな手が私に向かって伸ばされる。そのとき、風向きが変わり香の匂いが流れてきた。森の中の水場のような、土と花と水と木。そんな香りの中に、墨と本の匂いが混ざり合っている。

大きな手に触れる間際、自分の掌に力を集める。光が胸の内から溢れ出し。

雷のような音を立てて、弾けた。

同時に、私の中で帳《とばり》が下りていく。次から次へと重なる帳が、私と身の内にある光を遮断していく。光が閉ざされる。まだ朝を迎えたばかりの世界の中、私の光が閉じていく。

そして、何かが軋んでいた。酷い軋みと何かを損ねる音が響き渡る。

私の中は閉ざされていくだけだ。それだって相当なことだが、この軋みは私の何かに起こったものではない。私を閉ざす何かが、損なわれている。神の力を閉ざす。これは、めちゃくちゃな暴挙だ。それを行うものが無事でいられるはずがない。

それでも、誰かはそれを行った。自らを軋ませ、酷い損壊を負ってでも。

不変であるはずの聖女の力が閉ざされたのに、私の内に恐慌は現れない。

「神官長様！」

大きく弾けた音に、見知った顔の神官達が血相を変えて神官長を背に庇《かば》う。兵士や王城関係者も真っ先に第一王子を庇い、人の壁を作る。

私から距離を取らせようとした人々が殺到し、神官長が一歩一歩下がっていく。己の掌を見つめる見開いた瞳が、人々の頭越しに私へ向けられた。

そうして、私という個に対し、なんの意味も持たぬまま通り過ぎた。

その視線を追いかけず、じくじくと傷む掌を握り込む。掌に怪我はない。派手な音と衝撃が走り、弾かれたような痛みはあったがそれだけだ。それだけなのに、大声で笑い出したい。

これで、確信した。不確定で曖昧な想像でしかなかったものが固まった。

悪意だ。これは、私に向けられた紛《まご》う方なき悪意だった。

ああ、ああ、そうか。そんなにも私が憎いか。どこの誰とも知れぬお前は、それほどまでに私に憎まれたいか。己を損壊させてでも私に絶望を与えたかったのか。

私が神官長の記憶を取り戻そうとするまで手を出さず、失敗だと明確に知らしめるまで待ち、聖女の力を閉ざすほどに。

これを偶然と呼べるほど、柔らかな生まれをしなかった。

どうやらこの敵、どこまでも私のすべてが許せぬようだ。だが、安心してほしい。そんなのこちらも同じだ。

兵士達が腰に手をやり、剣を抜き放つ音が聞こえる。まるで嵐だ。人の声も金属の音も衣擦れも、何もかもが。

しかし、不思議と心の中は凪《な》いでいた。怒りも一周すればただの覚悟となるんだなと、知りたくもないことを知ってしまった。

私を中心にあっという間に離れていく人の流れの中、立ち止まっている薄緑がいまどんな顔をしているのかは分からなかった。青ざめているのだろうか。それとも揺らがぬ瞳を持ってそこに立っているのか。

視線は向けない。私達は他人だ。それは間違いなく。

だが、この場に必要なのはそんな事実ではなく、私は一人であるとの他者からの認識だ。

私はひょいっと肩を竦め、両の掌を広げて見せた。

「やだ、凄い静電気出ちゃいました。痛かったぁ。神官長様、申し訳ありませんでした。どうにも私、静電気体質で。冬場など凄いのです。あっちの取っ手でばち、こっちの取っ手でばち、終《しま》いには自分の頬を触ってもばち、で」

ひそひそさわさわ、言葉が私を取り囲む。風がそよぎ木の葉を揺らすように、さわさわと音を震わせて話すのは貴族の得意技だ。柔らかな風と似たような音を出すのに、話している内容は大抵柔らかくないのが特徴である。

「どこかおかしいんじゃない？」

「近づかないほうがいいわよ」

「この人と一緒に選定を受けるの？」

不安と軽蔑と嫌悪が交ざり合う。ゴミ扱いだったスラム時代に向けられた視線や感情と大して変わらない。むしろ懐かしいくらいだ。

そして、その言すべて、同感だ。

私が聖女の時代に生まれた皆々様、ご愁傷様です。

「どうぞご安心ください、神官長様。私は神力が測定できぬほど低いのです。割り札に指紋を刻めたので全くないわけではないはずですが、零《ゼロ》に等しいほどでございます。ですから、あれは静電気でございます。ええ、そうですとも。私にはあなたを攻撃できるほどの神力も、また理由もございませんので。――それでも」

どこからか見ているのだろう。そうでなければ、こんなにもぴったりの間隔で私の力を閉ざせはしない。

だったらちょうどいい。その殺し合い、買った。

私は普通と定義される生まれとは程遠い。それでも、真っ当に育ててもらった。人として慈しんでもらった。

だから人になった。

怒りと憎悪で行動するのは簡単だ。それらの熱量は簡単に燃え上がり、莫大な力となる。その力を、安易に使う愚かさを教えてくれた人々を取り戻したいのだ。

だったら、私がなすべきは決まっている。

取り戻すものが一つ増えた、これはただそれだけのことだった。

ぐるりと視線を回し、この場の誰とも視線が合わない場所に固定する。この場を見ている誰かへ向け、勢いよく立てた親指をひっくり返す。

「当代聖女は、私です」

怒りではなく、大切な人々への思慕を以て、お前を叩き潰しましょう。

三聖✴死体

“Saint Mariabelle”

One day, the world forgot about me.

僅かな濁りも歪みも存在しない神玉の真円。人の背丈など優に越え、肩車をしてもらっても手が届くか分からない大きな神玉は、アデウス国教の象徴でもある。

巨大な神玉によって神を祀るここが、神殿の聖堂だ。四階ほどの高さがある天井まで吹き抜けが続き、それらを細かな紋章が入った柱が支える。ガラスによる窓はすべて二階より高い位置にあり、光は常に降り注ぐように入ってくる。

降り注ぐ光を受けながら、連なった聖女候補は静かに祈りを捧げる。壁際にはずらりと神官が並んでいた。これだけの人数が存在するのに、聖堂内は僅かな衣擦れの音しか聞こえない。

静かで、外より幾分か涼しい聖堂内は、いつだって厳かで穏やかで、懐かしい。

神様、さっきも言ったけどただいま。心の中で祈る。

一教として長い間在り続けたのに、アデウスの神に名はない。

その昔、アデウスに様々な厄災が蔓延った際、一人の聖女が現れた。聖女は神の声を民草へ届け、民草は真摯にそれに応えた。神と聖女により厄災を退けた後、神は敬虔なる民草へ褒美として神力を与えたもうた。

そうしてアデウスの民は生まれ落ちたその瞬間から誰もが神力を持ち、様々な力となり発現した。聖女は神と共に国と民草を守り、民草は聖女への献身を以て神への祈りとした。

神玉を見たまま行っていた祈りを終え、視線を神玉以外へ向ける。まだ祈っている参加者ばかりで、私の眼前には聖女候補の頭ばかりが連なっていた。何かを危険視されたか、はたまた偶然か。壁際に並ぶ神官に一番近い位置であり、すべての参加者が見える最後尾に配置されたので、人々の後頭部越しに神玉を見る。

最初の一礼以外早々に頭を上げた私を、神官達が視線だけを動かして凝視していた。見知った相手だからこそ分かる警戒の視線に、小さく笑う。

警戒されることには慣れていた。けれど、親しかった人々からのそれがこんなに寂しいとは、知らなかった。

背筋を伸ばし、真っ直ぐに神玉を見る。

相変わらず綺麗だ。綺麗を煮詰めたら、きっとこの神玉が出来上がる。

私は昔、この世界に神を見た。ゆえに祈りを信じた。今でも信じている。だからこその聖女なのか、聖女だから見たのかは知らない。知る必要のないことだ。

神様、神様、神様。

話は相手の目を見てするように。そう神官長が言ったから、神様にお願いするときは顔を上げる。真っ直ぐに前を見て祈れない内容を願うわけにはいかないのだ。

だから歴代聖女の中、私だけが頭を下げず祈る。傲慢だと怒り狂う人は多くいたが、神官長も神官も、理由を問うてくれた。そして、問うた後は二度と咎《とが》めなかった。

神様。

突き刺さる神官達の嫌悪を痛みと感じられればよかったのか。ただただ寂しいと思うこの気持ちが親愛からなるのなら、身のやり場をどこに置けばいいのか、私にはもう分からない。

神様。

あなたが選んだ聖女を、どうかさいごまで忘れないでください。


さぁさぁと光が降る。開いた掌で受け止めた光は、肌に溶け込むように消えていく。霧雨に似た細かな粒となって降り注ぐ光は、木漏れ日でも雨でもない。神力だ。

部屋に案内されるより先に始まった第二の試練は、神官が作り出した神力の囲いに決められた時間まで入っていること。それだけだった。

神力の囲いといっても檻ではなく、まるで巨大な水晶の中にいるようだった。

高位の神官が作り出した囲いは、本来目に見えないはずの神力を六角形の柱として現出させている。ほとんど透明だが、うっすら白みがかって見えた。

神殿の第三中庭には、この柱が何本も立てられている。一つの柱に入っている人数はそれぞれに約十人。全体数の都合により人数の少ない柱もある。

まさに私のいる柱はその一つで、九人の人間が柱の中に収まっていた。

「あの、神官様……」

一人の女性がおずおずと声を上げた。

柱自体は幾人もの神官が協力して作り上げたが、その後維持しているのは一人の神官だけだ。

私達とは神力の壁一枚を隔てた場所で柱を維持している黒髪の神官は、話しかけた女性に視線だけで応じた。

黒髪の神官は、十四歳の若き天才ココ・イアス。神力を用いた神具作りの天才である。

もう一人の若き天才エーレ・リシュタークと対で名が挙げられる場合が多い。氷のように冷たい淡々とした喋り方も似ているとよく言われている。

しかし、氷のように冷たい人間は、脳天かち割り拳を生み出さないし、的確なツボ押しによって絶叫を上げさせたりしないとは思う。エーレの脳天かち割り拳はもちろん痛いし、ココの目にもとまらぬツボ押しは、電流が走るかの如く激痛を生み出したものだ。

実は私、ココとはちょっとした仲なので、秘技的確なツボ押しにより悲鳴を上げた経験がある。数え切れないほどに。他にも、彼女手作りの寝間着夜会をする仲だったのだが、さて誰が信じてくれるだろう。

「どうぞ神官と」

十四歳の少女が向ける抑揚のない声での返答に、女性は目に見えて怯んだ。それでもぐっと堪え、緊張を隠さず話を続けた。その顔は血の気が失せている。

「本当に、夜までこのままなのでしょうか」

「この囲いの中では時が進まず、身体機能以外の生命維持を目的とする活動を必要としない。よって退出する理由がない。退出は、一律不合格と」

女性は思い詰めた顔で、分かりましたと静かに呟いた。そして椅子に戻り、深く俯いてしまう。

なんとなく外を見れば、他の柱から数人の女性が駆け出していくところだった。どうやらこの囲い、神力が多く降り注ぐため、合わない人間は酷く気分が悪くなるようだ。

第一の試練では、うっすら見えていたあの明かりこそが神力で作り出されており、見えない人間は暗闇で彷徨うこととなる。だが途中で見えるようになる人もいるようで、そのために駆け抜けたら五分の道程《みちのり》に一時間もの時間を設けていたらしい。

さきほど神官に問うた二十代前半ほどの茶髪の女性は、この柱内で唯一他薦枠でここにいる人間だ。つまり、私の敵候補筆頭の一人である。

国中から忘却され、ついさっき聖女の力まで閉ざされた私は、手負いの獣より形振《なりふ》り構わぬごろつきだ。どんな手を使ってでも、敵を引き摺り出してやる！

私が心の中で聖女の威嚇姿勢を取った瞬間、大きな音がした。先程の女性が椅子を蹴倒し立ち上がったのだ。

そして、よろめきながら柱を出ていく。

「……………」

私の気合いを余所《よそ》に、敵候補筆頭の一人、あえなく脱落です！

疑ってすみませんでした。


囲いは結界とは違い、術者でなくても容易に出入りが可能だ。

項垂れ、神官によって連れられていく女性の後を追うように、また一人の女性が出ていった。その顔は真っ青で、口元を固く押さえている。

この中、合わない人はとことん合わないようだ。逆に心地よく感じる人もいるので、聖女の試練は体質も含めて運である。そして運命とは神が授けるもの。

だからまあ、素質も含めて運とは、そういうことである。

さぁさぁと降り注ぐ光は心地よく、まるで森の中にいるようだ。細かな泡が染み込むように、涼しくも温かな感触が肌を撫でる。この試練も問題なさそうだ。

私はくあっと欠伸をした。この柱を維持する神官はココだし、蜂も入れないし、昼寝でもしていれば終わるだろう。

そう思ったが、問題が二つあった。時折妙な臭いがするのだ。一瞬通り過ぎるように現れる臭いなので確認できないが、異様な臭いが気のせいのような短さで現れる。もう一つは。

「最悪最悪最悪！　どうして頭のおかしい奴と神聖なる聖女の儀を受けなくちゃいけないの！」

あの赤髪の少女と同じ柱の中にいることである。

少女はずっと怒っていた。ありとあらゆる罵詈《ばり》雑言を散らしている勢いは凄い。

そこで、自分の行いを振り返ってみた。

「うむ」

激しく引いて、心の底から関わりたくない言動しかしていなかった。

これは仕様がない。少女の怒りは正しい。

周りの人も困った顔をしているものの制止していないので、きっと同じ気持ちなのだろう。私も
私と一緒に試練を受けたくないから同感である。

真っ当な怒りを燃やしている少女を咎める権利は私にないので、甘んじて非難を受けよう。

ただ、第二の試練が開始して恐らく一時間ほど経過しているのに、その間ずっと怒り続けるのは疲れると思うのだ。

「あのー、お怒りはご尤《もっと》もなのですが、あんまり怒ると疲れると思うので、そろそろご休憩なさっては如何でしょうか」

「あんたがいるから怒ってるのよ！」

ご尤もである。

「でも、怒りすぎて気分が悪くなったら第二の試練を越えられないと思いますし、一旦落ち着かれてはどうかと」

「あんたなんかと同じ場所に閉じ込められて、気分よく過ごせるわけがないでしょう！」

またまたご尤もである。万策尽きた。どうしよう。

周りを見れば、この試練が始まるまでは嫌悪と恐怖と若干の怒りを浮かべた視線を向けてきていた人々が、今はどことなく私を応援しているようにも見えた。

少女の意見が真っ当であっても、ずっと怒声を聞いているのも疲れるのだろう。あわよくば、私も少女も両方出ていってくれないかな。そんな願いがひしひしと伝わってくる。

気持ちは分かる。だが私は万策尽きた身ゆえ、説得業界からは引退します。

幸い少女は私から最も離れた席にいるので、殴り合いの喧嘩には発展しないだろう。そして殴り合いならば、少女が武芸の達人でもない限り負ける気はしない。

ただし、私は禁じ手と呼ばれているらしい技しか使えないので覚悟して挑んでほしい。

少女は周りの人間に相槌を求めるでもなく、一人でずっと怒っている。金切り声を上げ、丁寧に梳られていた髪を掻き毟《むし》りと、いらつきが抑え切れない様子だ。

周囲の柱にいる面子もこちらが気になるのか、薄い乳白色越しの世界を興味深げに覗き込んでいる。

柱の周りを見回りで歩いている神官の数も、この柱周りが圧倒的に多い。

当たり前だ。集合早々問題発言と行動をやらかした聖女候補と、それに対して怒髪天を衝いた少女が揃っているのである。この試練一の問題柱はここだと断言できる。

しかしこの面子は、厳正なるくじ引きによって集まっているのでどうしようもない。

選定の儀は、準備の段階から事細かに決められている。

やれどれくらいの大きさの神玉を何時から何時までの月明かりに当てろだ、やれこの試練はこの土地でやれだ、それはもう面倒くさいほどに規約が溢れ返っている。

だからこの柱が試練一の問題柱となっても、聖女候補の入れ替えなどできないのだ。

その柱を担当する神官がココなのは、彼女の実力がエーレと並ぶほどであること、そしてその整った顔から、散々口説かれまくったのに見事華麗に淡々と無視という名の拒絶で捌き切った手腕を買われてだろう。

神殿が裏で苦労して采配している姿が思い浮かぶ。その主な原因は私だが。

そんなことを考えている間にも、ふらふらと何人かの女性がいなくなっていく。第一の試練でとんでもない人数が通過できなかったが、第二の試練でも全体数から見れば決して少なくない人数がいなくなりそうだ。

私達のいる柱からも、ぽつり、ぽつりと、女性が出ていく。

涙を滲ませている人、疲れが隠せていない人、どこかほっとしている人。やはり様々だった。

「あ、いま青緑色の綺麗な鳥が飛んでいきましたね！　今度私と一緒にあの鳥を追いかけてみませんか？」

沈黙を返答と代えさせていただかれた。

「では、あの鳥のことを語り合いながらお茶など如何です？」

右に同じく。

「美しい黒髪のお嬢さん、この試練が終わったら一緒におやつ食べません？」

右に同じく。

時刻は既に夕方へ差し掛かっていた。時計がなくとも、暮れゆく空を見ていれば大まかな予想くらいはつけられる。

その間、私はずっとココを口説いていた。

すげなく断られるのも、ココには申し訳ないが楽しい。久しぶりに友達と話せたのだ。嬉しくないわけがない。

「美しいお嬢さん、せめてお名前だけでも」

右に同じく。

いつもは読んだ本とか食べたおやつとか、天気の話とか天気の話とか天気の話とかで盛り上がるのだが、親しくないと話は続かない。そもそもこれ、会話なのだろうか。

『ココ、見てください！　晴れです！』

『へー』

『あ！　曇ってきました！』

『へー』

『昼過ぎから雨でしょうかねぇ』

『うるさい』

あの盛り上がっていた日々を思えば、今の会話未遂がとても寂しい。

それでも話せる喜びで会話未遂を延々と繰り返していたら、ココから初めて反応が返った。

「美しいというのなら、どこを気に入ったか具体的に述べて。三秒以内に」

「オーブンから出すのを忘れていたクッキーみたいな黒髪も、固めた蜂蜜みたいな瞳も、溶けかけた苺飴みたいな唇も、まだ一度も使ってないおしろいみたいな肌もすべてが美しいと思います」

三秒もいらない。

即座にココの美しさを褒め称えたら、ここまで一度たりとも緩まなかった口元が僅かに解けた。

「……今のはちょっと面白かった」

「私の口説き文句は友達のお墨付きなんですよ！」

だから人を口説くのはちょっとした自信があるのだ。ちなみに褒めてくれたのはココである。

他の柱を見ても、私以外に神官と話そうとしている候補者はいない。

選定の儀は事細かに規約が決まっているが、そこに神官と仲良くなってはいけないとは書かれていない。

何せ選ぶのは神だ。そのために運を味方につけてでも聖女にしてくれる。神官に気に入られようが気に入られまいが関係ないので、ココに話しかけるのは問題ない。

そのはずなのだが、さっきから柱の周りを通り過ぎていく神官の数が多い。ひっきりなしだ。

脱走秒読み状態でさえここまでじゃなかった。私が何かやらかすと思われているのだろうか。安心してほしい。今日は特にやらかす予定はない。明日はある。

人が動く気配を感じて後ろを見れば、一人の女性が青い顔で出ていくところだった。これでこの柱の中にいる聖女候補は、私と俯いている赤髪の少女以外誰もいなくなっていた。

ぼさぼさになった髪の隙間から恨めしげな瞳が私を睨みつけていて、思わずココとの間を隔てている神力の壁にへばりついてしまった。

少女は私を睨みつけたまま、ぶつぶつと何かを呟いている。恐る恐る耳を澄ませてみた。

「死ね」

物騒である。

「死ねシね死ね死ね死ねシネ死ねしネ死ねしね死ネシねしね死ね死ねシネシネ死ネ死ねシネ死ね死ねシね」

物騒竜巻である。

そして、先程から気になっていた臭いが一段と強くなった。やはり、おかしい。ここでこんな臭いするはずがないのに。

「神官さん、この柱ですが何か香でも焚いていますか？」

「何も」

「凄く、変な臭いがするのですが」

「……臭い？」

ココは初めて眉根を動かした。そして、外側にある神力の壁にこつんと指を当てた。

外を回っていた神官がすぐに駆け寄り、何かを話している。外の神官は頷き、駆け出していった。

遠巻きに立っている神官と何事かを確認し、また小走りで戻ってくる。

何事かを話した後、ココはこっちを向き直した。

「この柱は外部からの影響を一切受けない」

「じゃあ、私か彼女が発しているんですか？」

「そうなる。でも、退出した女性の誰も臭いなどしていなかったと」

ココも軽く鼻を動かしたが、神力の壁を隔てているので気づかないのだろうか。なんにせよ、おかしいのだ。

こんな臭い、柱の中は勿論、神殿でも王城でも、まして普通の人がいる場所でするはずがないのだ。

「どんな臭い？」

ココの声は淡々としていて、いつだって涼しげだ。こんな臭いの中でも、森の水辺を思い出す。

スラムじゃなくて。

「人が、腐った臭い」

　また一つ、嗅ぎ慣れた臭いが強くなった。

　その瞬間、俯いていた赤毛の少女が勢いよく首を上げた。跳ね上げられた髪で一面が赤く染まって見える。その下から現れた顔を見て、息を呑む。

　少女の顔は、半分が崩れ落ちていた。

　事態が飲み込めず、動きも思考も止めた私の前で、少女の顔から影が滑り落ちていく。ぼたりと床に飛び散ったそれが腐り落ちた肉片だと気づくまでに、一拍を要した。

「…………は？」

　声を出すと同時に、少女の身体ががくんと傾く。

「い、や、いやいやいやいやいやいやいやいや！」

　どう考えてもおかしい。だってさっきまで生きて、私に恨み辛みをぶつけていたではないか。

　どうしていきなり死んでいるのだ。それも昨日今日の話ではない。何日も何日もその辺に放置されていた死体そのものだ。

　ついさっきまで私に物騒竜巻をぶつけてきたのは一体なんだったのだ。

「私、死体は見慣れてますけど動くのは初めてなんですが⁉」

「たぶん、初めてじゃない人間のほうが少ないわよ」

少しでも距離を取ろうと、ココのいる場所にべたりと張りついたまま足を滑らせる。駄目だ、これ以上進めない。

「神官さん！　これ、異常事態で外に出て大丈夫ですか!?」

「…………駄目よ」

「嘘ぉ!?」

「如何《いか》なる事態が起ころうと、神力の壁より出でたるもの聖女の資格なし、と」

そう、記されているのだ。何百年も脈々と続く神殿の石版に。

その石版を記した者は、絶対こんな事態を想定していないだろうけど！

「聖女選定の儀に腐った死体が出てくるのおかしくないですか!?　この選定呪われてますって！」

「正門前で当代聖女宣言する奴も現れるし、同感」

ご尤も！

がくんがくんと、少女だった身体が軋む。動く度に肉片は散り落ち、骨が見える。どう見ても死んでいる。死んでいるのに動いている。空っぽの眼孔が、私を見ている。

嫌な予感しかしない。

柱の周りには、異常事態に気づいた神官が泡を食って集まっている。だが、手立てがない。

柱の中に入れる神官は柱を維持する神官のみ。その神官も、柱内で起こった出来事に関与はできない。そういう規則だ。

だって聖女となるべき聖女候補は、何があっても死なないのだから。

外を動き回る神官の中には、エーレもいた。険しい顔でこっちを睨んでいる。あまり動揺すると私と繋がっていることがばれてしまうので、もう少し飄々《ひょうひょう》としていてほしい。

私もあまり見つめては駄目だと視線を外す。外した先では、別の柱にいた聖女候補達がうっとりした顔でエーレを見つめていた。

その人は確かに顔が物凄くよくて儚げに脳天かちわり拳繰り出してくるけど、ここに命の危機に陥った哀れな聖女候補仲間がいると思い出して頂けると幸いです！

どんな状況でも、乙女心は強し。ちなみに私には実装されていない。

「…………逃げることを、おすすめは、する」

流石のココも表情を変えていた。悪くなった顔色で、私達以外の女性が出ていった柱の隙間を見ている。

「あんたが出たら隙間を閉じるから。外の神官に保護してもらって」

「……でもそれ、不合格なんですよね？」

がちりと鳴った歯の音は、私やココが発した恐れではなく、目の前の死体が発していた。

がくんがくんと、力を入れる方向を少し間違えば折れてしまいそうな歪《いびつ》さで死体が体勢を変えていく。どう見てもこっちに来る準備運動である。整える筋肉もないのに何を準備しているのだ。

「死ぬよりはましでしょう」

ゆっくりと諭してくれるココに、冷や汗を掻きながら視線を向ける。私が飛び出したら、すぐに隙間を閉じられるよう集中しているのだろう。ココの瞳は私を向かない。

だが、ココを見続ける私の視線を受けて、ちらりと瞳が動いた。固めた蜂蜜みたいに贅沢な綺麗さを湛えた瞳が、少し見開かれる。

「そうでも、ないんですよねぇ」

死のうが選定の儀を降ろされようがすべてを失うのだから、たぶん死んだほうが「まし」なのだ。物作りが好きなあなたが縫ってくれた、様々な趣向が凝らされた寝間着を着る夜がもう二度と来ないほうが、死ぬよりよっぽど。

「神官さん、一つだけお願いしても構いませんか？」

「……選定の儀に関わらない内容なら、聞くだけは」

さっき倒してしまった椅子を、軽く膝を折った体勢でゆっくり摑み取る。

死体の首ががくんと反対側に傾く。右足が浮き、靴と肉を置き去りにして一歩進んだ。

深く踏み込まれた足を追い、弾かれたように動き出した死体へ向けて椅子を振りかぶりながら、片目を瞑る。

「この試練越えられたら、名前、教えてくださいね！」

「嫌よ」

「えぇー!?」

流石ココ。それはそれ、これはこれの精神が強固すぎる。

そういうところも好き！

横殴りの椅子が直撃し、吹っ飛んだ死体と肉片を前に、私は友への愛を再確認した。

しかし、決死の思いで死体を殴り飛ばした私を「うわぁー……」という顔で見ているエーレにはお話があります。後で神殿裏に面貸せください。

糸でぶら下がった操り人形劇を思い出す格好で一息ついた私は、むずむずする鼻周りを手の甲で拭った。

べったりと赤がついたので、どうやらさっき死体の骨が当たった際に鼻血を出したのだと悟る。悟ったところでどうしようもないが。

「あ――……疲れた」

血の臭いを纏った溜息を吐きながら、空を見上げる。柱越しに見える少し掠れた空は、濃紺を纏っていた。

試練は夜までとのことだったが、何時からを夜と呼びますか？　そもそもいま何時？

私が自主的に磔《はりつけ》になって押さえている背後には、椅子の山がある。そして壁と椅子の間には元気な死体が挟まっていた。

椅子をぶん回し、飛び越え、すっ転び、腕を華麗に避けきれず顔面に食らって鼻血吹いたりと紆余曲折の末、椅子の脚に挟んで歩みを封じ、他に転がってる椅子全部を使って閉じ込めたのだ。

そうはいっても、椅子にもたれる形で立っている私がどけば、山が崩れて死体が自由になってしまうのでここから動けない。

柱の外では、神官達がやきもきしながらこっちを見ていた。その神官の肩越しに凄い目でこっちを睨みつけているエーレが怖い。そして、そんなエーレに見惚れるご令嬢方。

なんだか春の気配を感じる。こんな事態でも、乙女心に鍵はかけられない。かたや春の兆し。かたや腐乱死体とデート（見守り人つき）。

「私だけ受けてる選定の儀違いません？　これ絶対、悪魔退治人とかの試験だと思うのです」

戦士でも探すの？　だったら第一の試練腕相撲対決にしたらいいよ。

「同感ね」

神力の壁越しとはいえ、唯一同じ柱内にいる人間ココは、若干疲れた顔で頷いた。

ぱっと見れば全然疲れたように見えないが、これでも私とココは天気について語り合う仲である。

ココが何を考えているか、他の人よりは分かるのだ。

ちなみに今は、あの頃もよく見た、私がうるさいから黙っていてくれないかなって思ってる！

「この頑張りに免じて、第三の試練免除なんてことには？」

「ならない」

「ですよねー……うぉ、まだ動く」

椅子越しに背中へ衝撃が伝わり、死体が元気な事実を知る。死体なので死んでいてほしい。力を抜くと、椅子ごと弾き飛ばされてしまいそうな力で押される。肉は腐り落ち、骨にかろうじて引っかかっている状態なのに、どこからそんな力を出しているのか。

本当に、惨い話だ。

「あの、これって傀儡《かいらい》術的な術でしょうか。ですが、死体への術使用は禁じられていますよね？」

「……選定の儀へこんなものを投入してくる奴が、禁術使用を躊躇うとは思わないわ」

ご尤もである。

命なきものを操る術を傀儡術と呼ぶが、生物への使用は禁じられている。倫理的にもそうだが、純粋に難しいからだ。

脳か魂か、詳しく解明されていないが、生前培ってきた反射だの心だのが邪魔をしてうまく操れないのである。

だというのに、本能以外にもごちゃごちゃない交ぜになった人間という生き物の死体を操れるなんて、相当な術者だ。国中の記憶を弄り、その上死体を操る。

まったく、とんでもない化け物もいたものだ。

「ちなみにこの死体、試練が終わった後どうなります？」

ココは少し考えた。話していいのか悩んだのだろう。

そして、小さく息を吐く。

「一部分残して、破壊」

そうなるだろうな。禁術の痕跡が残る部位さえ残せば、後は破壊するしかない。

彼女の命はとうに失われ、肉だけが禁術によって無理矢理使用されているに過ぎない。破壊された命は、悪臭と腐敗を生む。本人は勿論、他者の魂にもだ。

背中から、もうないはずの声帯を通した呻き声が聞こえてくる。綺麗に結われた髪、丁寧に整えられたレースのワンピース。両親に案じられ、見送られた娘。

「あとどれくらいで終わります？」

「終了時間を告げることは許されていない、けれど」

「けれど？」

すぱっと断られると思っていたので、続いて首を傾げる。ココは、私をじっと見ている。

もしかして、潜在意識に刻み込まれた親愛の情によって、猛烈に私と友達になりたくなってきた!?　私はいつでも大歓迎です！

嬉しくなって満面の笑みを向けたら、ここまで淡々としていたココの顔が大きく変化した。

「もう、終わり」

心の底から面倒さが溢れる顔で告げられた言葉と共に、全力で押さえていた椅子が傾き始めた。

椅子と共に後ろへ倒れていく私は、今日初めて神力の壁から出てきたココを見た。

柱内とココを隔てていた壁がなくなっている。それだけでなく、柱が、ない。

ああ、そうか。ようやく気づく。第二の試練が終わったのだ。

私達を中心とし、描かれていた神官の輪が急速に縮まる。

支えを失った死体と椅子は崩れ落ち、当然私も倒れていく。その手を、ココが握ってくれた。

体重を込めて支えてくれたおかげで私の身体は斜めになったままぴたりと止まり、椅子の山へ突っ込まずに済んだ。

「あ、ありがとう」

「いいえ」

「あと、ついでにごめんなさい」

「……は？」

斜めになった私を起こそうと込めてくれた力に乗っかり、勢いよくココの懐に突っ込む。そして首元に手を回しながら、胸元に手を入れる。

指先で留め具を外し、ココの首からぶら下がっている小瓶を奪い取った。

「このっ！」

「ごめん、借りる！　あ、違う！　返せないからもらう！　奪ってごめん！」

咎めは後で受けよう。今は、神官が手を出す前に終わらせるのが先決だ。

ココから奪った聖水の小瓶を手に、椅子の山に潜る。

椅子の下敷きとなり、その死体は蠢いていた。骨が剝き出しになった無惨な死体。死因が何かは分からないが、死んで随分経っている。死んだ生き物ならばこの有様は当然といえ、あまりに惨いじゃないか。

年頃の、綺麗に着飾る姿に憧れだってあっただろう娘が、嫌悪と恐怖に見つめられながら腐り落ちるなど。きっと悲しむ。彼女も、彼女の両親も、きっと。

骨と肉の境界が失われた顔がぐるりと私を向き、吠える。

最近流行の本で読んだが、その中では動く腐乱死体に噛まれた人間も動く腐乱死体となった。けれどここは本の中ではないし、その新刊は先日出たはずだがまだ読めていない。

これが人の齎《もたら》した事態であるのなら、この死体は謎の伝染病ではなく禁術によって動いている。死体は、私を害したいと願う術者の命を忠実に守り、己の身体が引き千切れるのも構わず食らいつこうとしていた。

「怒られそう……あ、エーレ以外に怒る人いない！　じゃあいっか」

お説教相手が激減しているので、単純に計算しても怒られる時間は物凄く少ないはずだ。それなら話は早い。

私は、自分の腕を死体の口に突っ込んだ。鼠取りの罠が弾けるような速度で噛みついてきた歯が腕に食い込む。

あっという間に真っ赤に染まった腕を自分から押し込みながら、無事な手の指で小瓶の蓋を開ける。

「帰りましょう」

私はまだ帰れないけれど、この人には帰りを待つ人も、帰る場所もある。だったら、帰ったほうがいい。帰る場所のある人が帰れない憂き目に遭う必要は、どこにもないはずだ。

ゆっくりと小瓶を傾ければ、光る液体が零れ落ちる。

流石ココ。高い聖水を作ってる。

私の血が死体の中に流れ込み、光が落ちた瞬間、耳を劈《つんざ》く絶叫が響き渡った。彼女の口は相変わらず私の腕を噛み千切ろうとしている。

悲鳴はどこが発しているのだろう。彼女の魂だったのなら、笑えない。肉だけでなく魂まで囲って術を行うなど、非道の言葉では足りないだろう。

絶叫の中でも、彼女の歯は私の腕から離れなかった。しかし身体はのたうち回る。もうない胸を掻き毟るように、その身体を世界から隠そうとするかのように。

「大丈夫ですよ。ご両親はあなたのこんな姿、見たりはしません。私が見せません。まっ白なあなたで、ご両親の元へ帰りましょうね。大丈夫、綺麗なあなたで、帰れますよ」

火にくべられた紙があっという間に原形を失っていくように、肉が流れ骨が現れる。

聖女の力は閉ざされた。けれど私は、歴代聖女の誰とも違う。

発現させるほどの神力を持たない代わりに、聖女の力が血に滲む。これを閉ざしたくば、身体中から血を抜くしかない。

そうはいっても、所詮は滲んだ程度の力。今だってココが作った純度高い聖水がなければ、彼女を解放などできない。

見る見る間に少女は潰《つい》えていった。本来彼女が辿り着くはずだった終焉の形を取り戻していく。白い骨の上で影が揺れる。神官達が椅子をどけているのだ。最後の一つが除かれれば、世界は開けた。

だけど、もう終わる。誰の神力も必要ない。誰も、彼女を壊さなくていいのだ。

「酷い悪夢でしたね。けれど大丈夫、もう覚めますよ。だからもう、眠りましょう」

私の腕に食らいついた少女の顎に、もはや力は入っていなかった。

腕を外し、両手で少女の顔を包む。そして、その額に唇を落とす。

「おやすみなさい。どうか、優しい夢があなたに訪れますように」

少女はかたりと、安堵に泣いた。


借りた上着を羽織りながら、慌ただしく後処理に負われる神官達の背を眺める。

他の聖女候補達は、試練終了後蜘蛛の子を散らすようにこの場から去っていった。神官達もそのように誘導していた。

確かに、負傷がなければこの場に部外者がいるのは都合が悪いだろう。邪魔とも言う。

やがて神官の囲いは開かれ、真っ白なシーツにくるまれた少女の骨が運ばれていく。その後ろを歩くエーレの手には赤黒い色を放つ塊が浮かんでいた。

少女から取り出した禁術だ。聖水と私の血で一箇所に追いやり、閉じ込めた。禁術は少女の身体から取り除かれ、後にはまっさらな身体だけが残ったのだ。

エーレは通り過ぎる際、ちらりとも私を見なかった。だが、薄く開いた唇が僅かに動く。恨み言に動く形いい唇からさっさと視線を外す。

私は何も見なかった。神殿裏に面貸さないでください。

「……名前を知らなくて、ごめんなさい」

運ばれていく少女を送る名を私は知らない。知っていれば、最期に呼べたのに。

彼女の本当の性格も、言葉も、何もかもを知らないまま、ただ見送ることしかできない。

せめて、殺されていなければいいなと思う。死体が利用されただけでも許されざりし冒瀆だが、せめて、命が絶たれた不運が事故であればと願う。結果は変わらずとも、そう思うのだ。

灯石に照らされた地面は、夜の闇を遠ざける。けれど昼の光とは決定的に違う。昼はただ無造作に照らす太陽の光で成り立ち、夜は闇を退けるための光で成り立つからだ。

なんとなく足元に落ちる影を見ていたら、後ろから小突かれた。振り向けば、ココが憮然《ぶぜん》とした顔で立っていた。

「治癒師来たから、行って」

「すみません。聖水弁償します。今すぐはちょっと無理なんで、聖女になるまで待って頂けませんか？」

　空っぽになった小瓶を返せば、ココは溜息を吐いて受け取った。

「弁償はしなくていい。あれは私の仕事だから。それより、早く行って」

「あ、私、昨夜治癒してもらったんで今日はできないんです」

「はぁ？」

　治癒師による治癒は、あっという間に傷を癒やせる奇跡のような癒術だ。けれど、聖女の力が万能でないように、こちらも勿論万能ではない。

　強力な薬を常飲できないように、外部からの強制的な癒やしは受ける側には衝撃となる。

　同じ治癒師による癒術であれば、推奨はされないが数度程度なら大丈夫だ。しかし、治癒師が変われば受ける神力も変わる。

　薬の飲み合わせ同様、よっぽど緊急性が高い事態以外はやめておいたほうがいい。

「どうして連日、治癒が必要な怪我をしてるの」

「私にもとんと……」

　むしろ、私が聞きたい。

　聖女の癒やしであれば連日でもそこまでの影響はないのだが、現状聖女の力は閉ざされ、何より聖女は私である。私は私を癒やせない。全く残念である。

　せめて神から与えられた聖女の力くらいは万能であってほしいものだが、それだと神になってしまうので、聖女が人であるのなら万能は与えられないほうが無難だ。

「化膿したら困るので消毒はお願いしたいのですが、構いませんか？」

「治癒師の所属と、名前は」

背後から降ってきた声に、知らず頬が強張った。

向き合っていたココが僅かに眉を動かす。私の後ろから、大きな影が落ちている。

無理矢理頬を動かし、勢いよく振り向く。

「クリシュタの治癒師様です。聖女の割り札で豪華三昧させて頂こうと思いまして！　お名前は存じ上げませんが、紫髪の方でした！」

えへんと張った胸に手を当てると、ぼたぼた血が落ちた。無言で腕を入れ替える。

大きな影、神官長は、その様子を黙って見下ろしていた。

今までは怒られないよう姑息に立ち回ってばかりだったのに、いざ怒られない関係になると変な気持ちになる。

書き損じた紙をぐしゃぐしゃにしたような、そもそも書き出すこともできなかったような。

「昨日の贅沢で罰が当たったんですかね。できれば消毒液は恵んで頂けると助かるんですが」

「消毒だけでは痕が残ろう。来なさい」

性急ではないが、緩慢でもない動きで背を向けた神官長は、三歩進んだ先で足を止めた。一歩も動いていない私を振り向き、もう一度同じ言葉を繰り返す。

「ついて来なさい」

促され、慌てて後をついていく。居たたまれない気持ちを散らすため視線を巡らせれば、まだ視界の範囲にいたエーレが小さく笑っていた。

すぐに取り繕われた笑みを見てしまった私は、他に気づかれないよう薄く開けた口からいっと歯を出して威嚇する。

しかし他の神官がエーレに怪訝な視線を向けたので、溜飲を下げる。一人で笑って変な人と思われるがよい。ただ、皆からそう思われると特に何も感じなくなるので注意である。

迷いなく前を歩く大きな背中。その天辺にある少し青みがかった薄墨色の髪は、夜になると一層光を映す。

髪の上で躍る炎の光も、灯石の色も、ずっと好きだった。いつまで見ていても飽きないし、本を読んでいる神官長の頭で揺れる光を見ながらつく眠りが、一等好きだった。

神官長は、慌ただしく動き回る神官の間を縫い、静かな場所で立ち止まった。

その一角には東屋《あずまや》がある。景観を整える意味合いが強く人目につきやすい場所にあるので、さぼるには向いていないその東屋には、いくつかの箱を並べた神官が座っていた。

黒髪の神官カグマ・レノーテルは、神官長の姿を認めるとすぐに立ち上がる。そして、後ろを歩く私を見た。

「それが傀儡体と戦った聖女候補ですか？」

「負傷しているが、昨夜治癒を受けたそうだ。クリシュタの治癒師とのことだが、紫髪ならばラク・キスカだろう」

「了解しました。おい、診せろ」

カグマは噛まれた私の右腕を取り、色んな角度から見て回る。

「深いな。どちらにせよ浄化はいるとして、治癒なしだと縫ったほうがよさそうだ。ラクとは長い付き合いだ。それなりに互いの癖が分かっているので、ある程度は治癒も可能かと。如何しますか」

「必要があれば聖融布を許可しよう」

神官長の言葉にぎょっとなるも、それを顔に出せず瞬きで散らす。

「それはいい。おいお前、ついているぞ。聖融布は貴重で、神官長の許可がなければ使用できない代物だ。聖融布なら跡形もなく治る」

どこか自慢げに教えてくれるカグマに、知ってると心の中で涙を流す。

聖融布。その名の通り、聖なる力を溶かした布。

治癒術が困難な場合でも治療を可能とするため作られた治療具である。神力ではなく聖女の力が込められたもので、治癒術と喧嘩しない優れもの。

歴代聖女も作ってきたが、癒やしと浄化を持つ当代聖女が鬼のようにこき使われ、在庫に余裕を持たせた逸品。この私がサボる隙を見つけられないほどの厳戒態勢で囲まれ、おいおい嘆きながら作り続けた、あの聖融布。

当代聖女の涙とサボり時間を犠牲にして作られた貴重な品を、私の腕なぞに貼りたくない。重症患者か、緊急性の高い患者に使ってほしい。

「あの、貴重な品を使うなんて勿体ないです。私はスラム出身ですし、今更傷跡の一つや二つどうということはありませんので」

肉が噛み千切られたわけでも、指が動かなくなったわけでもない。この程度、ほっとけば治る。消毒液だけもらいたいなと並べられた箱を眺める。右から二番目の箱に入っているはずだ。よく使う物が入っているから、それだけ取っ手がつるっつるなのだ。

「君に傷痕があるとして、それは新たな痕を残していい理由にはならない。レノーテル、聖融布を使いなさい」

この人は、私が嫌いだ。

この人がずっと何十年も勤めている神官という立場でも、神殿を束ねる神官長としての立場でも、ディーク・クラウディオーツその人としても、きっと。

どの立場であっても、聖女という立場を軽んじているとしか思えない言動を繰り返す私を許せるはずがない。

それでも、平等なのだ。他の聖女候補と同等に扱うし、人として、扱う。

「畏まりました。さあ、まずは浄化からだ。風呂に入れば傷が悪化するも、流石にその状態で風呂なしはきつかろう」

「スラム育ちには腐肉なんて羽毛布団みたいなものですよ」

「雑菌が入るから、その布団はお勧めしない」

カグマの揃えた指が私の額に触れ、光と風が駆け抜ける。汚れも臭いも光と一緒に散っていく。

こっそり抜け出し全身泥だらけで帰還した私を、共犯者となり浄化してくれていた指だ。

僕も叱られるから内緒だぞと笑ったカグマの後ろに無言で立っていた神官長を見て、消毒液をひっくり返すほど驚いていた。

それでも、またかと笑って治癒室に迎え入れてくれた。汚れるのは元気な証拠だが怪我だけはしてくれるな、僕は暇じゃない。

そう言いながらも、いつだって跡が残らないよう苦心してくれた。

誰も彼もが、私を人として扱う。

心中としてはこの場から叩き出したいだろうに、貴重な道具と力を使って整えてくれる。井戸の場所を教えるだけで済ますことだってできるのに、人として尊重する。

それが当たり前のことなのだと私に教えてくれた人達が、その通りの行動を今の私にするのだ。

聖融布が丁寧に巻かれていく腕を興味深げに見る振りをして、視線をそこへと固定する。

それでも、違う。ただ人として尊重される度、思い知る。

義務としての尊重と、情としての慈しみが同じであるはずがない。私の言動により私が不利益を被らないよう心を砕いてはくれない。是正しようと尽力する手間も気力も割かれはしない。

当たり前だ。だって、この人達にとって私はただ擦れ違っただけの。

ああ私は本当に、この人達に愛してもらっていたのだという安堵。それを失った実感という名の虚無。

これをあと何度繰り返せば、力を込めず笑えるようになるのだろう。

「いやぁ、どうもご面倒おかけしてすみませんでした！」

お父さん。

私いますごく、あなたに叱られたい。


「というわけで、聖女の力使用不可となりました！」

「怪我をするなと言っただろう！」

エーレが自室の扉を閉めると同時に天井からお邪魔すれば、持っていた書類を全力で顔に叩きつけられた。

「ぶべ！」

びっくりして、足の力だけでぶら下がっていた天井から落下する。ぼとりと落ちてひっくり返る様は、きっと虫に似ていた。

逆さまに見ていたエーレの顔を今度は地面から見上げる。どちらにしろ逆さまだ。いい加減目が回りそうになって、よっこいしょと起き上がり、足を組んだまま顔をさする。

「不可抗力じゃないですか!?」

「突貫したように見えたのは俺の気のせいか」

「イゴ、キヲツケマス」

これ以上の言い訳は、私の脳天に多大な被害を齎す。

早々に悟り、素直に反省を述べれば、エーレの眉間に山脈ができた。皺で山脈作るところ、神官長と似ている。ならばこの後長い。

よし、話を変えよう。

「勝手に入っちゃいましたけど、次もここを待ち合わせ場所に使って大丈夫ですか？」

「俺が忍び込むより本業のお前に任せる。ただし、地面に下りて待っていろ」

「私はいつの間に転職を。それと、エーレが誰かと帰ってきたらまずいかなって」

私なりに気を遣ってみたのだが、どうやらお気に召さなかったらしい。眉間の山脈は深くなる一方だ。

「そういえば、エーレはお付き合いしている人いるんですか？　だったら私、多少は気を遣えますよ。たとえば、夜の部屋で二人っきりにならないよう天井から下りないとか。同じ高さにいなくても会話は可能ですし、そうしましょうか」

仕事場ならともかく、神殿内とはいえ自室に招く人はそれなりに親しい間柄だろう。恋人の部屋を訪れ、天井からぶら下がる女を見た恋人の心境や如何に！

たぶん、事件を心配する。

鉢合わせないのが一番だと思ったのに、エーレは心底くだらないものを見る目で私を見た。

「馬鹿なことを言ってないで、さっさと書類を拾え」

「投げつけたのあなたですけどね！」

「お前用はこっちだ」

「ありがとうございます！」

懐から出てきた書類が顔面に叩きつけられ、何故かお礼を言ってしまった。

顔に張りついた紙を剝がす。そこには、つらつらと名前が書かれてあった。

「これは？」

「第二の試練通過者だ。上が他薦、下が自薦」

「少なくないですか？」

ざっと見ただけだが、両方合わせても三十名弱だろうか。確かに第二の試練とは思えぬ人数が脱落していったように見えたが、それでも半数以上が削れるほどではなかったはずだ。

ひいふうみいと数えると、二十九名だった。これ以上ないほど三十名弱だ。

「あ、フェニラ・マレインのご令嬢が残ってる」

「取り巻き三名も通過している。お前、近づくなよ」

エーレは私の隣にどっかり腰を下ろしてしまった。座ったまま散らばった書類を拾っていく。この人大貴族ご子息のはずなのだが、思っていたより融通が利くし、大雑把な面がある。今まで知らなかった。

「他の面子は、お前が死体に襲われていても神官が動かなかったことに恐怖を覚えたそうだ」

「あー、なるほどぉ」

どうやら、かなりの数のご令嬢が辞退したらしい。

聖女選定の試練において、神官とは場を用意するためだけの存在だ。後はすべて、神の意思一つ。運命という名のそれが動き始めれば、後は坂道を転がり落ちるが如く。

聖女候補は何があっても死なないし、何があっても死ぬ。ついでに何があっても辞退できないし、逃亡も不可能だ。辞退しようとしても逃亡しようとしても、必ず邪魔が入る。彼女達が辞退できているというなら、それは聖女ではないことに他ならない。

だから神官は、試練の最中に何があっても動かない。動いたところでそれが神の意思であれば覆しようがなく、また覆してはならないからだ。

よって、私が死体に襲われていても誰も動かない。エーレでさえ、動けないのである。

予想外の事態が起こって死にかけても、誰も守ってくれない。守られる基盤すら存在しない。

スラムでは常識だったその事実は、国の庇護下で育ってきた人間にはとても恐ろしいものであったようだ。

意識せず稼働していた庇護は、失った途端地獄直通の穴が開いたほどの恐怖を感じるらしい。庇護がない状態から庇護を得れば、ありがたいなぁ、楽だなあと思う。

選定の仕組みは、文句を言う先もないので改善のしようがない仕様となっております。どうしても文句が言いたい場合、神様にお願いします。

神様、私の試練だけ難易度跳ね上がっているので、もう少し平等にお願いしてもいいですか？

私からの文句は以上です。嘘です。まだまだいっぱいあります。

「そういえば、自薦枠で子どもがいたと思うんですが、あの子どうなりました？」

自薦枠でいた小さな子どもは一人だけだったので、これだけで伝わるだろう。思った通り、エーレは子どもの追加情報を求めなかった。

「通過はできなかった」

「現状は？」

「身体中に傷があったため神殿が保護した。現在保護機関に連絡し、家庭内調査が入っている。恐らく、他の子どもも含めて保護される」

「そうですか」

よかったとは言わない。保護される結果だけはいいのだが、保護される結果となった過程は全くよくない。

本来、警邏も消防も病院も保護機関も、その手の機関は予算すべてが税金泥棒と呼ばれるくらいでちょうどいいのだ。それらの機関に予算がつぎ込まれればつぎ込まれるほど、国民は自分達の負債を支払っている。

「マリヴェル。怪我は」

「あれ？　報告会で聞いていませんか？　やっているでしょう？」

明日の打ち合わせもあるだろうし、関係者だけの会が行われているはずだ。そういう会からとんずらするのは当代聖女と第一王子の役目で、エーレは一度もさぼったことはない。

にゅっと伸びてきた手が、私の頬を摘まみ上げた。

「報告として上がっていても、実物と会えば具合を聞くのが礼儀だ」

「いひゃいいいひゃいいいひゃい」

摘まみ上げられた頬を回収し、恨みがましげに擦る。自分で抓っておきながらどうでもよさそうな顔をしているエーレはどうかと思う。

思うので、両手で頬を挟んだまま恥じらった。

「そんなにも私を心配してくださるなんて……私、好きになってしまいます……」

「社交辞令として」

「とどめ刺すのも礼儀なんですかね？」

貴族社会の礼儀、よく分かんない。

スラムの流儀では、後腐れをなくすためにとどめはしっかりと、である。物取りに遭おうが視線が合おうが襲われようがとりあえず殺される。

たぶん、森の生き物の弱肉強食より死体が多い。目撃者殺すべしの概念は、人間だけが持つのである。

「これくらい平気ですよ。肉が千切れたわけでも神経が切れたわけでもないですし。聖融布を使ってもらうほどではなかったと思います。ほら」

握って開いてと披露しながら、空いた手で頬を擦っていると、目の前にもう一枚紙が差し出された。纏めて渡してくれればよかったのにと思いながら目を通す。

すぐに、投げつけられなかった理由を察した。さっと走り書いたのであろう内容を、ゆっくり読む。

サラ・マリーン。十六歳。

王都五番街に居住。マリーン男爵家三女。

一ヶ月前、馬車の事故に遭遇。軽傷。

その後、人形のように呆ける症状が多発。両親が心配していたところ、突如聖女選定の儀へ参加申請を行う。

以降、人形のような症状は減少したが、人が変わったかのような言動多発。

「元々は、どういう女の子だったんですか？」

「おっとりとした、のんびりした口調で話す、穏やかで優しい少女だったらしい」

「…………そうですか」

そんな子の最期の言葉を、あんなもので終わらせてしまったのか。本当の意味での最期ではなかったとしても、惨い話だ。

両親が最期に聞く少女の声は、せめて少女の言葉であってほしかった。喧嘩であっても、零れ落ちた愛であっても、悲しさに変わりはないだろうが、せめて。

細く息を吐き、思考を戻す。

「この事故は？」

「所用で王都を出ていた際、落石に遭ったらしい。元々落石が多く、工事が入る予定だった場所だ。御者含む同乗者は全員死亡。彼女だけが軽傷で救出されている。……だが、恐らくは」

恐らく、そのときサラも死んだのだ。そして何物かがサラの身体を使った。人形のように呆けていたのは、術者からの指示がなかったからだろう。

「同乗者が一人足りない可能性は？」

「大いにある。そもそも同乗者の人数はサラ・マリーンの証言だけだ」

「死体を操れるほどの傀儡術者に心当たりは？」

「一番腕のよかった男は、二年前に自らが操った熊の死体に殺された」

「えぇん……」

　これだから死体を操るのは難しいのだ。ふとした拍子に、染みついた本能が蘇る。蘇ったそれは傀儡術では抑え込めない。

　傀儡術はあくまで命として生まれなかった物体を操る術。生の習慣が蘇ったのなら、それを抑え込むのは催眠などまた別の術となる。そして催眠は、対象が所持している神力を上回った上で、さらに対象が培ってきたすべてをねじ伏せなければかけることができない。

　つまりは、ありとあらゆる意味で狂気の沙汰なのだ。そんなものを国中にかけないでほしい。そして成功させないでほしい。

「生前の性格と違うとはいえ、違和感なく動かし喋らせ、尚且つ神官の誰にも気づかせない術を扱えるであろう術者は初代聖女くらいだ」

「え？　そんな何百年も傀儡術の遣い手出てませんでしたっけ」

「術者としてはいるが、遣い手となるとな。そして、初代聖女の蘇りかと謳われていた男が態で死んだ」

　死なないでほしい。生きて。そして今の現状に何か知恵を授けてほしい。だが蘇ってこられてもそれはそれで困るので、大人しく死んでいてほしい。

「尤も、初代聖女は死体を動かして見せたことはないから憶測になるがな」

「そりゃ、禁忌って定めたの初代聖女ですからね」

どうしたものかなと、がりがり頭を掻く。そんな私を、エーレは苦々しげに見つめた。

「聖女の力は、本当に使えなくなったのか」

そんな顔をさせる何かをやらかしたかなと思っていたが、どうやら違ったらしい。私のやらかしではなく私の現状について苦々しく思っていたようだ。

「あ、そうですね。血に滲んだ分しか無理みたいです。いやぁ、相手の力強い強い」

「お前は軽い軽い」

半眼で告げてくるエーレに笑うしかない。えへへと笑うと、指がこめかみ掘削拳の形を取り始め、慌てて咳払いをする。

「でも、方向性が分かったのは収穫です」

「方向性？」

掘削拳の構えが解かれた。安堵のまま、自分の胸を親指で指す。

「はい！　敵の目的はただ私を殺すことじゃなくて、酷く絶望させて殺したいみたいです！」

「嬉しそうに言う馬鹿があるか！」

「だって全く意味が分からなかった攻撃の方向性が分かったら嬉しいじゃないですか！　それに、敵の得意分野が分かったんです。これは収穫でしょう」

推定ではあるが、催眠術と傀儡術が得意なようだ。なかなかに厄介な能力を得意とするようだが、手の内が全く分からないよりやりようはあった。

幸い、参加者達はともかく神官達なら普段の様子を知っている。催眠術や、考えたくはないが傀儡術で普段の彼らを再現できるとは到底思えない。

私のことを忘却していても、彼らは彼らのままだった。それは、とてつもない安堵を齎した。

エーレは深い溜息と共に、後ろに両手をついて天井を見上げた。

「他の能力にも長けていたらどうするんだ」

「そんなに何種類も得意分野がある術者、います？」

神力で扱える能力にはいくつかの分類がある。簡単に分ければ五大要素と呼ばれる分け方になるのだが、この五大要素、国や時代によって違うので微妙にややこしい。

アデウス国では、火、水、空、木、金が五大要素とされている。

基本的に、火が攻撃、水が癒術を含めた補助的要素、空が防衛、木が身体強化、金がそれ以外に長けている場合を指す。要素が火だからといって火を扱う術に長けているとは限らず、水に長けている場合もある。力の形というより、本人の性質を重視している形だ。

中でも金は一番変則的な力が多く、異質ともいえた。

エーレは圧倒的な火型だ。幼い頃は神童と呼ばれたほどの莫大な神力を強力に使ってみせる。現在神童と呼ばれることが少なくなったのは、彼の力が衰えたわけでは勿論なく、単に童の年齢を通り過ぎようとしているから。それだけだ。

しかしそんなエーレでも、金型に分類される催眠術や傀儡術といった類いはかろうじてできるかどうからしい。

誰だって、得意分野以外は極小な神力所持者と同じほどにしかできないと聞く。数学で博士号を取った人間が、料理が得意とは限らない。そんな感じらしい。

どういう分け方だと思うが、そういうものらしいのだ。私は神力を使えないので、いまいち分からない感覚である。

「この敵をそんな普通の概念に当てはめていいものか、悩んでいる」

「だったら大勢の術者がいるって考えたほうがいいですかね。個人でできる範囲は易々と超えてますし」

「それはそれで頭が痛いぞ……それに、この規模の術者を何人も抱えた集団は、それこそ一人を抱えるより目立つだろう」

エーレは背を丸め、立てた膝の上に肘と顎を乗せた。

「そもそも、聖女の力を閉ざした能力は何に分類されるんだ」

「あー……封印、ですかね？　そんな能力今までに確認されてましたっけ」

「…………結界系を応用し、封じに使った例はある。しかし聖女から聖女の力を閉ざすなど、神官長ほどの術者であっても可能とは思えん。そもそもその神官長を覆える術を人間が扱い切れるなど信じたくはない」

信じたくはなくとも現に起こっているのだから受け入れるしかない。それはエーレも分かっているのだろう。だからこれは、現実を否定しているのではなくただの愚痴である。

「閉ざされたと言ったな。力が引き抜かれる感覚ではなかったんだな？」

聖女の力が閉ざされたときの感覚を思い出す。戯曲が閉幕するように、次から次へと幕が下りていくようだった。閉ざされ、隔てられ、塞がれる。

だが、力が失われた感覚はない。確かにここにあるのに、届かない。自分の部屋に鍵をかけられ、中に入れなくなった感覚に近い。迷惑千万、即時開錠を要求する。

「あるはあるんですよね。鍵かけられちゃった感じで届きませんけど。エーレ、確認できませんか？」

「俺の神力は破壊に長けているが？」

「やめましょうか」

敵にやられる前に、唯一の味方の手で肉片になる未来が見えた。それか黒焦げ。

「そもそも、抜き取られたんなら血も使用不可になると思うんですが、普通に使えました」

「それは最初から使用不可で、他言厳禁だろうが！　そもそも、あの場で使ったことも許してはいないぞ！　全部終わったら、神官長交えて説教だ！」

「だって仕方ないじゃないですかぁ――――！　あ、はい、すみません。鋭意努力致します」

すっと上げられた拳に、即座に努力宣言する。ただし努力義務である。

「力を引き抜く能力って、そんな奇抜な力ありましたっけ？　あ、石版確認どうしましょう」

「……石版は持ち出しが難しくなったため、ひとまず置いておく。それに、他者から集めた神力を己がものとして扱える能力なら先代聖女が持っていたが、あれはあくまで燃料としての力を引き抜く能力だったはずだ。先代聖女に限らず、ほとんどが金型の神力保持者だった歴代聖女を見ても、そんな能力は存在しなかった。それに、聖女の力を神力と同等に考えていいものか悩むぞ。……なんにせよ傀儡術や催眠術に限らず、聖女に発現した力は、他でも発現が確認され始める。厄介だが、他者の神力を引き抜く能力も今後増える可能性はある」

「じゃあ、癒やしと浄化も今後増えるんですか？」

「その二つは数は少なくとも最初からあるものだから確定はしていないが、可能性はある」

「それは、いいですね」

それはいい。とても、いい。

医療に金が関与しなくなったら、どれだけの人生が削られずに済むだろう。怪我で命を落とし、病で命を削り、薬代のために身を削る人が、どれだけ減るのだろう。どれだけの明日が、間に合うのだろう。

そんな単純な話ではないと分かっていても、そう思うのは人の性《さが》だ。

この世で国民が医療と教育を無償で受けられる国が出来上がるとしたら、もはや腹を抱えて笑うしかないほどの醜悪な暴虐をやり尽くした後だろうが。

「それにしても、私、歴代聖女のことあんまり知らないんですよねぇ」

「歴代聖女の勉強を、お前さぼったからな。とことんさぼったからな。何をおいてもさぼったからな」

恨みがましい目で見られて、へらりと笑う。

「さぼれる最たるものだと思ったので！」

ごろりと床に転がると、流石に眉を顰められた。勢いよく伸びてきた手がスカートの裾を引っ張り足を覆う。見えてはいないはずだが、念のため股の間にスカートを挟んでおいた。

「聖女の代替わりが狙いなら、私を殺したら終わりなんですよね。なんでわざわざ手間暇かけて絶望させたいんでしょう。ただ代替わりを狙っている集団なら先代聖女派ですが……そういえば、先代の神官長は今どうされているんですか？」

本来聖女の代替わりで入れ替わる神官長だが、この前神官長、ばっちりしっかり先代聖女派であった。

ゆえに、代替わりを猛烈に嫌がった。神官長が神殿の掟を破らないでほしい。

しかも、聖女選定の基準を神に委ねるのではなく、先代聖女に追従する形で選ぼうとするのはどう妥協してもまずい一択である。

現神官長達は物凄く頑張ったと聞く。私はまだ神官長に出会っていなかったのでその時代を知らないが、それはもう大変だったらしい。詳しくは誰も教えてくれなかった。彼らも思い出したくない騒動だったのだろう。

何気なしに聞いてみたが、一拍、妙な間が空いた気がした。エーレを見上げれば、特に変わった様子はない。

「神官長に叩き出された後は、めっきり老け込まれ隠居されていた」

「責任折半しないで大丈夫な内容ならあえては聞きませんが」

そこんとこどうでしょう。

一応聞いてみれば、ぐっと呻かれた後、忌々《いまいま》しげに睨まれた。

これ、私の罪ですか!?

「そんな顔しても可愛いだけだぞいったぁ！」

茶化した瞬間、脳天かち割られた。しかし、茶化した内容自体はただの事実だ。

「前神官長は隠居先の邸宅から行方を晦《くら》ませている」

脳天を押さえ、床をごろごろ転がる私を冷たい目で見下ろしたエーレは、さっきまでの葛藤はどこかに投げ捨てたらしい。どうでもよさそうに吐き捨てた。

だったら脳天かち割り拳を繰り出す前に投げ捨ててほしい。

「うわ怪しい。そして私の頭無事ですか？　かち割れてません？」

「行き先は探っている。確証がなければ口に出すことは憚られる場所なため、確証ができてから報告する。そしてお前の頭はかち割れていようがいまいがどうでもいい」

「自分で割っておきながら!?」

私の懐刀はあまりに無情である。その無情さ、敵に向ければ頼りになることこの上ないが、何故か聖女に向く。

本当に何故？

痛みに悶えごろんごろん転がった後、両手両足を広げてべたりと動きを止める。無言で脱がれたエーレの上着が私の足に叩きつけられた。スカートは長いので見えてはいないはずだが、わいせつ物でどうもすみません。

「それにしても、こんなに面倒臭い恨みどこで買ったかな……」

「知らん」

「回りくどさで言えば王城が鉄板ですが、どうでしょう」

「王城は……今は探り難い。新たな聖女が先代聖女のように動く人間であれば、それこそ決まる前に殺したいと思っているだろうからな」

決まってから聖女を遠ざけようとすれば、国に災いが降る可能性が高い。不在の間も降るには降るが、聖女が任につけない状態で降るものより頻度は少なく、規模も小さい。

だったら、決まる前に処分したほうがマシだ。分かりやすい思考である。

私がすんなり聖女になれたのは、聡明さの欠片も見つけられない様子から、まかり間違っても先代聖女のような業績を叩き出せないと判断されたからだ。正常な判断である。

そして、そう判断された出来映えだからこそ、先代聖女派は絶対許さない、ゆえに絶対殺すになったわけだ。

あっちを立てればこっちが立たず。こっちが立てばあっちが殺しに来る。

「あ、じゃあ私、明日王子に会いに行くんでついでに聞いてみますよ」

「は？」

何気なく時計に目をやり、あっと声を出す。

「しまった。そろそろカグマが見回りに来るんでした！　私帰ります！　明日王子から呼び出されるかもしれないので、エーレはそのつもりでお願いします！」

いけないいけない。体調確認という名目の、ちゃんと部屋にいるかこの野郎点呼まで十分を切っている。急いで戻らなければ。

……この点呼、聖女候補全員にやってますよね？　私だけじゃないよね？

素朴な疑問を胸に、窓へ向けて駆け出す。その背に、やけに切羽詰まったエーレの声がかけられる。

「色んな意味で待て！　それとお前、明日の試練についてちゃんと考えてるんだろうな！」

「考えてます考えてます！」

明日の試練って何やるんだろう。まあ明日になれば分かるだろう。

窓を開け、窓枠に飛び乗る。そして狙いをつけ、勢いよく飛び出した。

屋根の端を摑み、足をかけながら上がっていく。ようやく追いついてきたエーレは、足を摑もうかどうか悩んでいたようだが、どうやら諦めたらしい。足を引っ張られると落ちるし、落ちた私をエーレが支えられるとは思わないので諦めてくれて嬉しい。

屋根に登り切ってから、そういえば挨拶をしていなかったと気づく。逆さまで窓を覗き込むと、エーレは片手で両目を塞いだまま顔を背け、深い溜息を吐いていた。

「どうしました？　それとおやすみなさい」

「…………色々、色々言いたいことはある、が」

「はい？」

おやすみだけに集約してくれていいんですよ？

「その格好で大股開きで屋根によじ登るな！」

「お見苦しいもの、見えはしてないと思うんですが」

「ぎりぎりだ！」

「スカート系しか用意されていなかったのが敗因です。じゃあおやすみなさーい」

「――さっさと寝ろ！　おやすみマリヴェル！」

「エーレもよい夢を！」

よっこいしょと頭を上げ、通り慣れた夜の屋根へと繰り出す。しかし、そのまま部屋に戻ろうと思った足を一度止めた。

少し冷気を纏った夜風は心地よく、空は澄み、星も月も水面の雫のように輝いている。

少女が眠りにつくには、上々の夜だ。

「おやすみなさい、サラ・マリーン」

あなたはこれから、両親の嘆きを受けるだろう。怪我の心配ではなく、本来受けるべきだった弔いを、悼みを受ける。

その眠りに、もう恐怖がなければいいと思う。


一日の始まりを、人はどんな言葉で迎えるだろう。愛しい人が隣にいれば愛の言葉だろうか。それとも愛を込めた挨拶だろうか。天気を告げる言葉だろうか。それとも。

「うわ遅刻しいったぁ！」

告げられていた集合時間二分前に目覚めベッドから転がり落ちた私は、ベッドの足にしこたま小指をぶつけ、服を着るのもそこそこに駆け出した。

朝一番の言葉？　悲鳴だ。

朝食を食べ損ねた事実を嘆き悲しみながら滑り込んだ小広間には、私以外すべての聖女候補が揃っていた。

私が文字通り滑り込むと同時に鐘が鳴る。ぎりぎり間に合った。絶望から始まった朝でも、時間以外のすべてを捨てればわりとなんとかなるものである。

いくつか並んだ長方形のテーブル。それらを囲む椅子に行儀よく座る聖女候補達。さらにそれらを囲んで壁際に立つ神官。

昨日までの人数ならば大広間が使われていただろうが、ここまで減ると小広間で充分だったようだ。

「席に着いて、身なりを整えなさい」

静かな神官長の声に、姿勢を正して頭を下げる。

「はい、神官長様」

顔を上げ、にかりと笑う。

「そして、おはようございます！」

「おはよう。そして、敬称は除くように」

淡々とした低い声は心地いい。そこに感情が乗っていなくとも。

空いている席は一つだけだったので、いそいそ座る。座って、改めて自分の格好を見下ろす。

ボタンが派手にずれ、上着がスカートの中に入り込み、ブーツの紐は垂れたままだし、髪は縦横無尽に宙を駆ける。

他にも色々無惨な惨状が繰り広げられているが、朝食を食べ損ねた以上の悲劇ではないのでよしとする。

ボタンを留めながら周りを見回す。エーレとは目が合わなかったが、ココとは合った。どうでもよさそうに視線は外れていったものの、目が合うとは思っていなかったのでなんだか得した気分だ。

今日はいい日になりそうだ。

寝癖を撫でつけ、手で梳いていると、神官達が動き始めた。どうやら何かが配られるようだ。

そういえば、今日の試練はなんなのだろう。選定の儀は初代聖女によりそれはもう細かく決められているので、変更ができない。そして、だからこそそれを受けた人数も多くなる。

世間では、「聖女選定の儀参考書」「聖女選定の儀解体新書」「これさえできればあなたも聖女！」なる指南書も出回っているらしい。

一度受けているものの遊び倒した記憶しかない私も、一冊買い求めたい気分だ。

「馬鹿でも分かる聖女選定の儀」とかないですか？　馬鹿はなれない？

現実逃避はやめたほうがいい。私はここにいます。……分かった。妥協しよう。「五分で分かる聖女選定の儀」のほうをください。

神官長が立っている側から配られ始めた謎の物体が、一番扉に近い位置に座る私の元へ辿り着いたのは最後だった。

机の上へ静かに置かれた物体は、掌より少し小さいそれは美しい石だった。

透明度は高いが無色で、宝石のように形が整えられている。両端が尖った楕円形の石は、手に取るとガラスより軽かった。

なんだこれ。

両手の親指と人差し指で、石の形に添って囲う。目線の高さに持ち上げ、まじまじと眺めているとなんとなく視線を感じた。

あからさまに見ないよう注意しつつ、ちらりと視線を向けた先で、エーレの口端がひくりと動いた。まずい。何も考えてなかったことがバレた。

長年繰り返されてきた試練であっても、その都度説明はある。ひとまず説明を待とう。

居住まいを正せば、ちょうど神官長が口を開いたところだった。

「配られた石は、神力により形作られた種である」

種？　それにしてはやけに豪勢な種だ。

首を傾げたのは、私を含めてほんの数人だった。ほとんどの人はこれが種だと知っていたらしい。

さては皆様、予習復習をするという都市伝説体現者？

しかし種……種、種!?

「正午の鐘が鳴るまで、各々肌身離さず所持した上」

「あぁ！」

思わず叫び声を上げていた。

聖女候補達からはびっくり、神官達からぎろり、神官長からはするりとした視線が集まる。

「すみません、虫が、いたもので」

謝り、話を続けてもらう。しかし、私の心中は大雨暴風落雷竜巻高潮警報だ。虫？　本当にいたら平手で叩き潰して終わりだ。

しまった、思い出した。

ちらりとエーレを見たら、だから言っただろうどうするんだ本当にどうするんだと、瞳が語っているように見えた。こっちを見ていないが分かる。だってさっきから一度も瞬きをしていない。対して私は瞬きが異様に多くなっているだろう。

「正午より夕刻の鐘が鳴る六時間を期限とし、種を芽吹かせ、開花させる。以上が第三の試練となる。質問は」

僅かな沈黙の後、まっすぐな銀髪を持った少女が手を挙げた。年の頃は十代半ばか。この年頃の女が、参加者の割合で一番多い。何かに挑戦しやすい年代なのだろう。

「鉢や土など、芽吹かせるのに必要な道具は提供して頂けるのでしょうか」

「無論だ」

宿泊用の荷に、鉢や土を用意している人は少ないだろう。

ちなみに私は手ぶらで選定の儀に来た女なので、着替えも含め必要な物はすべて用意してもらっている。それでも、与えられている部屋の中に鉢や土はなかった。

神殿は、彼女達が望む物を用意するだろう。

だが、問題はそこではない。どんな高級な土でも、聖なる霊峰から汲んできた水でも、どうにもならない問題がある。それは。

「質問は以上かね。――では聖女候補が生涯ただ一度咲かせる花を、各自自由な手法で芽吹かせてくれたまえ」

もう咲かせた人間はどうしたらいいんでしょうね⁉

聖女候補達が丁寧な礼を以て返答とする中、ただ一人私だけが派手に額を打ちつけた音を響かせたのである。

四聖✶花

"Saint Mariabelle"

One day, the world forgot about me.

「噂では存じておりましたけれど、本当にこんな美しい石が花を芽吹かせるのでしょうか」

「どんな土でもいいとは本当なのでしょうか。やはり、栄養のある土がよろしいのでは？」

貴族のご令嬢方は、悩ましげに頬に手を当てた。

「凄いわねぇ。こんな綺麗な石、初めて見たよ」

「ほんとほんと。夫の給料何年分かしら」

恐らく庶民のご婦人方は、破片でもいいから持ち帰れないか検討している。そして、どこに植えればいいか、日当たりのいい場所はどこだろうと話し合っていた。

誰もが隣に座っている人と二人で話している。場所によっては四人で話しているが、覚えているだろうか。第三の試練に残っている聖女候補、その数二十九名。偶数で集まると、一人余る。

堂々と余っている私は、冷たい机に頬を引っつけたまま、目の前に転がっている種を恨めしげに睨んでいた。指でつっついても、ごろんと転がるだけで反応はない。

「さっき神官様に聞いたんだけど、夕方の鐘が鳴る直前に植えても、鐘が鳴ると同時に芽吹いて咲くんだって！」

「え!?　凄いい！　やっぱり不思議な種なのね！」

楽しげに話している若い二人は、嬉しそうに種を眺めている。

咲くよ。どこに植えても何に植えても咲くし、なんなら神力を注いだだけで咲く人は咲く。

神がこの人を通すと決めたなら、たぶんクッキー屑に埋めても咲く。だからある意味とても簡単な試練なのだ。

問題は、一生に一度しか咲かせられないところにある。

十二の試練すべてを通過し聖女となった私は、当然この試練も通過しているのだ。

つまり、一生に一度はもう、咲かせた後である。

宝石のようにしか見えないこの石は、正午の鐘と同時に、親指の爪ほどの大きさとなる。形状も今のような石ではなく、丸みを帯びた植物の種となるのだ。

原理？　知らない。


どうしたものか。机で頬を潰したまま、視線を巡らせる。

壁際に立っていた神官の数は、神官長の退出と共に数を減らしている。エーレも既にいない。ココもだ。

エーレは基本的に王城が仕事場であるし、ココも神殿随一の聖水の作り手である。色々やることがあるだろう。神力を使ったものも含め、物作りが好きで得意なココは、いつだって引っ張りだこだ。

当代聖女も引っ張りだこだった。おもに頬が。何故みんな私の頬を引っ張るのか。

悩んでいても仕方がない。今は聖女候補全員が一つの部屋に集まっている上に、自由に会話できるのだ。この機を逃すのは勿体ない。

身体を起こし、片手を挙げる。わざと音を立てて椅子を引いたので、立ち上がらなくても部屋中の視線を集められた。

「神官さん、すみません。お茶を頂けませんか？　できればお菓子などもあれば嬉しいんですが。私、寝坊して朝食抜きなんですよ」

今から昼の時間まで、お茶一つ与えられず放置されるはずもない。だが、予定があろうがなかろうが、まだ用意されていない現状では言った者勝ちである。

「よければ皆様も一緒に如何です？　机だって引っつけてしまえば皆で座れますし。ね？」

視線は全員を撫でた後、四人で固まっている貴族他薦枠に固定した。私の視線を辿り、他の視線もそこに集まる。

四人の中心となっているのは、フェニラ・マレイン伯のご令嬢、ベルナディア・マレイン。年は十八。エーレからもらった紙に書かれてあった通りの外見だ。

薄い金色の髪がよく似合う、儚い顔つきの美しい娘だ。

なるほどなと思う。先代聖女も儚げな雰囲気の美しい女性だった。先代聖女派がベルナディアを打ち出してきた理由がよく分かる。

先代聖女派はとにかく先代聖女に心酔する一派だ。先代聖女を基準としているのに当人が死亡している以上、その模倣に心血注ぐしかない。

だから、外見が似ているベルナディアが選ばれた。納得だ。

　だが、エーレからもらった紙が読み終わった途端燃え出したのは全く納得できない。証拠を残さないよう術をかけたのは分かるが、せめてその術の存在は知らせておいてほしかった。

　そして一度読んだら覚える自分の頭と他人を一緒にしないでほしい。五回読んでも最初の三行くらいが精一杯な当代聖女の頭を考慮するべきだ。その三行も、紙が燃えた驚きで散った。

　ベルナディアと一緒にいた他の三人は、控えめにベルナディアへ視線を向けている。誰も口を開かない様子を見るに、決定権はベルナディアが持っているらしい。

　そう見たから、私もベルナディアへ視線を固定したのだ。

　部屋中の視線を受けたベルナディアは、自分に集まった視線をゆっくりと見つめ返した。部屋を一周し、また私へ視線を戻す。

　そして、はんなりと微笑みながら両手をふわりと合わせた。

「まあ、素敵」

　鈴が転がるような声で、嬉しそうに微笑む。

「わたくし、皆様ともっとたくさんお話ししてみたいと思っていたの。だって、こんな機会滅多にないでしょう？　素敵、素敵だわ」

　そうして、とろけるような髪を肩に滑り落としながら立ち上がる。

「おまえ、そう、おまえ。ごめんなさい、名前が分からないの。でもおまえ、とてもいいことを言ったわ。素敵だわ。褒めてあげましょう。さあ、おいでなさい。ご褒美をあげましょうね。何が欲しい？　なんでもいいわ。なんでもあげる。さあ、欲しいものを言って？」

踊るように歩み寄るベルナディアを、周りの三人組が慌てて制止した。

当たり前だ。私は選定の儀の最中に自身を当代聖女宣言した上に、傀儡術によって操られた哀れな死体を椅子で殴り飛ばす女である。

迂闊に近づくと大事なご主人が火傷じゃ済まない怪我を負うぞー。

この四人組はどう見ても同等な立場ではなく、三人が仕えていると一目で分かる。先代聖女派の家名すべてを覚えていないので確信を持てなかったが、ベルナディア以外も全員先代聖女派と見るべきだろう。

「ベルナディア様、あなたはこのような下賤《げせん》な者とはお立場が違われます」

「こ、このような場でなければ、同じ部屋にいることすら許されぬのです！」

「お前、身分を弁《わきま》えなさい。何を勘違いしているかは知りませんが、お前とこの方は、身分が違うのです」

ベルナディアに仕える立場の娘を三人も通過させているのは流石といえる。

聖女の素質がある人間をこの短期間でこれだけ集めてきたのか。それとも、最初から用意していたのか。なんにせよ、これからも残れるかは神のみぞ知る。

こほんと咳払いし、大仰な動作で胸に手を置き、身体を捻ってみせる。気分は舞台女優だ。

「まあまあ、そんな堅苦しいこと仰らず。聖女は神が定めるもの。ゆえに人間として優れている必

要は全くありませんが、やはり人々は聖女に幻想を抱くものです。あまりつれないことを仰ると、人々の支持が遠のき、ひいては神もお考えを改めてしまわれるやもしれませんよ」

「お前っ！」

かっと顔を赤くした橙色の髪の女を、濃い金髪の女が宥めている。茶髪の女はおろおろとベルナディアと他二人を見ていた。ベルナディアは、きょとんと首を傾げる。

「お茶、飲まないの？」

「飲みますよー。そうでなければ、私正午まで何も食べられないことになっちゃいますし。皆様も、それでよろしいですか？」

くるりと他の聖女候補を振り向けば、意外にも頷きだけでなく声に出しての賛同が上がった。おもに平民が力強く賛同してくれた。

どうやら、三人組の言葉がかんに障ったようだ。率先して立ち上がり、神官の手も借りず机と椅子を移動させていく。

「いいじゃないか。そこの高貴な御方も仰っている通り、こんな機会滅多にないんだ。それに、ここにいる間だけは身分も何もあったもんじゃない。みーんな聖女候補で立場は一緒。うるさいことも面倒なことも、ここでは通用しない。ここでの遺恨は、金輪際外には出さない。それが暗黙の了解ってもんだ」

たっぷりとした青い髪を払い、豊満な体つきをした女がにやりと笑う。

「そんなことすら守れない奴を、神様がお選びになるかねぇ」

先程顔を真っ赤にした女の額に青筋が走る。どうやら、あの中で一番血の気が多いのは彼女のようだ。

「はいはいはい！　当代聖女は私なので、どうせ皆様選ばれません！」

「あんたどっちの味方だい」

呆れたように腕を組む女に、へらりと笑って返す。

「……当代聖女って、神様の味方って分類ですかね？」

「……そう、なるのかね？　でもあんた、そこで悩むとは意外と真っ当な思考してるね」

「え!?　初めて言われました！」

「そりゃそうだろうね。あんた、相当おかしいし」

「意見翻すの早くないですか!?」

おかしいのか真っ当なのかどっちなんだ。まあどっちでもいいか。

二十代半ばから後半くらいの年齢だろうか。女は私を見て大声で笑う。そして、片手を差し出してきた。

「あたしはポリアナ・キャメラ。あんた面白い奴だね」

「はあ、妙な奴だとはよく言われます。マリヴェルです、よろしくお願いします」

握手をしながら名乗ると、ポリアナは首を傾げた。

「ここまできて家名は内緒って、あんたけっこう遣り手だね」

「いやぁ、私はスラム出身なので名字がないのですよ」

頭を掻きながら笑えば、ポリアナは素早く一度瞬きした。僅かに動いた口は、口内を舌でなぞったのだろう。言葉を選んだ様が見て取れる。

「そいつはまた……よく来ようと思ったね」

「何せ当代聖女なもので、来ないわけにも」

「ほんと、そこは一貫してるんだねぇ」

「いやぁ、事実なもので」

特に気にした風でもなくからから笑うポリアナに笑い返しながら、彼女の肩越しにベルナディアを見る。

外敵から守るように立っている三人組は、忌々しげに、射殺さんばかりに、おろおろと私を見ていた。当のベルナディアはにこにこと笑っている。そして、運ばれてきたお茶とお菓子に目を輝かせた。

ぐるりと他の聖女候補を見ても、反応は様々だ。

私を嫌そうに見ている者、怪訝そうに見ている者、お菓子を見ている者、面白そうに見ている者。所在なげにしている者、がちがちに緊張している者、眠たそうにしている者、顔のいい神官に頬を赤らめている者。

一際目についたのは、神官長に質問した銀髪の少女だ。私をじっと食い入るように見ている。その視線は、睨んでいるというより凝視に近い。

参った。誰も彼もが怪しく見えるし、誰も彼もが無関係に見える。誰が敵か味方かではなく、敵か敵じゃない人間かの区別だけで生きていた時代を思い出す。

まあ、何はともあれ楽しいお茶会の始まりだ。目一杯楽しもう。

種？　後で考える。

支度を手伝いながら、先程の自己紹介を思い出す。

マリヴェルという音を聞く機会は、随分減った。それでも、長く聞いていないとは思わなかった。思わないでいられたのは、やけくそのように飛んできたおやすみと私の名前を昨夜も聞いたからだ。名前は自分以外の音が紡いでくれてこそだなと、小さく笑う。

以前はそんなに他者の名を呼ぶ人ではなかった。仕事中だったからかもしれないが、いつ聞いても役職名ばかりで呼んでいた。

それなのに、今はしょっちゅう名を呼ばれる。意図的に増やされたのだと、馬鹿でも気づく。

エーレのような優しさを持った人に愛される存在は、きっととても幸せだ。

なんだ、これ。

私は、とっくに空になったコップを無意味に呷った。

なかなか険悪な雰囲気で始まったお茶会であったが、意外にも和気藹々と進んでいる。お茶とお菓子が美味しかった功績が大きい。

王都であっても滅多にお目にかかれない物珍しいお菓子が並び始めると、険悪さはどこ吹く風。みなお菓子に夢中だ。彼女達は朝食を取っているはずだが、それはそれ、これはこれ。甘い物は別働隊。

流石に三人組はベルナディアを囲むことを忘れてはいないが、それ以外の面子は気軽に移動し、あちこちのお菓子を取りに行っている。誰も椅子を使っていない。お茶会は立食形式に移行した。

それは別にいい。色んな人と話しやすいし、願ってもない形だ。問題は、私の真横で私を凝視している銀髪の少女である。

眼孔は鋭いが全体的に整った顔つきをしている少女に、息がかかるほど間近で観察される気持ちを考えてほしい。

どういう感情を抱けばいいのかすら分からないという悲しい結果に陥るのである。

「あのぉ……何かご用でしょうか」

「いえ、別に」

別にの距離では絶対ない。おかげで、お腹が空いているのにお菓子を三回しか取りに行けていない。これでもかと載せて帰ってくること三回。どこに移動しても隣に彼女がいる。

「あの、お名前は？」

「アーシン・グクッキー」

……アイシングクッキーみたいな名前だな。いや、名前は当人ではどうしようもない問題だ。それを茶化してはいけない。

「アーシンさんとお呼びしても構いませんか？」

「いい、わ」

「ありがとうございます。私は」

「マリヴェル」

名乗る前に知られていた。確かに正門前で高らかに名乗った覚えはあるが、彼女は他薦枠の人間なので、あの場にはいなかったはずだ。

「あん、なた、目立つ、もの」

喋るのが苦手な人なのかもしれない。時々つっかえては言い直す様子を見て、ゆっくり話すよう努める。

「あの、もしかしてなんですけど、アーシンさん私に何か話したいことがありますか？」

「別に……」

私より少し年下と思われるアーシンの格好は、遠目では飾り気のない簡素なものに見える。だがこの距離だと、彼女の身体に合わせて丁寧に作られている様が覗えた。

首元は丁寧にレースで覆われ、緩やかに巻かれた大きな帯を留める飾りは質のいい宝石だ。羽織っている上着は大きくゆったりしているが、上質な布が使われている。色は茶で、年頃の少女が着るには少々控えめだが近づけば仕立ての良さが見て取れた。

私？　神殿が用意してくれたシャツとスカートとカーディガンですよ。

神殿が用意した服を着る。ほら、聖女っぽい！　しかし何故か、凄い肥料の臭いする。

倉庫整理を任せられているブルーア四級神官（二十六歳、彼女熱烈募集中）が、とりあえず後で置く場所を考えようと纏める一角に置かれていた服と推測している。

その適当さのせいで、同棲を始めた彼女に振られては泣きながら神殿の寮へ戻ってくるのだと、いい加減誰か言ってあげたらいいと思う。

ちなみにこの臭いがする肥料は、フランカ（二十七歳、ブルーアの元彼女）が趣味の自家菜園（神官個人庭）用に取り寄せている肥料だから、ブルーアは一時預かり場所に回さないでいい加減覚えたほうがいいと思う。

そして、振られる度に私の部屋でやけ酒飲んでは神官長に摘まみ出されるの、神官長に迷惑だから改善要求したい。

肥料の臭いに怯まないアーシンは、私より若干目線が低い。幼さの残る顔立ちを見下ろしていると、アーシンは少し考えた。

「やっぱりある、ます」

「なんでしょうか」

ようやっと用件に入ってくれそうでほっとする。後一歩下がってくれたらもっと嬉しい。鼻息が首筋にかかってくすぐったいのだ。

「あん、なたが、神殿から叩き出されたときの話を聞きたい、のよ」

「もしかしてさっきからあんたと言いかけていますか？　あんたで構いませんよ」

「……助かる」

どうにも喋りづらそうにしているのでもしかしてと思ったが、正解だったようである。

彼女は他薦枠なので、推薦してくれた人の顔を立てなければならないのだろう。他薦は他薦で大変だ。私だって、ちゃんと説明された上で神官長の推薦だと知っていれば、もう少し真面目に取り組んだのに。たぶん。

「神殿から叩き出されたときの話、ですか」

どうやら他薦枠の面子にも、私の噂は広まっているようだ。どう答えたものかと悩んで空けた一拍で、あちこちから声が上がった。

「お、その話かい？　あたしも聞きたかったんだ」

ポリアナがまるでビールのようにゼリーを飲み干して歩いてきた。その食べ方いいな。私も今度やってみよう。

「あの、私も聞きたいです。えっと、アノン・ウガール十七歳です。自薦です！」

「わたしも気になってたんだ。交ぜてもらっていいかな。イーナ・ポーラン、四十八歳のおばちゃんだよ。わたしも自薦」

「私もお願いします。フランカ・タルティーニ、二十、他薦です」

「あたしもです！　自薦イルーラ・ブラト、十五歳です！」

自己紹介を兼ねながら、我も我もと人が集まってくる。気になっていたが、みんな聞くに聞けなかったのだろう。私だって、貴族でも一生に一度入れるかどうかと言われる神殿内部に侵入した人間に興味が湧く。

しかし申し訳ないことに、何も面白い話はない。だって私は寝て起きただけなのである。そして、年齢と自薦他薦と名前を一気に教えてもらっても覚えられない。

「話といっても、目が覚めたら聖女の服を着て神殿にいたので、何も分からないのです」

「何も覚えてないってこと？」

アーシンが小首を傾げる。さらりと流れていく髪が霧雨のようだ。

「はい。だからこそ、私は私が当代聖女だと思うのです。だって私はスラムにいたのです。それなのに王城と同じほど警備厚き神殿内部、そんな尊き場所に、聖女の服を着て立っているだなんてできるはずもないことです」

何一つとして嘘ではない。ちょっと間が十年ほど空いていて、語っていない範囲が多いだけだ。

しかし嘘ではない。真実だけを告げても嘘は作れるので、詐欺には重々気をつけてほしい。

「それは確かに……じゃあさ、あんたは神力がないって本当？」

「割り札に指紋を刻めますので全くではないのではと思い直したところですが、ないに等しいですね。何せ、測定で全く反応が出ませんので」

ちょっとくらいあってもいいのだが、今の今まで零《ゼロ》だと信じていたくらいにはない。ある兆しすらない。

ココがなんとなく思いつきで作った、どれだけ神力が少ない人間でもその神力に反応して静電気を発生させる神具が無反応だったくらいである。

……ココは何故そんな神具を作ったのだろう。

神官達は基本的に神力が強い人間ばかりなので、どう考えても執行対象者は私である。聖女の私室に設置してくれた神官呼び出し鐘は大変重宝したしありがたかったのだが、そっちの発明は何一つとしてありがたくなかった。

「それはとても不思議な話ですね……。私だったら、びっくりして泣いちゃう……」

アノンと名乗った少女が、まるでその場にいたのが自分だったかのように泣き出しそうな顔になった。ぺそりと下がった眉とは逆に、ポリアナは眉をひょいっと上げる。

「それだけ聞きゃ、確かにあんたが聖女様だ。でもさ、叩き出されてんだよね？」

「そうなんですよぉ！　突然現れた私に驚くのは分かりますけど、どうせ聖女選定の儀を執り行うんだからそのまま神殿にいさせてくれたらいいと思いません!?」

「思わないねぇ」

ですよね。私もそう思う。

神殿侵入罪と聖女侮辱罪でよくて投獄、悪くて極刑じゃないのが不思議なくらいだ。

そしてずっと疑問なんだけど、聖女の服と交換したあの襤褸切れもといい服、どの部門が所持していたのだ。神殿生活が長い私でもあんな襤褸切れ見たことがない。

叩き出されるのを見越した敵が用意してきたのだろうか。嫌がらせに手が込みすぎてない？　敵は暇だったのだろうか。可哀想に。楽しい趣味が見つかるといいね！

私の趣味？　生きること！

「まあ、まあまあまあ。不思議な話。とっても不思議。そんな絵本のようなことが、本当にあるのね。素敵、素敵だわ」

ふわりと近寄ってきたのはベルナディアだった。綿毛のように軽く、たっぷりとした髪は、彼女が動く度にふわふわ動く。人形のように愛らしいご令嬢だ。

「ねえ、もっと聞かせて。私、聞きたいわ。その後、おまえはどうしたの？」

「ベルナディア様！」

「もう、ドロータはまるで乳母のよう。あまり叱らないで」

白く細い指が、ドロータと呼ばれた橙色の髪をした娘の唇を塞ぐ。そうして風に舞う花びらのように私を見た。

「ねえ、おまえ。そう、おまえにわたくし聞きたいの。おまえのお話、聞きたいわ」

ドロータはそれ以上制止しなかった。ただ射殺さんばかりに私を睨んでいる。これ、私の罪じゃなくないですか？

「その後といっても、そんなに面白い話はないのですが、スラムにいたのに気がついたら神殿に立っていたので、神殿を叩き出されたらスラムに戻るしかありません。そうしたら聖女選定の儀が始まると風の噂を聞いたのです。状況を考えると私が当代聖女だと思いまして！　だから参加するつもりだったのですが、私の惨状があまりにあまりだったようで、親切な紳士が助けてくださり、身なりを整えることができました。あ、第一の試練を越えた後は割り札を利用し、豪勢な宿に泊まりました！　いやぁ、聖女万歳ですね！」

部屋の中が静まり返ってしまった。できるだけ嘘を省き、真実も省いた上真実のみで構成し、それなりに真っ当な形に整えたのに何故だ！

聖女万歳は初めて言ったけど、聖女を前に万歳はよくあったのだ。嘘じゃない。

神官達は皆、聖女を前にし両手を上げ、盛大に頭を抱えていた。本当によくあったのだ。嘘じゃないもん！

壁際で並んでいる神官達が、記憶もないはずなのにあのときの皆と同じ顔をしているように見える。取り繕われたしれっとした顔が並んでいるのに、不思議だなぁ。

この世の不思議をしみじみ味わっていると、視界の端に何かが飛んできた。

「うおっ！」

慌ててよけた私の上を通過した何かは、アノンの顔面に直撃した。彼女の顔に張りついたそれは、どうやらサンドイッチのようだ。クリーム物でなくてよかったが、サンドイッチだって一歩間違えば空中分解し顔にべちゃりといく危険性を孕んでいる。

一体全体どんな不幸があって、サンドイッチがアノンの顔に張りつく事故が起きたのだ。アーシンはいつの間にか遠く離れている。危険察知能力が高い。

中途半端によけた体勢のままサンドイッチが飛んできた方向を見れば、私と同じ歳ほどの薄桃の髪をした少女が、床を踏み抜かん勢いでこっちに歩いてくるところだった。

私は心の中で大いに慌てた。

あの、ここは比較的新しい建物だからいいけど、私達が泊まっている建物は歴史あるという呼ばれ方をする、ようはとても古い建物なので時々修繕がいるんです。だからその勢いで踏み抜かないで頂けると幸いです。

南端の階段は修繕が入る予定だったけどこの騒動でまだ入っていないはずなので、ほんとよろしくお願いします。

「あなたは……」

「はい？」

目の前でずしんと止まった少女は俯いていていて、その表情はよく見えない、のは周りにいる面子だけだ。私は中途半端にしゃがんでいるおかげで、至近距離で見てしまった。

魔王かな？

そう思ってしまうほど、少女の顔には憤怒が貼りついていた。

桃色の髪がよく似合う愛らしい顔を憤怒で染め上げた少女の腕が、私の胸倉を摑み上げた。あっという間に首が絞まり、足が浮く。凄まじい力である。羨ましい。

「黙って聞いていれば、あなたは聖女をなんだとお考えか！」

鬼のような形相で詰め寄られた私は、言葉に詰まった。息ができないのだ。もしもしと腕を叩くも気づいてもらえない。

当代聖女、聖女候補につるし上げられて死亡。悲しいニュースだ。

「ちょっとあんた、落ち着きなよ。ほら、そのままだとそいつ死んじゃうよ」

ポリアナがゆっくりと割って入る。できれば急いで頂けると助かります。目の前、真っ赤になってきた。

促された少女は、はっとなり腕の力を緩めてくれた。おかげで空気が肺に入る。完全に離された身体はよろめき三歩下がる。座ったほうが回復も早いと、さっさと座り込む。

「えーと、聖女をなんだと思っている、ですか？」

間を空けたのは答えに窮したからではない。呼吸が整わなかっただけだ。

他の聖女候補達は、突然起こった乱闘騒ぎにあっという間に離れていった。最初から近くにいた数人だけが私と少女の周りに残っている。神官達は、相変わらず感情が見えない表情を貼りつけたまま壁際に立っていた。

私が何かを言う前に、少女が己が問いに答えを落とす。

「聖女とは、神の声を聞き、民を導き、国を豊かにする。平和を愛し、平等を尊び、世を整える女ですわ。そんなことも知らず、あなたは当代聖女を名乗るのですか！」

怒りで顔をどす黒く染め上げる少女は、他薦枠だったか自薦枠だったか。格好を見る分には貴族だが、さてどうだろう。

そんなことを考えながら、片膝を立てる。立てた膝に肘を置き、手の甲で頭を支えた。首を絞められた後は、普段は意識していない頭の重さが急に来るのだ。

だがそれはどうやら、少々傲慢な態度に見えるらしい。

少女の怒りは深くなる一方だ。だからといって、私の答えは変わらない。

「アデウス国において聖女とは、神に選ばれた女です。それ以外の何者でもありません。人間としてどれだけ価値がなかろうと、ただ命あるだけの肉の器であろうと、神が選べば、それが聖女です」

「愚かなっ！」

「私がどれだけ愚かであろうと、それが事実です」

そうでなければ、当代聖女が私であるはずがないのだ。

私はあの日、神を見た。

神はあの日、私を選んだ。

私と神は、それだけだ。聖女とはただそれだけに過ぎない。神が定めた記号の名が私にあるだけ。ある以上、これは私の称号だ。

「当代聖女が私で残念ですね」

「あなたは、あなたはどれだけ聖女を愚弄すれば！」

憤怒に染まった少女の声は、あちこちから起こった澄んだ音に遮られた。

薄ガラスが砕け散るような音が、場が乱れた部屋の中に響き渡る。これだけの薄ガラスが時を同じくして砕け散る音など、そうそう聞けるものではない。

私だって、随分久しぶりに聞いた。自分が何をしているかも知らずにいた部屋の中、私は響くこの音を聞いたのだ。

美しい音だと思った。だから神官長に教えたくて視線を巡らせた思いを、覚えている。

「わぁ……」

誰かが感嘆の声を上げた。

彼女達が見つめる物と同じ存在を、私も自分の手に載せる。種と呼ばれた石がひび割れ、正午を待たず砕けたのだ。

砕けた破片は飛び散らず、未だ形があったはずの場所を漂っている。しかし、やがて光となって解け始めた。音もなく、冬にひととき零れる木漏れ日よりも儚い光は、ほろほろと解け、消えた。

後には、親指の爪ほどの小さな種が残るのみだ。

種といっても、これも宝石に近い見目をしている。どこからどう見ても透明度の高い宝石なのに、芽吹き花が咲くのだから不思議なものだ。

この種から、生涯ただ一度の花が芽吹く。

生涯ただ一度、その一度を咲かせた当代聖女が持つこの種は、一体何を咲かせるのだろう。それとも何も咲かせないのか。

種の行く末は私自身の末路を示すような気がして、あまりに馬鹿げた考えに思わず笑ってしまう。

そんな私を、種に見惚れる聖女候補の中、憤怒を浮かべた少女だけが見ていた。

その少女に私が返せる表情は、やはり笑みしかないのだ。

そして種どうしよう。


正午を待たず石が割れたことで、神殿側は慌ただしくなってしまった。本来開始時と終了時にしか現れないはずの神官長まで出てくる始末だ。通常業務もある中、臨時でありながら何より優先しなければならない聖女選定の儀が開催中である。きっと大忙しのはずだ。食事と睡眠はできるだけたっぷりと取って、心身を大事にしてほしい。

そして、割れてしまったものは仕様がない。それも神の裁量だと受け入れるしかないのだ。ことお聖女に関しては、神の采配に委ねるより他ないのである。

種を手にした聖女候補達は、お茶会の余韻もなんのその、思い思いの場所へ散っていった。一人につき一人の神兵を伴って。

皆どこに埋めるのだろう。定石は土だ。

しかし土といっても色々ある。畑の土、道端の土、湖の底を作っている土。泥だって土だ。水で育つ植物だってある。

しかしこの種、神力でだって咲くし、たぶんその人がこの試練を通過できるのなら光合成でも咲くんじゃなかろうか。

種を指で挟み、天に透かす。

それは美しい花が咲くのだ。宝石のような花弁を持つ、まるで命を咲かせたかのような美しい花が。

「咲くのでしょうかねぇ」

もう咲いたんだよなぁ。

うーんと唸りながら、ポケットに種をしまい直す。無造作に突っ込んだからか、隣を歩いていた神兵が苦い顔をしたのが見えた。

「もうちっと大事に扱えよ。それ、神官が七日七晩不寝にこしらえた種なんだから」

両手で後頭部を押さえたまま見下ろしてくるのは、今回の試練で聖女候補につけられた神兵だ。

種を植える方法を探し、あちこち動き回るので当然の処置である。

神兵とは、その名の通り戦闘能力に長けた面子で構成された神官だ。その中で、彼を私につけた采配は見事だ。私が神殿側から物凄く危険視されていることがよく分かる。

この見事な采配っぷり、さては神官長だな！　流石神官長！

私がエーレを肩車すればようやく同等の高さになれるであろう体格に恵まれた神兵の名は、サヴァス・ドレン。鮮血のサヴァスの二つ名を持つ、神兵隊二番隊隊長である。

今年二十四歳。正確にいえば、二ヶ月前に二十四歳になった。誕生日のお祝いを聞かれ、熊肉を所望し、皆と料理長の頭を抱えさせた強者である。

神官を総動員した熊狩りが決行され、何故か天幕で待っていた私の元に追われていた個体とは違う熊が飛び込んでくる大騒ぎとなった。

言いつけを守って大人しくしていたのが敗因だった。次からは皆と並んで山に突撃するつもりである。

負傷者？　熊が倒された後、よじ登っていた天幕から下りようと落下した私の顔面だけです。

そしてそれを、王城の朝議でネタにされたエーレ含む王城の神官達には大変申し訳なかったと思っている。

「大事にしているつもりですが、もっと大事にすれば咲きますかね」

「さぁてな。俺は難しいことは分からねぇが、あんたが聖女候補ねぇ。神様の趣味は分かんねぇもんだ」

「同感ですが、この試練も私は通過が確定しておりますのでどうぞ諦めてください！」

咲かせる方法？　知らない。

サヴァスは素直にうへぇと顔を歪めた。分かりやすいのは彼の美点であり欠点だと、神官長が頭を抱えていたのでどうにかしたほうがいいとは思う。

どうにかしたほうがいいことはあちこちに転がっているけれど、私が今すぐどうにかしなければならないのは、中庭を無意味にうろついている現状である。

神殿と王城の狭間にあるこの建物は、狭間の間と呼ばれている。そのまんまである。

その狭間の間にある中庭は、狭間の庭。そのまんまである。

お役所やお堅い神殿に、奇抜で感性高い名付けなど期待しないでもらいたい。

名付けの感性はいまいちでも、国の顔である建物の一部。歴史ある建造物の一角を構成する庭は、今日も美しく保たれている。他国の賓客を出迎える場所でもあるので、手を抜くわけにはいかない。

広さに限界があるので広大な湖などは造れないが、澄んだ池も色とりどりの花も、生命力溢れる様々な色をした緑も、大抵揃っている。霊峰から流れ出る川も通っているので、涼しく澄んだ水の香りが満ちていた。

そんな庭に、今日はいつもと違う装飾品が加わっていた。

あっちの花壇の前に、そっちの植木の下に、向こうの木の下に、神兵をつれた色とりどりの聖女候補が揺れている。鉢をもらいに行った聖女候補もいれば、池を覗き込む聖女候補もいるし、家から必要な道具一式を持ち込んだ聖女候補もいる。

現在聖女候補の立ち入りが許されている範囲で、最も土がある場所がここだ。だから、結構な数の聖女候補が庭に集まっていた。

皆、思い思いの方法で種を咲かせようと頑張っている。

どんな手を考えても、咲かない人は咲かないし、咲く人は咲く。それでも頑張っていれば神様の気が向くかもしれないし、向かないかもしれない。

神様を経由すると、強固な誓約でもない限り、大抵不確かで不安定だ。絶対の象徴が神様なのに、なんともままならないものである。

「あんたは何もしねぇのか？　俺は楽だからいいけどよ」

「あー、そうですね。しませんしません。部屋に戻って、のんびりしてます。何故なら私は当代聖女！　何もしなくても咲きますから！」

えへんと胸を張って答えれば、またしてもうへぇと顔を歪められた。一緒に神殿の庭を這いずり回った相手にそんな顔をされると少々傷つくが、今はどんどん嫌がってもらったほうがいい。

何せ私は、できるだけ早く王城へ行かなければならないのだ。今日は、不測の事態が起きない限り王子のサボり日なのである。

せっかく、予定外の事態とはいえ正午より早く外に出られたのだ。これを利用しない手はない。サボり場所はその日の気分で循環しているが、今日の天気は晴れ、風は肌寒いまではいかないが心地よい涼しさ。

となると、寝転がっても眩しくない場所で風の通り道。大体絞れる。このひと月で、私と王子のサボり拠点が悉《ことごと》く潰されるか、王子の好みが劇的に変化していない限り。

「おい、本当に何もしねぇのか？」

「はい！　部屋で時間までお昼寝してますので、もうお帰り頂いて結構ですよ！」

「そうはいくか。俺は仕事だ」

まあそうはいかないだろうから、部屋の前で待っているのだろう。仕事は大変だ。

だったら窓から抜け出そうと算段をつける。

「部屋の中で待たせてもらうっておい待てこらぁ！」

部屋の中で待たれる事実を理解した瞬間、私は全速力で駆け出していた。そんなことをされたら抜け出せなくなる。

私は王子を味方につけなければならないのだ。いくらエーレでも王城すべてを把握などできない。また、神官に把握されては王城の立場がない。だからこそ、何がなんでも王子に話を通さなければならないのだ。そしてそれは極秘に限る。

突然命を懸けているほどの勢いで走り出した私と、突然吠えるように怒鳴って追いかけ始めたサヴァスに、庭にいた人間すべての視線が集まる。

「隊長!?」

「くっそ！　こいつ本当に問題児だぞ！」

驚いた神兵に、サヴァスはがなるように怒鳴った。

普段から林檎を素手で握り潰すわ、加減なしに踏み込んだ床はへこますわと、怪力話には事欠かないサヴァスが怒鳴ると空気がビリビリ振動する。隣に立たずとも腹の底が揺さぶられるほどだ。

「聖女候補が神殿で問題起こすなんざ、聞いたことねぇぞ！」

「初体験おめでとうございまーす！」

「あ、てめぇ！」

焦った声が聞こえたが、もう遅い。

拾っておいた石を左方向へ向け投擲《とうてき》し、満面の笑みで丁寧に刈り込まれた植木に滑り込んだ私は、即座に這いつくばって場所を変えていく。

この植木、所々隙間が空いているのだ。賓客からは勿論、普段出入りしている人間ですら気づかないよう工夫されているが。こういう箇所に作業道具を置いて、見苦しくない程度に作業しやすくしているのだ。当然作業が終われば道具は片付けられるので、その隙間は隠れ放題だ。

「てめぇ、どこ行きやがった！」

思っていたより声が近くて、這いずる速度を速める。深い植木はいくらサヴァスでも飛び越えられまいと思っていたら、普通に飛び越えたようだ。サヴァス今だけ転職しない？　鹿とか。

目の前をサヴァスの足が通り過ぎていってひやりとする。サヴァスがこっちを見ていない隙に、隣の植木の下に移動し、その下に沿って進んでいく。

すぐに辿り着いたのは、建物の外壁だ。

なんの変哲もない外壁の足元部分に手を這わせ、音を立てないよう一部を外す。すると小さな隙間ができるのだ。

頭さえ入れれば後はなんとでもなる。よいしょと身体をねじ込み、狭い空間で身体を回す。入れはするが、人が一人入れるかどうかの隙間しかない。移動距離も、正門から見て建物の右手側から裏側へ回れるだけだ。

当たり前だ。ひょいひょい奥まで移動できては、神殿と王城の防犯意識に問題がある。それでも、外を移動するより人目につかないのは確かだ。

「なんで俺よりここに詳しいんだよ！」

遠吠えのようなサヴァスの声を聞きながら、入ってきた隙間から手を伸ばして石をはめ直す。内からだと綺麗にはめ切れないが、まあ大丈夫だろう。

サヴァスの問いには、神官長の言いつけをきっちり守って私を逃がさないようにするあなたとの攻防戦に勝利しようと、私も腕を磨いたからですと答えよう。

心の中でそっと答えた私は、いそいそと庭を離れた。

そこからは簡単だ。

壁をよじ登り、天井に潜り込み、壁を滑り落ち、床を這いずり。屋根を飛び、落ち、地面を這いずり、窓枠をよじ登り、屋根を這い、滑り落ち。見つかりかけて溝に落ち、隠れようと木から落ち、距離を取ろうと階段から落ち。

華麗なる紆余曲折の末、私は懐かしの王城に立っていた。

眼前に広がる王都は、霊峰より溢れ出した冷気を纏う風と川と滝が齎す水飛沫《みずしぶき》で、少し白っぽく見える。レース越しに見る世界のようで、驚くほど尊く見えると評判だ。あと涼しい。冬は寒い。

「どうもルウィード第一王子、ご機嫌麗しゅう」

寝転がっていた王子を枕元から覗き込む。瞳が見開かれるのと、跳ね起きた身体が剣に手をやったのは同時だった。

警戒心が膨れ上がるより早く殺気を募らせた王子の反射は、恐らく獣に近い。

斬られても困るので、両手を顔の横に上げたまま三歩下がる。王子も飛び退いたので、私達の間には五歩分の距離ができた。

これ以上は距離が取れない。何故なら、それしか足場がないからだ。

ここは、増築された建物の張り出し部分が重なった一角だ。張り出し部分とその下にある屋根との間にできた隙間。日が直接当たらず、壁は左右にしかないので風通しがいい。同じ高さに建物もないので誰にも見つからず、王都を見晴らせる。

つまりは、昼寝にちょうどいいのである。

私の目の前にいるのは、改めて警戒心を膨れ上げさせていくアデウス国の第一王子、十九歳。

誕生日に盛大な催しが開かれるのは当然だが、自分だけがその被害に遭うのは腹立たしいと、その悉くに私を帯同した人。

……何故私を巻き込んだ？

腹立たしいも何も、自分の誕生日である。

私の十六歳（推定）の誕生日（指定）には、同じように巻き込んでやろうと画策していたのに、その歳まで生きていられるかどうかも分からなくなってしまった。

王子は、下手に巻き込めば死なせてしまうかもしれない不安を押してでも味方に巻き込みたい人材だ。

そして、黒幕ではないと確信している人でもある。

王子が私に攻撃を仕掛ける理由は全くないのだ。大体、悪友と言って憚らない相手を殺しにかかってきたら、この人の休憩時間とサボり時間の遊び相手がいなくなる。そして、婚約者回避同盟も崩壊である。

「……そなた、どうした？」

「え？」

剣に手をやったままではあるが、怪訝な顔をされた。私がここにいる事実ではなく、私の状態を疑問に思ったらしい問いに首を傾げる。

鞘を握っているほうの手が私を指さす。その視線を辿って自分の状態を見下ろし、納得した。

泥に蜘蛛の巣にあちこち引っかけたほつれにと、まるで戦場を駆け抜けてきた戦士のような有様だ。枝に引っかけてあちこち傷を作ったが、血は止まっているのでよしとしよう。

諸々の隠密過程、ちょっと鈍った身体では追っつかなかった。それと、選定の儀の影響か兵の配置や人々の動きが普段とだいぶ勝手が違ったのである。

「まあお気になさらず。それより私、不躾ながら王子にお話がございまして。こうして会いに来てしまいました。どうぞお許しを」

「嫌だが？」

分かる。私もそう答える。だが、それでは困るのだ。

「そなた、聖女候補だな？」

「覚えていてくださいましたか」

「あの状況下であの宣言は、そうそう忘れられまい」

警戒は解かないまでもひょいっと肩を竦めた王子は、ひらひらと手を振った。あっち行けの合図である。

「どうやってここまで来たかは知らんが、今ならまだ見逃してやろう。余も今は神殿と事を荒立てたくはない。今すぐ帰り、二度と来るな。それで許してやろう。さあ、さっさと行け」

取り付く島もないが、譲歩されたほうだろう。たとえ黙って帰してくれた後、しばらくの間こっそり王子付きの監視が入っても、かなり譲歩されている。だがそれでは駄目なのだ。

「そうは参りません。お話があると申し上げました。そしてこれは、聞かねば国が揺るぎましょう。ですので、私も無理を押して参りました」

つまらなそうな態度を浮かべていた王子の目に、くるりと光が躍った。

「ほぉ？　国が揺るぐとな？　随分大きく出たではないか」

「実は、だいぶ控えめに申し上げました。正確に申し上げれば、もう揺らいでおります」

正直に告げれば、王子は声を上げて笑い出した。大きく出すぎだ。人が来る。

「王子、王子しー！　この上の二部屋、滅多に使われていないとはいえ、たまに逢瀬場所に使う人がいるんですから！」

「詳しいな、そなた」

「その理由も今からお話ししますから、とりあえず声を抑えて！」

声を下げろと両手をぱたぱたさせて要求すれば、王子はようやく笑いを収めてくれた。

私はとりあえず、勢いで手を下げたついでに座ってしまう。私はあなたに敵意を持たないとの表明でもある。

足を折り畳み、すぐに飛びかかれない体勢を取れば、王子は少し警戒を解いた。

「よし、そなたの話とやらを申してみよ。余が聞いてやろうではないか！」

「だから王子、声が大きい」

「そなたは態度が大きいな。まあよい、そら申せ」

「王子はもっと大きいですけどね」

「何せ王子だからな」

それはそうだ。彼は大きな態度を取っていいいし、取らなければならない立場だ。それを時々面倒だとぼやいているのも知っているが、告げる必要はない。

「ああ、言っておくが」

「王子に催眠などの術は効かないですよね。存じ上げております」

王子は神力自体は高くない。だが、神力に対する耐性が高い。

アデウスの王族はそういう体質の人間が多い。それでも現在かかっているのだから、この国を覆った術は恐ろしいのだ。とんでもないのは規模だけではなく、精度も純度も桁違いである。

そうでなければ、歴代一の結界能力を持った神官長が私を忘れるわけがないのだ。

言葉を遮る不敬を犯して答えた私を、王子は咎めることなく驚愕に開きかけた瞳を僅かに歪めた。

「面白い。そなたの話、さらに興味が湧いたぞ。そら、早く申してみよ」

「私は勿体ぶってないんですけども。とりあえず、口を挟まず最後まで聞いてくださいね。質問は最後に纏めてお願いします」

「そなた本当に不敬よな。だがまあよい。許す。そら、さっさと始めろ」

今更ですよ、ルウィ。

　一通り話し終えるまで、王子は大人しく聞いていた。

　立っているのは私を信用していないからだろう。最初は興味深げに、次第につまらなそうになっていたことだけが問題である。

「以上です」

「終わったか？　じゃあとっとと戻れ。聞いて損したわ」

「そうでしょうか」

　信じるとは思わなかったので、別に驚きも落胆もしない。

　彼は面白い物好きで夢見がちでいつだって退屈した、かなり根深い現実主義者である。

「そなたは既に十三代聖女に就任しており、余を含めた国中の人間がそれを忘れたなど荒唐無稽な話を、なんと大変だと聞ける人間がいるならば目通り願いたいな。それならば、そなたに手を貸すも吝《やぶさ》かではないぞ」

「では、お目にかけましょう」

「は？」

　もう完全に興味を失い、空の雲を眺め始めた王子の意識と瞳が、再び私を向いた。私は痺れた足を解き、足先をぐるぐる回しながら王子を見る。

「そなた、不敬が過ぎない？」

「痺れたのですよ。話し終えるまで屋根の上で正座していた私を褒めて頂けると幸いです。話を戻しますが、今から私が言う神官を呼んで頂けますか？　彼は、私が語った日々を覚えている唯一の人間です」

そして、私の唯一の懐刀だ。

王子は興味を持ち切れない様子で、話半分に私の言葉を聞いていた。私をおかしな人間とし、話をまともに聞く価値なしと判定するのは別に構わない。だが、この名を聞いてそう言っていられるだろうか。

いくら私でも、なんの勝算もなく、奇跡だけに賭けて王子に会いに来るわけがない。

生まれ、神力、持ち得るすべての力を私利私欲には使わぬ、王城において絶対的に揺るがぬ神殿の猛犬として名を馳せるくそ真面目な氷の神官。

私は、懐刀の威を借り、不敵に笑った。

「エーレ・リシュタークを、この場に呼んで頂きたい」

王子は、欠伸をしようと開けた口から盛大な息を吹き出した。

「ルウィード殿下、エーレ・リシュタークにございます。お呼びと伺い参上致しました」

「おお、待っていたぞ。入れ」

入出の許可と共にエーレが入った部屋は、私と王子がいた屋根に張り出している部屋の片方である。

元々は何かに使われていた部屋が物置となり、物置にも勝手が悪いからと物も置かれなくなり、そうして使われなくなっていった部屋だ。

今ではどこかの部屋を開けなくてはならなくなった際、臨時でその部屋の代わりを果たす空き部屋となっている。しかし不思議と結構な頻度で掃除が入り綺麗に保たれているのは、逢い引きでよく使われているからだ。

勝手に掃除してくれるので、逢い引きは見て見ぬ振りをされているのが現状である。

そんな場所に呼び出されたエーレは、神より浅い礼を王子へ向けた。

王城で過ごす時間が多い神官の礼服は、政務官より装飾品が多く、裾が長い。動きより威厳を重視した意匠は、感情を覗かせない姿を保つことでより強大に見える。

華奢で非力なエーレでも、なんだか強く見える。対する王子は動きやすいように簡素な格好だ。

しかしこの王子、神力が高くない代わりに身体能力が獣である。普通に強い。

あと、服装は簡素でも存在は極上の傲慢だ。だって王子だ。

「急な召喚で悪いな。許せ」

「とんでもないことにございます。ご用件を伺ってもよろしいでしょうか」

「そなたはいつでも堅苦しいな。ここには他の目はない上に長い付き合いだ。もう少し気を解いてもよかろうに」

呆れた風に、いつも通りに。笑った王子はそれ以上動きも言葉もないエーレを見て、さっさと話を進める方向に決めたらしい。

「他の目はないと言っても、実は一人いるんだがな。そやつがそなたを呼べと申すのだ。そなたがそやつを知り合いと認めるならば、余はそやつの言を信じねばならぬ上に、手を貸すと言ってしまったわ。おい、出てまいれ」

「はいはいはーい！　おはようございます、エーレ！　もうお昼ですけど！」

覗いていた窓の外から、挙手をしながら顔を出す。

エーレからも王子からも、反応がない。

よいしょと窓枠をよじ登り、部屋の中に入り込む。それでもエーレから反応がない。

「どうだ、エーレ。こやつはそなたの知り合いか？」

「……エーレ？」

目の前まで歩いていったのに、エーレは反応を示さない。

さぁっと失せていく血の気の音を、確かに聞いた。身体の奥に氷が生まれる。そこから溢れ出した冷気が、あっという間に身体と思考の熱を奪っていく。

喜怒哀楽をほとんど浮かべない、王城の神官が、そこにいた。

「嘘でしょあなた！　忘れないための対策してるって言ったじゃないですか！」

「どうしてたった半日で傷を大幅に増やすんだお前は！」

「いひゃいいひゃいいひゃいいひゃいいひゃい」

わけではなかった。

突如跳ね上がったエーレの左手が私の頬を抓《つね》り上げる。

何故彼の利き手である右側は無事だったのだろうと思ったら、そういえばそっちは弾けた枝が直撃していたのだった。

痣になったか切れたか、まあどっちでもいいや。身体のほうがもっと酷いし、どれもそんなに痛くない。

「怪我をするなと俺は言ったな？　言ったな？　言ったな？　その相手が、犬に与えられたシーツの如き痛み方をしていたら、動きの一つや二つ止まるだろう！」

「ふひゃひょーりょふへふ」

「不可抗力というのは努力をした末の言葉で、最初から努力を放棄した事柄には使用できない」

少し緩まった指から頬を回収すれば、ようやっとまともに喋れた。

「警備態勢も変わっていますし、何より使っている筋肉が違うのか、この一ヶ月で随分身体が鈍ったんです。見つからないよう来るためには、怪我への配慮に回す余裕がありませんでした」

十三歳の子ども一人を立ち上がらせるのもギリギリだというわりに、私へ下される鉄槌が猛烈に痛いのは何故？

「エーレ・リシュターク……」

呆然とした声に振り向けば、王子が真っ青な顔で壁に背を預けていた。そして、ぶるぶる震える手で己の顔面を押さえる。

「そなた正気か!?」

まあ、そうなるだろう。信じ難いものを見る目で、まさしく信じ難いのだろうが、自分を見る王子をちらりと見たエーレは改めて私に向き直った。

そして、神より浅く、王より深く、頭を下げた。

「この方こそが当代聖女である十三代聖女であり、我が聖女マリヴェルにございます」

神官がこの礼を取るのは、聖女にだけだ。まかり間違っても聖女候補になど行わない。

当たり前だ。アデウスの国民でありながら王にさえ下げぬ角度を神官が持つのは、彼らの主が聖女であり神だからだ。

今更だが、王子に向き合い直す前に軽く身なりを整える。スカートの中から虫が出てきた。無言で払っておく。

そして、にっと笑う。

「王子、御身が当代聖女と交わした誓約、よもや違えるなどと仰るまいな?」

こんな気持ちでいれば、あえて表情を作らずとも笑みは勝手に不敵となる。

そんな私の前で王子は、今世紀一楽しみにしていた本の発売日が決まった読書家の顔をしていた。

「うむ！　最近暇をしていてな！」

わくわくしすぎである。

物置にもなれなかった空き部屋で、アデウス国王城一の問題児第一王子、アデウス国神殿一の秘蔵っこ神官、アデウス国神殿一の問題児聖女（認知消失）が、床に座って話し合う。

何せこの部屋、椅子すらないのだ。そして、若干二名は床に寝そべっているので座ってすらいない。三名中二名が寝そべったことにより、座っているエーレが少数派となった。

誰が見ても卒倒する光景だ。もしもここに誰かが来たら、まず私が叩き出されるか牢獄に叩き込まれるか命が叩き潰されるだろう。世は無常である。

「信じられん話をしているのに、嘘を言っているとは思えんところが面白くて笑えるな」

「そもそも王子に嘘は通用しないではありませんか」

王子は野生の勘に優れている。あまり多くない神力がそちら方面に割かれている可能性が高い。

神力は純度が高いだけでも、量が多いだけでも駄目なのだ。発揮できる方向性を見つけねば意味がない。

神力が向かう方向は観測できないので、結局は現れた能力で判断するしかないのだ。ココも今でこそエーレと同じ一級神官の位を持っているが、神具に興味を持つまでは五級神官に留まっていた。今では神具開発の才を遺憾なく発揮し、あっという間に一級神官だ。

そんな中、王子は己の能力を秘匿している。嘘を判別できる力など知られぬに限るからだ。知られてしまえば警戒心を強められるだけであり、厄介者として、王子としてだけではない理由で命を狙われる。

　王子はひょいっと片眉を上げた。

「当人が嘘と思っておらねば、事実として判定してしまうがな」

　自らの頭を指さしにぃっと笑ったが、その目は笑っていない。

「なんにせよ、それは余にとって虎の子であり、重要機密であり秘密だ。さてそなた、どこで知った？」

「王子がご自身で仰ったのですよ。『実は余な、嘘が分かるのだ。これが便利でならん！　疑心暗鬼はいつの時代も為政者に付きまとっておったが、余はその心配がいらんので楽でなぁ。だが、基本的に全員嘘を吐いておるのであんまり役に立っておらん！』と」

「うむ！　余が言いそうであるな！　秘密を知った人間は生かしておけんと思ったが、余がばらしたのであればやむなし！」

「自分でばらしておいて理不尽この上なし！　あと、エーレは除外してくださいね。ばらしたのは私とあなたですし」

　気配を消したまま、静かに座っているエーレに視線が集中する。エーレは微動だにせず、唇だけを器用に動かした。

「わたしは壁ですのでお気になさらず」

「いや壁だったら困りますよ。事情の説明、私だけでしていいんですか？」

「俺が受け持つ」

「神官からの信頼がぶ厚い」

おもに、ろくでもない方向への信頼が。

「安心しろ、エーレ。そなたを殺しはせぬさ。そなたは余が真っ当と認識する数少ない人間ゆえにな」

「有り難きお言葉、感謝致します」

不正や自己保身による無意味な罪を犯さぬ人間を、王子は殊の外好む。ようは、倫理と道徳を兼ね備えた真っ当な人間が好きなのだ。

これが存外見つけづらいので尚更である。

自己の恥を隠そうと吐いた小さな嘘。そんな罪を負わぬ人間はいないだろう。

エーレはそこで恥を恥とできる。しかし神殿のためならば大嘘をしれっと吐ける。嘘を罪と認識した上で嘘を吐ける人間を、王子はかなり好むのだ。

ちなみに私はその枠組みに入っていない。私達は似たもの同士として屯していただけである。

そうしてエーレの補足という名の本体を、王子はマントをシーツ代わりにし、自分の腕を枕にして聞いた。サボり場所で考え事をする際、よくしている格好だ。

私達しかいないとはいえ、大丈夫なのだろうか。同じ格好で寝転がっている私は聖女の認知が消失しているからいいけども。

ちなみに私の下に敷かれているのはエーレの外套だ。そのまま寝そべったら、頭引っぱたかれた後、敷いてくれた。断ったら二発目が来たので渋々礼を言って借りた。

おかげで、引っぱたかれて礼を言う変な人になった。

「にわかには信じ難いが、大体の事情は把握したぞ。それに信じ難くとも信じられる要素を、余も持っておることだしな」

「そうなんですか!?」

びっくりして跳ね起きてしまった。エーレが無言で上着を脱ぎ、私の下半身にかけた。

私が動く度、エーレが薄着になっていく。膝も見えていないはずですが、ひとまずお手数をおかけして申し訳ありません。勢いをつけて跳ね起きる際は気をつけるよう、足にはよく言っておきます。

「さっすが王子！　催眠系の術を軒並み撥ね飛ばす鈍感系神力の持ち主！」

催眠で一夜の情けとついでに子どもと婚約者の地位をもぎ取ろうとした欲張り三セットご令嬢の術に対し、鼻が痒いからそなたの背で余を隠せと私にひそひそ言ってきただけある。

何故、毎度毎度私を修羅場に巻き込む？

私の後ろで鼻をほじってないで、柱の陰にでも行ってほしい。術に気づかないのは仕様がないが、令嬢の矛先が私に向くのは全く仕様がなくないのである。

あの後、令嬢がけしかけてきた男達が私の昼寝場所に忍び込んできて、神官総出の大掃除になったのはご存じでしょうか。おかげでしばらくの間、神官長と一緒に眠れて嬉しかった十歳の日々でした。どうもありがとうございました。

それにしてもあのご令嬢はおませがすぎるし催眠の能力高すぎるし、王城は修羅の世界すぎるし、私は本当に何も関係なさすぎるし、どうすればよかったのだろう。

そんな私の気持ちは余所に、王子は一人背筋を伸ばし、足を畳んで座っているエーレを見上げた。王子を見下ろす不敬ではあるが、王子が寝転がっているので仕様がない。王子は私をちょっと指さした。

「なあ、エーレよ。余これ、不敬適応してよくない？」

「よろしいかと。ですが、罰をお与えになろうとなさった場合は、わたしが持ち得るすべてを懸けて抗いましょう」

「お、色恋沙汰か？」

「聖女の敵は排除するが神官の務めですので」

「なんだ、つまらん。それに、そなたと殺し合いは最後の手段としたいものだ。王城が溶けるからな。修繕費も馬鹿にならん」

王子は一度欠伸をした。いつもこの時間はお昼寝中ですものね。

「王子とエーレの仲がよくて意外でした」

「よくはないぞ？　余は面白い奴だと思っておるので声をかけるのだが、全く以て堅苦しい態度を崩さんのだ。余が一方的に気に入っておるのが現状だな。未だ遊戯一つ付き合わんのだ。だがこやつは、表情筋を動かしたのはこの世に生まれ落ちた瞬間だけだとまことしやかに囁かれ、頑固冷徹生真面目冷酷の極みと噂されと、なかなか面白くてな。噂がどこまで膨れ上がるか、聞いていて飽きん」

「エーレあなたお友達います？　大丈夫ですか？」

「余計な世話だ」

思わず心配したら、心底鬱陶しそうに返された。

噂作成者に言いたいが、この人めちゃくちゃ怒りますよ。冷徹な人間は、脳天かちわり拳など生み出すまい。

散々言われているらしい噂の言葉を淀みなく言い切った王子は、今度はからから笑い始める。

「それがなぁ、そなた相手には開口一番怒鳴るものだから面白くてな！　そなたどんな手を使ったのだ？」

「えー……なんでしょう。長い付き合いではありますが、私的な用件で話しかけられたことは皆無ですし、手を使われているのはおもに私かと」

「お前に話しかける用事がない上に、口で言っても全く聞かないだろう」

「手で言っても聞いた覚えはありませんが！」

「聞け！」

「いったぁ！」

脳天かち割り拳が目にもとまらぬ速さで落ちてきて星が散った。夜でもないのに星を散らすのはよしてほしい。散らされるような真似をしでかす私はもっとよしてほしい。

両手で脳天を押さえ、悶え苦しむ。そんな私を見て、王子は寂しげな顔で溜息を吐いた。

「余を置き去りに楽しそうなことだ」

「巻き込まれないよう自分から見送ったじゃないですか……」

「お、分かったか？」

分からいでか。

意図的に自分をのけ者にされても全く気にせずぐいぐい進む人間が、口を挟まず態度にも表さず静かにしているのだ。彼自身の意思でなくてなんだというのか。

頭を押さえて悶える私をおかしそうに見ながら、王子はひょいっと起き上がる。そして、興味深げにまじまじと覗き込んだ。

「余とも付き合いが長いと申したが、まあ、それなりに納得がいく」

「そうですか？」

今までの会話で彼に気に入られる要素は、エーレが私に繰り出した脳天かち割り拳しかなかった気がする。

首を傾げた私を見下ろしていた王子は、ふんっと鼻を鳴らした。

「ここのところ、手狭だったはずの自由時間がやけに広くてな」

どういう意味だと問い返す前に、王子はその話題を終わらせていた。

ぱんっと膝を叩き、にっと笑う。メイド服を着て外に抜け出す計画を立てたときもこんな顔をしていたなぁと、懐かしく思う。やるからには楽しむ気満々だ。

「さて、作戦会議だ！」

生き生きと宣言した王子に合わせ、私ものっそり起き上がる。そして心の中でそっと告げた。

王子、エーレはとっくに作戦会議始まったつもりだったみたいなので、いまその宣言を聞いて死んだ目をしていますよ、と。


「フビラ・イェーバはどうだ？」

「彼は先代聖女派ではありますが、当主となった兄が先代聖女派だったがゆえで本人は違います。ハルグーフ・ウルバは如何でしょう」

「なるほどな。ああ、ウルバが度々行方を晦ませるのは糞詰まりによる腹痛だ。腹通しのよい薬でも恵んでやれ。そういえばトファの名があったな。あやつは先祖が聖女だろう」

「トファ家の令嬢は選定の儀に参加しておりますが、トファ家は代々騎士を輩出してきた家でもあります」

「不満があるなら真っ向から来るだろうな。あの家の面子は固くて堪らん」

作戦会議が始まった途端、死んだ目をする係は私が引き継いだ。誰がどれでなんだって？　お互い手持ちの怪しい人リストを摺り合わせているのだろうが、私だけが蚊帳の外だ。ぴんと来るのはトファ家の先代当主だけだ。

聖女となって四年ほど経った頃だろうか。どこかの家が開いた何かのパーティーで会った。背筋がぴんと伸びた小柄なお爺ちゃんで、私の行儀の悪さにはぷりぷり怒っていたのに、聖女の仕事をサボりまくっている件に関しては怒らなかった。今回の聖女は外れ聖女だと会場中の人が言っていたのに、その人だけが。

そういえば、その後二度とその家には行っていない。庭に当主の巨大な銅像がある特徴的な家だったから、よく覚えているのだ。

「まあ、この程度の面子はとっくに調査済みだろうな。当代聖女、そなたこそ心当たりはないのか？」

話を振ってもらったところ大変申し訳ないが、私は完全なる役立たずです。

「聖女の子孫が試練に参加していたことすら知りませんでした！」

「桃色の髪をした、十七歳の令嬢だ」

エーレがくれた情報を頼りに、記憶を辿る。参加者が三十人切っているからできることだ。お茶会の面子を思い出し、該当者は一人だけだった。

「私を浮かせたご令嬢ですね」

「……トファ家令嬢の神力は金だったか？」

「ああ、いえ、こう胸倉摑んでひょいっと」

物理的に強化されていたのは、彼女の肉体か神力かの判別はつけられなかった。

脳天かち割り拳を繰り出してきたときと同じ速度でエーレの手が伸びてきた。そして私の胸倉を摑むと、一瞬でボタンを外して襟を開いた。

「…………半日目を離しただけで、何があった」

「痣にでもなっています？　痛くはないんですが」

「説明を誤魔化すのはやめろ」

「こめかみ掘削拳の用意するのもやめません!?　神官はそっちで情報共有しますよね!?」

「それとこれとは話が別だ！」

「よそはよそうちはうちです！」

「使い方が違う！」

「知りませんよ使い方なんて！」

余所様のお宅どころか、うちと呼ばれる我が家も普通とされる家庭環境も知らないので正式な使い方など学びようがない。

勉強は嫌いなんだけどするべきか。しかしこういったことはどこで学べばいいのかと心の中でぼやいていると、何故かはっとした表情を浮かべたエーレが体勢を整えた。

「失礼しました、王子」

そういえば放置していた。

王子を見れば、片肘を立てた膝に乗せ、まじまじとこっちを観察していた。

二人で抜け出した際に、流行の観劇から閑古鳥が鳴いている観劇まで、気が向くままに見てきたので分かる。どちらかというと、観劇を面白がって見ている目に近い。

「いや、構わんぞ。新鮮で面白い。特にエーレ、そなたの怒鳴り声など幻の生物ツチノルコと同じほど希少ではないか？」

「エーレ、私別に希少生物蒐集に興味はないので、もうちょっと希少性保ってもらって構いませんか？」

「毎日傷を増やす聖女ほどの希少性はない」

そうは言っても。

「生きていれば傷つくものでしょう？」

この世に存在すれば傷がつく。それは物も者も同じだ。

それなのに、エーレは最近、妙な顔をする。死んだ目でも怒りですらないその目の意味が分からず、どうしたものかと困っていると王子が両手を叩いた。

「おい、流石に余はこれ以上サボれないんだぞ。昼も食いっぱぐれた。そなた達くらいだぞ。飯も食わさず引き留めた王子を放置する不敬者共は」

「申し訳ございません」

「あ、申し訳ありません」

エーレは浅く頭を下げ、私は軽く手を上げて謝った。王子は昼を食いっぱぐれた腹を抱え、声を出して笑う。

「よい、許す！　最近とみに退屈しておったのだ。しかしそなた、本当に軽いな。——さて、時間もさほどないことだ。手短に行くぞ。聖女、そなたは何をおいても試練を越えろ。当代聖女が試練に落ちれば、余とて援護しようがないぞ」

確かに。こればっかりは誰の援護も望めない。目下の課題は、生涯一度を二度咲かせる方法である。

任せてほしい。もう詰んだ。

べしょりと床に崩れ落ちた私を、エーレが冷たい目で見ている。春の若草の透明度を極限まで上げ、さらに磨き上げたような髪をしているくせに、その心は真冬だというのか。

「だから昨日のうちに考えておけと言っただろ」

「これ一晩考えた程度で答えが出る問題だと思います!?」

「思わん」

そんな殺生な。じゃあ、昨夜はぐっすり寝ておくのが正解だったのではなかろうか。

寝不足は思考の敵だ。そして体力気力の敵で、ついでに逃げるときの足腰も鈍るので、全方位敵だらけとなる。百害あって一利なし。とりあえずみんな寝ておいたほうがいい。

私も追加で寝ておけばいい案が浮かぶのでは？

そう思い、いそいそと眠る体勢に入ったらどうなるか。簡単である。脳天かち割り拳がこめかみに振る。そんな亜種拳いらない。

こめかみを押さえて転がり回る私を無視し、王子とエーレは話を進めていく。

「まさか神殿の鬼と呼ばれたそなたが、聖女がいると全く話が進まないとは思わなんだ……。まあよいわ。黒幕の目星捜索は余が引き受けよう。どうせ神殿側はそなたが調べ尽くしたのであろう。現時点で明確な尻尾を摑めんというなら、調査場所を変えるしかあるまい」

「……現在行方を晦ませている前神官長が、出入りをしていたと思わしき屋敷があります」

ここには私達だけしかいないと分かっているはずのエーレが、声を抑え告げた言葉に、私は起き上がり、王子は若干前のめりとなった。

「ここまで黙っていたとなると、余には言いづらい内容か」

「……はい。ですが、王子でなければ難しい案件でもあります」

「構わん。言え」

あっさり告げられ、エーレは小さく息を吐いた。しかし視線は揺らがず、まっすぐに王子を見ている。

「サロスン家です」

「――なんと、まあ」

王子は目を丸くし、苦笑した。

「母上のご実家か。それはまあ、言いづらかろう。よかろう、その件は余が受け持つ。エーレ、そなたはしばし引け。リシュタークとサロスンが争うと、国が揺らぐぞ」

「王子、大丈夫ですか？」

黙っていようと思ったが、流石に口を挟む。王子はがりがり頭を掻きながら、深い溜息を吐いた。

「先代聖女が政にあれだけ幅を利かせたのだ。次代王である余を案じ、という名目で色々やらかす可能性が否定できん。そうであった場合、さぞや潤沢な資金と場が提供されたことであろう」

「王子、まだそうと決まったわけではありませんよ」

「そうは申してもなぁ。余は余の血族の倫理道徳を全く以て期待しておらんのでな。まあ、それは余も同じであるが。……エーレよ、サロスンが先代聖女派と組んだ可能性はあるか」

「恐れながら、あり得る話かと。サロスンの息がかかった聖女が現れれば、それだけで有益となりますゆえ」

「そうか。分かった」

今日味方に加わったばかりだというのに、場の仕切りは完全に王子のものだ。流石王子、指揮も命令も手慣れたものだ。これだけでも味方に引き入れた甲斐がある。

王子は曲げた人差し指で己の唇を押しながら、少し考えた。

さっきの話題について考え込んでいるのかと思ったが、恐らく違う。まだ考えるべき件があるのに、今すぐ解決できない議題を引き摺ったりしない人だ。

そう思った通り、唇から指を離した王子が告げた内容は、私達に関するものだった。

「駄目だな。やはり余には見当もつかん。エーレ、そなたは当代聖女の記憶が残る二人の共通点を調べろ」

すっぱり諦め思考を渡してきた王子に、私とエーレは顔を見合わせた。

私が当代聖女だと覚えているのはエーレだけだ。二人の共通点など調べようがない。もう一人はどこにいるのだ。

首を傾げた私と、表情を動かさないまでも疑問が溢れる沈黙を向けたエーレに、王子は「なんだ、そなたら気づいていなかったのか」と、驚いた顔をした。

剣を握ることに慣れた、節が目立つ王子の長い指がくるくると円を描くように宙を彷徨い、ぴたりと止まった。

その爪先は、私に向いていた。

「マリヴェルと言ったな。そなた、自身が当代聖女であると覚えておろう」

息が止まったのは、私だったのかエーレだったのか。

だが、確かに私達は息が止まるほどの衝撃を受けた。頭が真っ白になる。

こんな衝撃、神官長が養子の話をしてくれたとき以来だ。皆に忘れられたときは心が追いつかず、ゆっくり、ゆっくりと砕けていったから。

驚きのあまり、わざわざ過去の傷を抉り返してしまった。それでも衝撃が和らぐことはない。エーレの顔は青褪め、いっそ透明だ。血管すら見えそうなほど白くなっていた。

「聖女の力を奪われて尚、その記憶は揺るいでいない。ならば二人だ。一人ならば偶然でも片がつく。だが、同じ所属に二人出た。共通点を探さない理由はないであろう」

今度はゆっくりと緩慢に、けれど滑らかさなど欠片もない動きで、再びエーレと顔を見合わせる。大きく見開かれた紫がかった青色の瞳に、呆け面の私が映っていた。きっと私の瞳にもエーレが映っているのだろう。呆け面の私とは違い、愕然としてなお人形のように美しい。

私が当代聖女であると覚えている人は、もう彼だけしかいないと思っていた。あの日々を知る人は、彼以外に誰もいないのだと。

だが、そうだ。私は覚えている。私が、覚えている。私は当代聖女であると、神殿と王城で過ごした日々を、覚えているのだ。

あの日私は、一人になったと思った。けれど本当は二人で。ずっと、二人ぼっちで。

でも、もしかすると、エーレが一人になっていた可能性もあったのだろうか。そのもしもを想像し、ぞっとした。私だけが覚えているもしもより、ずっと、ずっと。

呆然と向かい合っている私達に呆れた目を向けた王子は、やれやれと肩を竦めながら立ち上がった。

「そやつが聖女であると覚えているがゆえの弊害だな。とかくアデウスは、あらゆる事象から聖女を省いて考えがちだ。そしてエーレよ、共通点を探すついでにそやつの世話でも焼いてやれ。そやつ、一人にしておくとろくでもない類いだ」

「……そのように手配しております。此度の選定の儀、常と同様にはいかぬと神殿側も把握しておりますので。聖女候補に護衛の神官をつけることが決まっております。そして、サヴァス二番隊隊長が取り逃がした問題児へつけられる神官は限られます。恐らく、王城から私が呼び戻される形となるでしょう」

知らない間に、ちゃくちゃくと話し合いが進められていく。エーレはさっさと平常を取り戻していた。でも、そうか。今日振り切らなければずっとサヴァスが私についていたのか。

地面に寝そべり、肩車で遊びと、ずっとけらけら笑い転げる関係ではなくなったサヴァスとずっと一緒にいるのは、きっと寂しかっただろう。

「ほお？　王国騎士団を打ちのめしたサヴァスをか？　それは見事だ。その様子から見るに運動が得意ではないと思ったが、読み違えたか？」

「ちょっとしたコツがありまして」

「コツ？」

「はい。サヴァスは確かに腕もよく反射に長け体格にも恵まれた人ですが、意識して二つを同時に考えるのが苦手なのです。戦闘中は無意識にこなしていますし、殺気が飛べば反射で反応しますが、平時ですと動きがあるほうへ無意識に意識が移るんです。ですので、石でも投げ、サヴァスの視線を余所へ逸らした隙に隠れてしまえば、わりと簡単に逃亡できます」

どこかに僅かでも殺気が漂っていればこの状態にはならないので、平時にしか使えない技だ。

本人は私のことを「妹みたいなもんだ」と言っては私の頭を撫で回し、ぐしゃぐしゃにしては他の神官に怒られていた。

だがその神官達曰く、兄妹の関係というよりは「近所の悪童と野良犬」だそうだ。どっちがどっちでも悲しい二つ名なので、どちらかは改善してほしい。

そして、私は何か、王子に対して忘れている気がする。

一通り用件を話し終わったからか、不意にそんな気持ちが蘇ってきた。なんだったか。何か、急ぎで重要な用件を伝えなければならなかったような気がする……も何も、ならなかったのだ！

「王子！」

思い至った途端、私は弾かれたように王子の胸倉を掴んだ。

咄嗟にだろう。王子の手が己の剣にかかり、エーレの手が炎を纏う。

いつもなら私の行動で王子の手が剣にかかることはないのだが、記憶のない今は仕様がない。場を混乱させて申し訳なかったが、今はそれどころではない！

「西方向昼寝上位地点が切り落とされますよ！」

「な、に……何ぃ!?」

今度は王子が私の胸倉を掴む番だった。

「いま西に新しい宮建てているでしょう⁉　そこからの景観問題で何本か枝を切り落とすのだそうです！　その一振りがお昼寝地点です！」

「馬鹿な！　あれほどに座りやすく眠りやすい枝振りも、適度な木漏れ日具合も、二度と生まれぬぞ⁉　あれは自然の奇跡だ！　いつだ！　いつ切り落とすと言った⁉」

私をがくがく揺さぶる王子を止めようとエーレが手を彷徨わせている。これが暴漢ならば即座に撃退態勢に入っているだろうが、相手は王子で、やらかしたのは私も一緒だ。

「一ヶ月後に切り落とすと聞いたのですが、多少の誤差があるはずです！　まだお昼寝地点は無事ですか⁉　どうですか⁉」

「最近行けておらぬわ！　ええい貴様、何故早く知らせに来なかった！」

「叩き出されましたからね！　約一ヶ月前に、神殿からも王城からも！」

「黒幕め、よくも当代聖女を失わせたな！　絶対に許さんぞ！」

エーレの迷いを余所に、私と王子は胸倉を掴み合ったまま額をぶつけた。

「他に何か忘れておらぬな⁉」

「忘れられてはいますね！　あなたに！」

「気にするな！」

流石にする。

思わず真顔になってしまったが、既に王子はいなかった。凄まじい勢いで枝を救うべく走り去ったのだ。

敷いていたマントも忘れている。何もない床にへたりと横たわったマントがどことなく寂しげだ。

よっこいしょと腰を屈め、広がったマントの真ん中辺りをむんずと掴む。そのまま持ち上げ、さてどうしたものかと考えながら隣に広がっていた上着も拾い上げる。こっちはエーレのだ。

マントと上着が、横から伸びてきた上着の主によって回収されていく。引き留める理由もないので、お礼を言って渡す。マントは丁寧に汚れと皺が取られ、きちりと畳まれる。そして、それよりは雑だが私から見れば充分丁寧な過程を得て整えられた上着が、元の位置に戻った。

上着を羽織り、さらに外套も羽織り直したエーレは、額を押さえて俯いた。頭でも痛いのだろうかと覗き込んだら、眉間にそれは見事な山脈ができている。

触らぬが幸いだと判断し、そぉっと去ろうとしたら腕を掴まれた。俯いたまま。

「……どこへ行く」

「お昼を食べに戻ろうかと。エーレも食べてきたほうがいいですよ。聖女候補は基本的にいつでも出してもらえますけど、エーレは食べる暇ありますか？　なくても時間を作って食べたほうがいいですよ。食べられるときに食べておかないと、人間いつ食べられなくなるか分かりませんからね」

状況でも肉体でも、食べられなくなる理由なんてそこら中に転がっている。後で食べればいいやは、今が揺らがないと確信を持てる贅沢者の発言だ。

じゃあそういうことでと自由な片手を上げたが、自由じゃない片手がびくともしない。こんなところで火事場の馬鹿力を発揮しなくていいと思うのだ。

「言いたいことは、多々、あるが……」

「一文に纏めると？」

地の底から這い出る亡者の如き低き声に、私の足は勝手に離れていく。しかし掴まれた手がどうしようもない。

やけに静かな話し方は、嵐の前の静けさに他ならない。度胸試しじゃあるまいし、この危機感をはらはら楽しむ趣味は私にはなかった。

どうにかして距離を取れないものかと考えている間に、臨界点を突破していたらしい。

額を押さえていた手が外され、ぐわっと顎が開き、私は逃げ遅れた事実を悟った。

「昼より共通点と種を咲かせる方法を見つけるほうが優先だ！」

「どっちも見つからないまま六時になるのがオチですよ！」

言うと思いましたよ、贅沢者！

今から数時間後の未来を憂い、私は絶叫した。

「あと、今日この部屋からの出入りを確認されている可能性があるのはエーレと王子だけですから、誰かに見られていた場合絶対噂されますが元気出してくださいね！」

「なんてことをしてくれたんだお前はっ！」

「これに関しては私無罪ではありませんか!?」

ついでにエーレも絶叫した。

王子のマントも持っているのがさらにまずさを際立たせているが、頑張ってほしい。


日差し和らぐ地。雲溶ける空。徐々に下がる気温。赤みが差す空。

安らぎ消える地。期待溶ける空気。地の底まで下がる気合い。影が差す世界。

穏やかな夕暮れを眺める私の目は死んでいた。

エーレはとっくの昔にいなくなっている。当然だ。現在選定の儀を受けるしかすることもできることもない私とは違い、エーレは選定の儀を用意する側であり、王城での仕事もあるのだ。その間に聖女忘却事件の黒幕を探し、私の安全を確保しようと一人で走り回っている。

大変だ。その努力を悉く砕いている身としては、本当に申し訳ない。

さっき飛び移った屋根を摑み損ねて落ちたのは内緒にしよう。どうにも色々鈍っている。

「どうしたものでしょうねぇー」

時間が許す限り、エーレと私の共通点を探しつつ種を開花させる方法を探した。しかし、有益な記憶も有効な手段も見つからないまま解散となった。

そもそも、私とエーレだけで行動した記憶など、当代聖女忘却事件から後しかないのだ。二人だけの行動なら、断然私と王子のほうが多い。

エーレも眉間に山脈を作って考え込んでいたが、有益な記憶は掘り返せなかった。

エーレと別れてからは、王城にいるのを見つかっては流石にまずいと神殿に戻り、サヴァスから逃亡し、食堂に忍び込み林檎を頂戴して料理長が投げたジャガイモが後頭部に直撃し、逃げた先で林檎を囓《かじ》っていたらカラスに取られ、サヴァスから逃亡しと、なかなか忙しい時間を過ごした。

目を閉じたまま溜息を吐く。吐いた溜息が鼻に降ってきた気がする。

王子を味方にできたのは大きい。協力者としても戦力としてもだ。

だが、黒幕かもしれない敵の名も大きい。そっちは大きくなくてよかった。

ここアデウス国には五人の王子がいるが、母親を同じくしているのは側室の子である第二王子と第四王子、第三王子と第五王子だ。正妃の子である王子に兄弟はいない。いなくなった。

どの王子にも母方の家がある。どの家も自身の血族を玉座に座らせたい。そうでなければ娘を側室にしたりするはずがないのだ。

ようは、先代聖女派が黒幕だったほうがどれだけいいか案件である。

それならば神殿内だけで対処が可能だ。王城が、それも王族が絡むと神殿だけで閉ざせなくなる。

それに、今は王子が第一継承権を持っているが、サロスン家が本当に黒幕だったのなら王子の立場が危うくなるだろう。

何一つ解決していないのに、問題ばかりが積み重なっていく。しかも規模が広がって。

私が忘れ去られた件だけでも手に負えないし解決の兆しは欠片も見えていないのに、どういうことだ。

神様、試練を与えるなら小出しにしてください。

読書仲間の神官と、新刊が出る度に感想を語り合っている本があるが、一つの問題が解決したら次の問題が現れて、その問題が解決の兆しを見せたらどかんと大きな黒幕が現れるのが定石だ。

私は確かにこの事態の解決を望んでいる。黒幕だって早く知りたい。だが誰が、どかんどかんどかんと問題だけ現れろと言ったのだ。解決策も揃いで出してほしい。順番というものがあるだろう。

アデウスの神様、常識も定石も知らなければ加減も知らない。

そもそも、試練とは神様が与えるものなのか？

唐突に疑問が湧いた。

降りかかる試練の量や難易度には個人差があると思う。つまりはわざわざ一人一人分配して、試練を、与える？

……ないな。神様が百人いたって足りやしない。人生の試練とは勝手に発生する自然災害と考えるほうがしっくりくる。

これも悟りか……。じゃあ仕様がない。神様には、私が無事に試練を乗り越えていけるよう応援してもらおう。

かくなる上は私が強大な進化を遂げ、超絶超越突出最高聖女になるしかない。腕の一振りで山をも砕き、くしゃみ一つで海をも吹き飛ばすような聖女に……魔王かな？

「頭痛い……」

「そりゃあ、そんな格好でずっといたらな」

がさがさと茂みを掻き分け現れたのは、昼から私を捜し続けたサヴァスである。

鮮やかな赤髪をがりがり掻きながら、茂みをべきりと踏み潰す。

「やってくれたな、てめぇ。もーう逃げてくれるなよ？」

「逃げるつもりなら、こんな所にぶら下がっていないでとっくに逃げてます」

私は両足を引っかけてぶら下がっていた枝に戻、ろうとして、戻り切れず諦めた。

「すみません。起こしてもらってもいいですか？」

「なんでぶら下がったんだよ！」

「いつもは戻れていたんですけどねぇ」

頑張って手を伸ばせばぎりぎり幹に届いたので、結局幹を支えに自分で起き上がった。

逆さまになっていた視界が戻り、血の巡りも変わる。枝に跨《また》がったまま、頭をぶるぶる振って痺れを逃がす。

「逃げ回ってくれやがったわりにはあっさり捕まったな。お前、何がしたいんだよ」

「一人で考える時間が欲しかったんです」

私が座っている枝の下で幹に背を預けたサヴァスは、やれやれと肩を回した。

「手間取らせやがって」

「悪役の台詞ですね！」

「ただの事実じゃねぇか!?」

仰る通りである。

どうにも身体が鈍っているこの状況で、サヴァスと追いかけっこするのは分が悪いと山に逃げてきたのだ。それでも時間の問題だったが、考える時間は稼げた。

「ここは一般人立ち入り禁止だぞー。後で怒られても知らねぇからな」

「私、当代聖女なので平気です」

神殿の裏手にあるここは、霊峰との境だ。山と人里の境界ともいえる。

人の領域か、山の領域か不確かな領域は、どこの山にだって存在するが、ここは少し特殊だ。

人の領域か、神の領域か。

それらはずっと曖昧にされてきた。曖昧なままにされてきたのは、そのほうがいいからだ。

きっぱり線引きすると、もし越えてしまったときに領域を侵した事実を作ってしまう。神の怒りに触れる機会は少ないほうがいい。だったら最初から領域を不確かにしてしまえばいいのだ。

そういえば、この霊峰が会場となる試練もあった気がする。よく覚えていないが。……誰か私に「三分で分かる聖女選定の試練」をください。一分だと尚よし。

目次でも読むかなと思いつつ、ポケットから種を取り出す。

「どーすんだよ、それ。他の聖女候補は咲かせるか、少なくても咲かせる努力はしてたぜ？」

まだかろうじて赤く染まってはいないものの、ずいぶん傾いた日の光を頼りに透かせてみる。ただでさえ木々の隙間から零れ落ちる日は細いのに、今ではまるで糸のようだ。

しかし、糸のようでも光は光だ。宝石のような種はきらめき、光を散らせる。

「心配してくれるんですか？」

「神兵つっても神官の一種だからな。神と聖女の敵じゃないなら、そうそう不幸は願わねぇぞ」

知ってる。サヴァスはそういう人だ。

人が集まれば、相性身分立場状況過去未来。様々な要因が絡み合い、一筋縄ではいかなくなるものだ。神殿内だって例外ではない。

それでも楽しかった。

命は狙われるし、色恋沙汰には巻き込まれるし、大騒動には私が巻き込むし。いろいろ、本当に色々あったけれど、いつだって私はここに帰りたかった。

暮れの温度を纏った風が森を通り過ぎていく。人里から流れ込んだ風と山から下りてきた風が混ざり合い、まさしく狭間だ。

ここで、十一年間過ごした。

普通なんて知らない。普通の家も、家族も知らない。そんなもの、物心ついた頃には既になかった。

ここにだって、たぶん普通はないのだろう。「普通」と定義された家も家族もないけれど、それでも私はここがよくて、神官長が好きなのだ。

「なあ、あんた、スラム育ちとか言ってたな。これに落ちたら、行くあてあるのかよ」

「落ちませんけど、ありませんよ」

「なら、子どもを保護する施設があるからそこ行けよ。なんなら俺がつれていってやる」

今日ずっと私を追いかけ回していたサヴァスの服は裾が解《ほつ》れ、汚れ、髪だってぼさぼさだ。

けれどやるべきは果たす。そういう大人の存在を物語の中の理想ではなく現実として信じられた私は、恐ろしいほどの幸運の中にいた。

「聖女にならなきゃ食っていけないと思ってんならやめとけ。他の方法がある。憧れなら尚更やめとけ。お遊びでもおふざけでも、素質がありゃいいとこまではいけるさ。けどな、ここは国の中枢で、間違っても平和で安全な場所じゃねぇ。第二の試練でお前も見ただろ。神官が死体の処理に手慣れてんのは、ここがそういう場所だからだ。どんな厄介事に巻き込まれるか分かったもんじゃねぇ。そうなったら、後ろ盾のある人間だってどうなるか分かんねぇんだぞ」

「あはは、私も死体には慣れていますよ」

「俺はふざけて言ってんじゃねぇぞ」

「私も、ふざけてますけどふざけてないんですよ」

私はここがいい。ここに帰りたいのだ。

枝を跨いだまま見下ろせば、私を見上げるサヴァスと目が合った。思わずにへっと笑ってしまう。

「ありがとうございます。でも、結構です。私には、ここ以外にいきたい場所がありません」

どれだけ大きな問題だけが積み重なろうと、どこにも解決の兆しを見つけられなくとも、どうしようもない。

どうしようもなく、目指す先がここにしかない。

掌の中でころりと転がる種は、一向に芽吹く気配がない。

私には種に注ぎ込む神力はないし、サヴァスに追いかけられながら神殿も回った。神殿中を駆けずり回れば、聖女として過ごした日々に引っ張られて芽吹かないかと思ったが、そうもいかないようだ。

あと一時間もしないうちに、六時の鐘は鳴るだろう。さっきはかろうじて保っていた青空には、この僅かな間に赤みが差し始めていた。

種は種のまま、私の手の中にある。

これが初めて受ける試練なら、私には聖女の素質がなかったのだろうと諦める頃合いだ。

だが、私は聖女なのである。一度咲かせてしまったのだ。諦める方向性が違う。聖女候補が生涯ただ一度咲かせられる花ならば、当然聖女は咲かせている。

聖女は、咲かせなければならないのだ。

「サヴァス」

「あぁん？　てめぇ呼び捨てかよ」

聖女が神官をさんづけすんな。そう言ったのはあなただ。

口を尖らせたサヴァスの前に、私はもう一度ぶら下がる。すると、さっきまでぶら下がっていた分で体力を使い切ったのか、枝に引っかけていた足が外れてしまった。

「うわっ」

「おぉん!?」

ずべっと枝からずり落ちた私を、サヴァスが慌てて抱え込んだ。縦に抱えたため、私はまるで大物の魚が持ち上げられたような体勢になった。地面に両手をつき、逆立ち体勢に移行する。

「どうもお手数をおかけしました」

「お前もうぶら下がんな！　禁止だ禁止！」

ったくと、ぶつくさ言いながらも手の歩行から足の歩行に移行するまで、サヴァスは手を離さず支えてくれた。よっこいしょと足を地面につけ、立ち上がる。

「あんた、動けるのか動けねぇのか分かんねぇ奴だなぁ」

「なんだか鈍ってまして。神兵と比べたら比べるのも烏滸《おこ》がましいですが、全く運動できないわけでもないはずなんですよね。逃げられない人間はスラムじゃ生きていけませんし」

「そらそうだわな」

あっさり納得してくれたサヴァスに改めてお礼を言い、軽く身なりを整える。

「ご迷惑ついでに、一つお願いがあるのですが」

「ぁあ？」

怪訝な顔をしながらも、話を通すだけならと承諾してくれたサヴァスは「ついてこい」と言うのを忘れず踵を返した。私も頼み事をした上に、逃走を図る理由はもうない。

サヴァスの後をついて歩きながら、種を指で摘まみ、視線の高さまで持ち上げる。

相変わらず綺麗なだけで芽吹く気配はない。聖女を選ぶための種なのだから、当代聖女が手に取ったらその場で咲くくらいの気概を見せてもいいのではないだろうか。それとも当代聖女であるからこそ、手間や努力を惜しまず日々精進していけと言いたいのだろうか。

ずっと持ち歩いた。神殿中を駆けずり回った。それだけじゃ足りないらしい。

「思いつく方法は、あと一つしかないんですよねぇ……」

できるならあまりしたくはなかったが、そうも言っていられない。最後に趣味と実益を兼ねた確認をとり、やるしかない。

それでも駄目だったら、腹を抱えて笑いながら。

世界を呪うか祝うか、決めようか。

選定の儀の内容について、聖女候補から問い合わせがあれば応じぬわけにもいかないのがつらいところ。神官、それも神官長であれば断われぬだろうとの目論みは成功した。

私の前には神官長が座っている。忙しいのに、相手の立場を利用して自分の目的を果たした、姑息で卑怯な私の相手をさせられる神官長は不運だ。

ここは狭間の庭にある東屋だ。

どこからでも見られる場所にあるこの東屋は、何もやましいことはありませんよと宣言する話し合いでよく使われている。後は、仲良くやってますよと賓客同士がきゃっきゃうふふして見せるときにも使われる。大使とか大使とか大使とか。

使節団が来ているときは近づかないに限る。

猛吹雪の中、無理矢理飾り立てられた春を見る羽目になる。この春、仲の悪い国同士がかち合った場合、春夏秋冬いつでも見られる。そして聖女だとバレたら巻き込まれる。

皆様、他国の城で死闘を繰り広げろとは言いませんが、無理に仲良くしなくていいんですよ？

そして聖女を巻き込まないで頂きたい。アデウスの聖女は昼寝する場所を探していただけなんです。

目の前にお茶を運んできてくれたのはココだった。

要注意人物に近づけられる神官は限られる。最初から私についていたサヴァスが淹れないのは、ひとえに彼が淹れるお茶の味が壊滅的だからだ。正確には、お茶を淹れたらどす黒い色をしたへどろが出てくる。しかもたまに燃えている。

わーい、ココだー！　と、手をぶんぶん振ったら、地面に転がっている小石にさえもっと注意を払うくらい華麗に無視された。透明人間にお茶を出してくれるココは最高にいい人だ。大好き！

お茶には手をつけず、神官長は口を開いた。

「選定の儀について、私に問いたいことがあると聞いたのだが」

もう三十分もしないうちに、この試練は終わりを告げる。現に、咲かせた聖女候補達はその花を持って、朝に集まった部屋へ向かい、もうこの庭には人がいない。

部屋に集まっていないのは未だ咲かせられなかった聖女候補と、それに付いた神官だけだ。その聖女候補達も、諦めた者は与えられた自室に、諦め切れなかった者は妙案を求め、神殿内を彷徨っている。

時間になれば、神官長は聖女候補達が咲かせた花の検分をして、咲かせられなかった聖女候補を確認してと忙しくなる。だから、この時間に問い合わせをしてくる私は厄介者でしかない。

私もわざわざ神官長に出てきてもらわなくても、誰かを通して質問すればよかった。それこそサヴァスに言えば、神官長まで通るだろう。

「はい！」

でも、会いたかったのだ。会って、話して、あわよくば一緒にお茶でもして。ついでに聞かねばならぬことも聞くのだ。

全部叶った。これが趣味と実益である。

用意されたお茶は灰青色。市中で一般的に飲まれているお茶は茶色の物が多い。しかし神殿ではこちらのお茶が好まれていた。

花から作るこのお茶は、香り高く仄《ほの》かに甘い。私はこのお茶が一等好きだ。味も香りも、何よりお父さんの瞳と同じ色をしたこのお茶が、何よりも。

再会した際にエーレが出してくれたお茶がこれだったのは、私への配慮だったのだろうか。

柔らかな湯気を立てているカップの隣に、芽吹く気配のない種を置く。神官長はほんの僅かに目を細めた。

あれだけ堂々と当代聖女宣言しておきながら、土に埋めた形跡すらない種は綺麗なものだ。

「この種は、聖女候補が生涯ただ一度咲かせることが可能な種と神官長は仰いました」

「如何にも」

「ただ一度とは、身体にかかっているのでしょうか、それともこの肉を命としている精神や魂といった目に見えない部分にかかっているのでしょうか」

「……どういう意味かね？」

いつもなら、一緒にお茶を飲むのに理由なんていらなかった。

今日何があったかを話したし、何もなくても話したし、何も話さなくてもよかった。ちゃんとできたら褒めてくれた。ちゃんとできなくても笑ってくれた。やらなかったら叱ってくれた。怪我をしたら怒ってくれた。心配、してくれた。

でも、今の私は、理由がなければ姿を見ることすら叶わない。

「生涯ただ一度としても、もし私が花を咲かせて死に、死んだ記憶そのままに次の生へ移り変わったとします。その場合、花は咲かせられるのでしょうか。私の魂は一度花を咲かせた記憶と事実を所持しておりますが、その身体はまだ花を咲かせた事実がありません。または、花を咲かせた事実のある私の身体に、全く別人の魂が入ったとします。その場合、魂は花を咲かせておりませんが、私の身体は花を咲かせた事実があります。この場合、どういう扱いにあるのでしょうか」

「ふむ……」

初めて、ここに来て初めて、神官長として以外のディーク・クラウディオーツその人の興味が動いた気がした。学者でもある人なので、神官長としての職務を忘れはしないまでも個人的な探究心がうずいたのだろう。

「それは初めて浮上した疑問だ。なるほど、確かに咲かない理由を通過不可以外に見出そうとしたことはなかった。君はどう考えているのかね？」

「はい。魂の在処を追尾した研究は勿論、明確に魂を観測した研究結果は出ておりませんのでどこまでも仮説の域から出ませんが、咲いた事実は身体へ刻まれるのではと考えております。そうでなければ、歴代聖女が必ず咲かせられるとは限りませんので」

「確かに、歴代の聖女が花を咲かせられなかった例は存在しない。魂が同一だと仮定した場合、身体は入れ替わっている。それでも咲かせられるのならば、花を咲かせた事実は魂ではなく身体に刻まれると考えても不都合はない。魂に刻まれていた場合、聖女の魂が二度とアデウスの国民に生まれ変わらない確証がなければどこかで再び聖女となる可能性は残る。その場合、花を咲かせられない。神の不都合となる仕組みは避けられるはずだ。魂も身体も同一ではなかった場合はこの限りではないが、その場合花を一度しか咲かせられない説明がつけられない」

よかった。木にぶら下がりながら考えていた甲斐があった。

「この仮説、証明のすべはありませんが、明確な否定要素もありませんか？　仮説として、成り立っているでしょうか」

私に都合のいい部分だけで構成していないだろうか。無意識に不安要素を省いていないだろうか。身体の癖や反射もそうだが、思考の無意識が一番厄介だ。これぱっかりは他人に判断してもらわないと、自分では確認することすら難しい。

種を両手で握りしめ、神官長をじっと見つめる。神官長は何かを言おうとうっすら開けた唇を一度閉ざし、静かに頷いた。

「今のところはだが、成り立っていると私は判断している」

肺を膨らませたまま固定していた息を吐き出す。

頭を下げ、ゆっくりとすべて吐き切り、お茶に映った自分の顔を見て苦笑する。俯いていてよかった。こんな顔、神官長には見せられない。

神官長、ねえ、神官長。私、ちゃんとこの花咲かせてみせるから、だから、そうしたら。

褒めて、なんて、どの面下げて願うのだ。頭なんて、撫でてくれるはずもないのに。

個人としての興味で会話をしてくれただけで満足すればいいのに、ぽっかり空いた虚無に私の何かが喚《わめ》き叫ぶ。足りない？　違う。

ぐっと嚙みしめた唇は、顔を上げると同時に大きく開く。

「あー、よかった！　これですっきりしました！　じゃあ、ちゃっちゃと第三の試練越えちゃいますね！」

開けた大口に種を放り込む。そして、神官長達が止めるのを待たず、ココが淹れてくれたお茶を一気に飲み干した。


喉を、温かなお茶と共に固い塊が通過していく。熱が喉を焼いていく。

胃の中に落ちた熱は、お茶の温度を遥《はる》かに通り越していた。

「何をしているんだ！　吐き出しなさい！　早く！」

大きな影が落ちる。ただの椅子に座っていたのならきっと蹴倒していたであろう勢いで神官長が身を乗り出しているからだ。

私は両手で自分の口を塞いだまま背を丸める。間違っても吐き出させられないよう、腕と肘で胸の前を塞ぐ。これで背後から抱えられても、私の腕が邪魔で吐き出させようと突き上げることはできないだろう。

「この種は複数の神官が神力を込めて作っている！　そんな物を飲み込めば君自身と反発するだけでは済まない！　内から焼け落ちる！　吐き出しなさい！」

知っている。エーレから聞いた。

高位の神官が幾日もかけて神力を込め、日と月の光を当て、そうして作り出された結晶だ。そこから何故花が咲くのかは誰にも分からない。けれど聖女候補達は花を咲かせる。とても美しい、花を咲かせるのだ。

胸が熱い。ぐずぐずに焼きついて張りつくような痛みは、まるで内から腐り落ちているかのようだ。

治癒術でさえぶつかり合い、体内で望まぬ暴挙を為す。

それなのに、複数人の神力の結晶とも呼べる種を飲み込めばどうなるか。いくら神力が計測できないほど低い私でもただでは済まないだろう。

それでも私は当代聖女なのだ。聖女は花を咲かせて聖女となる。

「おい、手を離せ！　くそっ！　お前身体鈍ってんじゃねぇのかよ！」

「レノーテルとリシュタークを呼びなさい！」

「そうかエーレ、エーレなら内の種を焼き消せる！　誰かカグマを！　私はエーレを呼んでくる！」

聞き慣れた人達の声がうわずっているのは酷く焦っているからだ。死体に慣れている人々は、別に慣れたくて慣れたわけではないし、それを望んでいるわけでもない。

ココが走り去っていく音を聞きながら、苦笑する。

ココ、エーレは呼ばないでほしい。エーレはたぶん、間に合っても私を止められない。だって私はそう命じていない。神官長の命を聞かず立っているだけになるだろうから、呼ばないで。

テーブルの模様を凝視できるほど近づいていた私の視界に大きな両手が差し出された。誰の手かなんて考えなくても分かる。

そんな意図で差し出されたのではないと分かっているのに、何度も撫でてもらったその手に額を擦りつける。

それを苦しみに悶えていると思ったのだろう。片手が引き抜かれ、私の背に触れた。

苦しいのは確かだ。痛くて、苦しくて、熱くて、何かがぐずぐずに溶けて焼け落ちていく。

ごぼりと喉奥から熱が迫《せ》り上がり、抑え切れなかった手の隙間から溢れ出す。テーブルにぶちまけられた赤い海に、呑まれた息の音がやけにはっきり聞こえた。

「君は死ぬつもりか！　早く吐き出しなさい！」

それでも、痛みより、苦しみより、寂しさが勝るのだ。

お父さん。ねえ、お父さん。

寂しい。私もうずっと、寂しいの。

どこにも行けないのに、どこにも行きたくないの。あなたがいるここ以外で、いきたくないな。

自分の血で溺れそうだ。けれど自分の弱さでならずっと溺れている。粘着質で重たくて冷たくて、鬱陶しいほどに居心地のいいその海に比べたら、赤い海のほうがどれだけいいだろう。

「エーレ、あそこ！」

ココの声がする。どこからか悲鳴のように引き攣った声もした。

騒ぎに気づいて人が集まってきたのだろう。指示が飛び交っているので、聖女候補ではなさそうだ。

よかった。こんなやり方、広めるわけにはいかないのだ。

私の名はどこからも聞こえない。当たり前だ。私はただの聖女候補の一人で、エーレはここで私の名を呼べない。

お父さんがつけてくれた名前は、お父さん自身からも呼ばれないまま、私と一緒に血の海で溺れる。

「種を燃やして！　あの中にはエーレの神力も籠もってる！　位置は追えるはずよ！　早く、エーレっ！」

片手を声のするほうへ向ける。言葉で制することができれば一番よかったが、ごぼりと溢れ出した血がそれを邪魔した。

臓腑が焼ける。怒りでも絶望でもなく、なんのことはない、私を守ってきてくれた神官達の神力で。

だが、それがなんだというのだ。

これ以上神官長の手を汚したくなくて、身を捩《よじ》らせて下がり、口の中に溜まった血を全部吐き捨てる。そして、未だ吐かせようとしてくるサヴァスの手を押しのけて、顔を上げた。

青褪めた神官長の顔が真っ先に視界へ入る。そんな顔をしなくていい。しないでほしい。

困った顔をしないで、神官長。

悲しい顔をしないで、お父さん。

だって私は当代聖女なのです。この程度できずして、どうしてそうと名乗れるでしょう。

赤が舞っているように思える息を吐き、視線をエーレへ流す。エーレもココも、私が上げた手を見て静止していた。

よかった。血まみれの手は静止効果抜群だったようだ。

「神官、が、選定の、儀を、妨害する、など、許され、ません」

溢れ出した血をもう一度吐き捨て、口元を拭う。拭った傍から溢れ出す。身体中の血がもう失われていても不思議ではないと思えるほどに、止まらない。

それでも、言葉を紡がなければ。

「まだ、鐘は、鳴っ、て、いません。ならばまだ、手段は、私の手に、ある、はずで、す」

だから、手を出さないで。

視線でエーレへ訴える。エーレはぐっと何かを飲み込み、一歩下がった。

ココも、サヴァスも。神官長も。それ以上、何も言わない。言えないように、言葉を選んだ。

鐘が鳴るまで、試練にどう立ち向かうかは聖女候補の領分だ。

熱い。寒い。痛い。身体の中に手を突っ込んで、ぐずぐずになった内部を掻き回したい。どうにも不快感が強い。

それでもお前が種ならば、咲かなければならない。

だって聖女は花を咲かすのだ。咲かせたから聖女なのだ。この身は既に花を咲かせている。聖女は花を咲かせるもので、私は聖女で。

ならばこの種は、私の身の内に入った時点で、咲いたのだ。

これが聖女の種である限り、聖女が花を咲かせなければならない存在である限り、この身が聖女である限り、種は芽吹かなければならない。そうでなければならない。

そう、神が定めたのだから。


熱が渦巻く世界を、音が切り裂いた。

鐘が鳴る。高らかに、始めるように、終止符を打つように。それらを思い知らせるように、鐘が鳴る。

熱が急速に勢いをなくしていく。握りしめていた胸元をゆるりと解き、もう鼻血なのか口から吐き出した血なのかよく分からない血を袖で拭う。拭った袖口は既に血で重たくなっていたので、全く意味がない。仕様がない。諦めよう。

ぐしゃぐしゃになった服はいつの間にかボタンが引き千切れ、伸びている。だが、今は丁度いい。服を引っ張れば、あっという間に胸元が見えた。指を這わせれば、柔らかい肌の途中で硬質な存在が引っかかる。

神力が作り出した結晶、その石から咲いた、宝石のように美しい花。

「咲き、ました」

へらりと笑って、花を見せる。

ちょっと、思っていたより被害が大きかったが。

神様、聖女は別枠で優位に選定の儀を通過できるようにとは言いませんが、どうして他の参加者より難易度が上がるんですか？

いやでも、この咲き方以外だとどうなったのだろう。頭からみょんっと生えるのだろうか。みょんみょんと揺れる形で咲かなくてよかったと考えるべきか。それが当代聖女への配慮だというのか。配慮すべき箇所を間違えている気がする。そしてその場合、花が失われた後どうなるのだろう。禿げるの？

それに、その咲き方だと隠しづらいから、やっぱりこれでよかったのだろう。

誰も動かず、喋らず。音が消えた世界を、霊峰から駆け下りてきた風が掻き回す。吹き抜けた風が巻き上げる葉をなんとなく視線で追うと同時に、ぐらりと世界が傾いた。

いや、傾いたのは自分のようだ。そうと気づいたので足に力を入れたのに、足はかくんと折れた

だけで全く言うことを聞かない。

「あれぇー？」

自分でも間が抜けた声だなぁと思った。

そのまま頭の重さに耐え切れぬ幼子のように倒れ込む。制御を失った身体が地面に叩きつけられる前に、私の身体を掬い取った大きく温かな手が誰のものだったのか。

探らなくても分かる自分に苦笑する間もなく、私の意識は赤と共に散った。

かたんと微《かす》かな音がした。小さな音を拾い上げた私の意識は、ふっと咲いた。

薄暗い部屋の中をぼんやり見上げる。見慣れた天井だ。

視線を回せば、予想通りの設備が見える。何度も何十度も何百度もお世話になった部屋を見間違えるわけがない。神殿の医務室だ。

視線の端に走る線を辿れば、腕に針がぶっ刺さっていた。固定された針の先には光る管が通っている。管を辿れば、神力で構成された癒術が結晶となって浮いていた。癒術を持ち得ない医者が医術だけで行う名は、点滴である。

流れる光越しに、闇に溶ける黒髪が動いていた。ちょうど扉から出ていくところだった。鞄が机の上に置きっぱなしなので、仮眠を取りに行くのだろう。

私は大人しくしているので、カグマは朝までぐっすり眠ってほしい。あと、特に深い意味はないけれど点滴取ってほしい。脱走とか、ほんと深い意味はないので。

ほとんど音を立てず、ぱふんっと閉まった扉から視線を外す。特に見るものもないので、なんとなく光を見つめる。よく見れば、点滴以外にも癒術が浮いていた。大盤振る舞いである。

淡い光を放つ結晶は、様々な色を浮かべている。零れ落ちた淡い光は、私の周りに降り注ぐ。

この光景は、エーレなら花畑の妖精にでも見えるのだろうが、私では精々生け贄に捧げられた山《や》羊《ぎ》だろう。

なんとなく視線を回す。他のベッドは使われていないようだ。医務室にお世話になるほど具合の悪い人がいなくて何よりだ。

ずっとこうだといいのに。そうしたら僕も楽できると笑ったカグマを思い出し、私も笑う。

耳を澄ませても他の音はしない。静かな夜だ。

今日は何も問題が起きていないらしい。いい夜だ。窓を見れば、雲はなく星がよく見えた。いい夜だ。疲れた人には深い眠りを、疲れていない人には明日への期待を満たせる、そんな夜だった。

なんとなく視線を回し、枕元に何かが置かれているのに気づいた。針が刺さっていない手を伸ばす。摑んだ感触にその正体を知る。

割り札だ。花が三つ咲いている。第三の試練は無事に通過したらしい。

割り札を胸の下に置き、空いた手を上げていく。胸の上に到達すれば、肌とは違う感触に触れる。

手間取らせやがって。サヴァスの言葉が蘇る。全くその通りだ。

聖女がこの花を咲かせた先でなければ現れないのなら、当代聖女が手に取った時点で花開くくらいの誠意を見せてほしい。

肌と花の境目を指でなぞる。痛みはない。自分で触っているからか、くすぐったくもない。

花の下、芽吹く前に散々暴れてくれた体内にも痛みはないので、癒術が行われたのだろう。体内へ聖融布は貼れないのだ。

肌の下は少し熱を持っている気がするが、それ以外に不調は感じられない。どうやら綺麗さっぱり治してもらっている。カグマには連日手間をかけて申し訳ないと思っている。思ってはいる。

以上、終了！


時計を見れば日が変わったばかりだった。静かな夜は、穏やかで、緩やかで、滑らかで。少し、暇だ。ベッドの横をなんとなく見て、扉を見て、天井を見る。

かちゃんと、小さな音がした。ドアノブが動いた音だ。

弾かれたように視線を向ければ、それ以外には音をさせず、扉が開く。細く開いた扉の隙間から、緑がするりと滑り込んできた。

ああ、エーレだ。ほっとした。暗殺者だったらどうしようかと思った。点滴引き千切って窓から飛び出すところだった。

音を立てず、物にも触れぬよう近づいてくるエーレの後ろを見つつ声をかける。

「おはようございます」

別に夜更かしをしていたわけではないので、怒られる理由はない。寝たふりをする必要はないと思ったのだ。

首を持ち上げて扉を見ていたので、起きていると分かっていたのだろう。特に驚いた素振りもなく、ベッドの横に立った。

「こんな時間までお勤めですか？　王城勤めは大変ですねぇ」

「九割お前の後始末だ」

「血の掃除してくれたんですか？　置いておいてくれたら、明日自分でやりましたよ。流石に服はどうにもならないので、新しいのを頂けると助かります」

そういえば私はいま何を着ているんだ。

視線を落とせば、簡単な一枚布の寝間着だった。ズボンが欲しい。これでは、暗殺者が来たら下着丸出しで窓から逃げることになる。

命が助かるならそれは別にどうでもいいのだが、足丸出しで植木に突っ込むと余計な怪我が増える。するとエーレに怒られる。逃走する。怪我が増える。エーレに怒られる。大惨事である。

悲しい未来予想はともかくとして、エーレはなんの用事だろう。

エーレは隅に置かれている椅子をちらりと見たが、動かさないほうがいいと判断したのだろう。

ベッドの横に立ったままだ。

「どうぞ座ってください」

ベッドの端を掌で叩く。私のベッドではないし、前とは違いエーレのベッドでもない。だが、私が寝ているベッドなので私が許可を出してもいいだろう。

「マリヴェル」

それなのに、エーレは動かない。座ろうとするどころか、一歩も前へ進まないのだ。座りたくないのなら無理に座らせる理由はない。無理強いはよくない。

それなのに、エーレは無理強いをされた人間のように口元を僅かに歪ませている。立場が上の人間から無理強いをされたかのような、断れば不都合があるので断り切れないが行きたくない集まりに誘われたような、そんな顔。

ああでも、少し違う。そこには面倒事を持ち込んだ相手に向ける嫌悪がない。

だが、無理をしている。そんな顔だ。そんな顔で名前を呼ばれた私はどうすればいいのだろう。

「神官長は来ない」

当たり前だ。

あの人はとても常識ある人なので、理由もなく寝室となる部屋に、それも夜に訪ねたりしない。

しかも若い女であり一聖女候補である人間の寝室になど、理由があってもできるだけ回避するだろう。

当たり前だ。大人として当然の行いだ。だからここに来るはずもない。

だっていま何時だと思っているのだ。私がやらかしたことで書類を作らなければならなくても、そんなのは神官長の仕事じゃない。誰か神官が話を聞きに来て、書類を作って、神官長はそれに目を通す立場だ。だからここに来る理由なんてどこにもない。

「当たり前ですよ」

そう、当たり前だ。

当たり前だから、ちゃんと笑って言えたし、声だって震えていないし、どこも痛くない。

当たり前、当たり前。腕を目元に乗せ、笑う。

「マリヴェル」

「当たり前なんですよ、エーレ」

「……マリヴェル」

「何もかもが当たり前なのに」

私が怪我をしても、熱を出しても、死にかけても。眠るまで、目覚めるまで。ここにいてくれた人の中に私はいないのだから、何もかもが当たり前だ。

それなのに、どうしてこんなに泣かなければいけないのだ。

五聖✴星落とし

“Saint Mariabelle”

One day, the world forgot about me.

癒術を使ってもらっても、失われた血が一晩で戻るわけではない。

それなのにどうして。

「あなたに決闘を申し込むわ！」

「へぶっ！」

次の日に決闘を申し込まれなければいけないのだ。


熱い思いの丈を受け止めた顔面から、ハンカチがぽそりと落ちる。開けた視界には、桃色の髪を猛《たけ》らせ、肩を怒らせた少女がいた。

現在、第三の試練を終えた翌日であり第四の試練真っ只中であるが、これまでのような緊張感は見られない。

此度の試練、今までとは少し趣向が違うのだ。一番の特徴は、期間の長さにある。

第三の試練で咲かせた花に聖女候補が自身の神力を注ぎ込み、一週間以内にうまく混ぜ込むことができれば、花に込められた神官の神力と共に聖女候補の中に収まる。その際、額には小さな光が灯る。

その確認を以て、第四の試練は終了となる。光と花は、第四の試練通過と同時に消える。

それが、第四の試練一連の流れだ。

第四の試練は、どんな実力者でもここで落ちていく。癒術でさえも反発し合う神力だ。そんなものを自身の神力で上書きし、尚且つその身に吸収する。

それは奇跡に該当する。

私が血をぶちまけたことからも分かる通り、そんな秘術は存在せず、また不可能とされてきた。アデウスに限らず、世界中でもだ。それなのに、アデウス国聖女選定の儀においてのみ、この奇跡は度々起こる。

だからこそ、アデウスの聖女は他国と一線を画すのだ。

ただ、新たな力を発現してきた歴代聖女の中、先代聖女が他者の神力をその身に借り受ける金型の術を発現させた。しかもその術に長けていたので、これからもこの力が奇跡に該当し続けるかは現段階では不明だ。

聖女に発現した術はそこからアデウス中に広がる。これから生まれてくる世代には、同じ力を持った子どもが現れる可能性がある。さらに、先代聖女は他者の力を借りて自身の力として使えただけだが、どこかに変異が起これば、他者の力を取り入れる術も現れるかもしれない。

それはともかく、お分かり頂けただろうか。

私は第四の試練を既に越えている。想定されている越え方では全くないが、他者の神力の塊は既にこの身へ宿していた。おかげで大惨事である。

神官長から第四の試練についての説明がされたと同時に、私の割り札には四つ目の花が刻まれた。咲かせた花は私の身体に形として残ったまま消えていないが、どうやらこれでもいいらしい。

その身に花を咲かせた場合、第四の試練がどうなるか前例がないため、今の今まで確かめようがなかったのだ。

第三の試練、第四の試練を同時に越えたからあの惨事だったのかとしみじみ思いながら、割り札と光った額をそっと隠した。ついでに、事情を知っている神官達は私からさりげなく視線を外した。溜息を隠し切れていないから、是非とも頑張ってほしい。

第四の試練には十日間の猶予が与えられている。その間、時間は自由に使っていい。

与えられた自室に籠もる聖女候補もいれば、他の聖女候補と交流を図る聖女候補もいるし、この機会にと普段は開放されていない区画を見物する聖女候補もいる。

神力を混ぜ込むといっても、これもまた神の采配。ぎゅうぎゅう押し込めばいいというものでもないし、根を詰めればいいという話でもない。それぞれ自身の神力の限界もある。

それに、種と同じで、越えられる人はほんの僅かな神力で越えられるし、駄目な人はどれだけやっても駄目だ。

一応、通過者が成功させた事例が夜に月夜の下で行ったときが多いとされているらしく、夜に試す予定であろう聖女候補達は、昼間はのんびり過ごす人間が多いようだ。

この十日間は、皆それぞれの具合を確かめつつ、休暇のようにわりとのんびり過ごすのが定番でもあった。

私も昨日の今日だしのんびりしようかとも思ったが、医務室でのんびりしているのも落ち着かず、点滴が外れたので退院してきた。

カグマが換えの点滴を取りに隣の部屋へ行った隙に出てきたともいう。寝ている間に血管がずれたので、針を刺し直さなければならなくなったのが猛烈に嫌だったともいう。

せっかく自主退院してきたので他の聖女候補の様子を探ってみようと、集会所代わりになっている部屋へ顔を出した。この部屋は、いくつもの椅子とテーブルが備えられ、壁際には本棚が並んでいる。

人気のある場所で一人本を読むもよし、居合わせた人とお喋りするもよし、お茶を飲むもよし。自由に使える。

まさかそんな平和の象徴のような部屋に一歩足を踏み入れると同時に、決闘を申し込まれるとは思いもよらなかったが。


顔面に叩きつけられたハンカチは、レースがあしらわれていて高そうだし美しいし、どう見ても繊細な逸品だ。

しかし、書類の束が顔面に叩きつけられた如く威力があった。何故だ。あ、鼻血出た。

「…………思っていたより威力が出てしまいましたわ。よろしければそのハンカチ、お使いになって」

「あ、どうも」

落ちたハンカチをいそいそ拾い、鼻に当てる。

「拾ったわね」

「ん？」

すすっちゃ駄目と分かっているが、思わずすすってしまった。そんな私に、びしっと指が突きつけられた。指は指でも全部綺麗に揃えられているところに、彼女の育ちの良さが出ている。

「あなたはいま、決闘を承諾したのよ！」

「あ、はい」

決闘申し込みと共に投げられた物を、申し込まれた側が拾うと成立する。決闘の規則は確かに果たされた。

なるほどなーと思いつつ、鼻に当てていたハンカチをちらっと見る。まだ止まっていない。昨日派手にぶちまけたので、できるだけ血は温存しておきたいところである。

少女はぴんと伸ばした背筋のまま、胸を張った。その様は堂々としたものだが、決闘成立に至るまでの過程は当たり屋のそれだった。

堂々としたせこさ、見事なり。

うむと頷きながら、ハンカチをちらっと見る。止まっていない。せっかくなので借りたまま、ぎゅうぎゅう鼻を押さえつける。

「あなたにはこれより、このわたくしアーティ・トファと決闘して頂くわ！」

確か七代聖女を先祖に持つ、由緒正しきトファ家のご令嬢から当たり屋をされてしまった。トファ家はお堅いと聞いていたが、私が知っているお堅さとはちょっと違うようだ。

「あ、私はマリヴェルです！　一つ質問よろしいですか！」

名乗られたならば名乗り返すのが礼儀だ。挙手と共に名乗りを上げ、質問の許可も取る。

「当然、よくってよ」

気前のいい人だ。許可をもらったので、早々に気になっていた問いに移った。

「あの、私はどうして決闘を申し込まれているのでしょうか」

「白々しい態度は取らなくて結構よ。分からないとは言わせないわ！」

「言っちゃ駄目なの!?　はい！　質問を封じられた場合はどうすればいいのでしょうか！」

「自分で考えれば如何？」

つんっとそっぽを向かれ、途方に暮れる。そうか……自分で考えなければならないのか。

昨日のやらかしはと、一から辿る。

寝坊し、護衛兼見張りでつけられた神兵を撒き、王城に侵入し、王子に不敬を働き、エーレをあらぬ噂の渦中に立たせ、サヴァスを撒き、林檎を頂戴し、サヴァスを撒き、神官長の貴重な時間を使って血をぶちまけたくらいだ。

私は正直に白状した。

「すみません、どれのことでしょう」

「そんなに心当たりがありますの⁉」

心当たりしかないとも言う。

アーティは驚愕に震えていたかと思うと、次第に別の震えで肩を揺らした。どう見ても怒りである。

「こんな、こんな馬鹿げた話があると言うの。神聖な聖女選定の儀において、これほどまでに堂々と不正が行われるなんて！」

「不正？」

その心当たりだけはなかった。


「待ってください。どういうことでしょうか」

それは流石に聞き捨てならない。

笑いを消した私の問いを、アーティは鼻で笑って見せた。

「第三の試練、あなたは通過しましたの？」

「はい。何せ私は当代聖女ですので」

「そう、わたくしもよ。ここにいる皆様も通過しましたの。皆様、それは美しい花を咲かせたわ」

ぐるりと示された部屋の中には、昨日より若干数を減らした聖女候補達がいる。昨日の朝、私と話した面子は大体が残っている。ベルナディアもその周りを囲む三人娘もだ。

彼女達に付いている神兵は、壁際に並んでいた。中には神官もいるので、神兵だけが付くわけではなさそうだ。

それならエーレが私に付くという話も通りそうだ。しかしここにエーレはいない。私に付くのは誰になったのだろう。ココはいる。なんて羨ましいのだ。ココが付いてくれる恵まれた聖女候補は一体誰なのだろう。

いつもなら、いいないいなとそれだけで思考が逸れていっただろう。しかし今はずらせない。

「けれど、あなたは違う」

回ってきた手が私を示す。部屋中の視線も私に集まる。

「私も咲かせましたよ」

「ええ、神官達はそう言った。けれど誰も、あなたの花を見せてはくれないの。あなた自身も、昨日わたくし達が花を持ち寄った部屋には現れなかった。あなたが咲かせた花を、わたくし達は誰も見てはいないのに、どうしてあなたは通過していると信じられましょう。どうしてわたくし達は、あなたの花を見られないのかしら」

それはね、不正では決してないけれど、正規の方法で咲かせたわけではないからです。

そういうことかと、ようやく事態を察する。

私は花を咲かせた。

けれど一度咲かせた事実を無理矢理種に押しつけて咲かせたので、他の人にはできないだろう。

そして、しないほうが絶対いい。花が咲く可能性より命が散る可能性のほうが高い。

だから、咲かせた方法は秘密厳守となった。

花自体も私の身体に直接咲いているので、見られたら咲かせた方法が知られてしまう。だから花自体も秘匿するよう神殿側で決定している。私も異論はない。

聖女候補達に他言無用を敷いても、人の口に戸は立てられぬ。今日明日は秘匿されても、一年後、十年後、五十年後。ずっと続く秘密はないのだ。

そしてこの国が続いていく限り、聖女が現れる限り、選定の儀は行われる。こんな馬鹿げた原因で死ぬ女が現れたら、私はその人にも彼女を慈しむ人々にも申し訳が立たない。

これは、当代聖女だから可能となった最終手段だ。それ以外の人間が行えば犬死にとなる。


「おかしいのではなくて？　通過した聖女候補は様々な場所で咲かせたけれど、その後鉢に移し替えてそれぞれの部屋に置いているわ。それなのに、どうしてあなたの花はどこにもないのかしら」

「いまのお言葉は、あなたが私の部屋に許可なく入ったと判断してもよろしいのでしょうか？」

「そうとって頂いても結構よ。昨夜あなたのお部屋を訪ねた際、扉が開いていたの。だから中が見えてしまったの。だからお部屋には入っていないのだけれど、その後も見ないよう視線を逸らすでもなく、花を探してしまったのだから同じことだわ。あなた、部屋の鍵も扉も、閉めたほうがよいのではなくって？」

寝坊して飛び出した際、閉め忘れた可能性はある。別に取られて困る物もない。だってあそこは私に与えられた部屋だけど私の部屋ではない。私の物は、何一つとして存在しない。

エーレから渡されていたお金は、一旦返している。エーレは渋ったが、あんな大金を持ったまま何かあれば、盗んだと疑われても冤罪を晴らすすべがないのだ。

部屋の件は別にいい。私のずぼらが招いたことであればだが。私の通過に疑念を抱く。それもいい。私は彼女達に提示できる花を持ち合わせていないのだから。

だが。

「あなた、もしかして神官長の弱みでも握っていまして？　神殿も落ちたものね。聖なる儀式を、我欲で穢《けが》すなんて。それにあなた、昨夜はどこでお休みに？　どなたかいい方が神殿内にいらっしゃるのかしら。その方が、今までの試練を通過させてくださったの？」

残りはすべて、聞き捨てならない。

「他の方も、そう思っているという認識でよろしいでしょうか」

視線を向けた先で、ポリアナが困った顔をしていた。

「そうは思っちゃいないよ。神殿側がその方法を知らせないほうがいいって判断することだってあるさ。まあ、気にはなるけどね」

他の面子も困った顔を崩さない。中にはあからさまに侮蔑の視線を向けている人もいたが、大半は判断しかねて困っていた。

そんな周りを見て、アノンは泣き出しそうな顔となった。

「そんな……不正なんて、きっと誤解です。だって不正なんて通らないから選定の儀なんですよ!?」

「アノンさんと仰ったわね。わたくしもそう思っていたわ。けれど、現状を説明できないなどおかしいでしょう。後ろめたいことがないのなら、何故説明を頂けないのかしら」

「それは……きっと何か事情がおありなのでしょう。私達に理解ができないものすべてが不正であるだなんて、傲慢です」

「説明されて尚理解ができないのであれば、それはわたくしの問題。わたくしの至らなさが原因となりましょう。ですが、情報が秘匿されたがゆえに理解不能であるならば、不正を疑う心は罪ではないでしょう?」

アノンはぐっと詰まり、私を見た。私は壁際に控える神兵と神官を、ゆっくり振り向く。

誰も表情を変えていない。皆は仕事中だ。皆の仕事は聖女候補を護衛し、見張ること。そこに個人の感情は交えない。

この言葉に覚えた怒りを表に出す私が、この場で一番の未熟者だったというだけの話である。

「どなたか、刃物を貸して頂けますか」

「あなた、決闘の仕方も知りませんの? 決闘方法は互いで決定するのよ。一人で決めてしまうなんて、それこそ野蛮なけだものよ」

「あなたが語るは事実ではなく、憶測であり妄想です。あなたは自身の妄想を根拠に他者を罵るのですか。野蛮なけだものとどう違うのか、私には分かりかねます」

かっと頬を染めたその赤が、羞恥であれ憤怒であれ構うものか。

さっと視線を走らせ、一番近くにいた神兵に片手を差し出す。

「小剣で結構です。貸してください」

「選定の儀に無関係な諍《いさか》いはご遠慮願いたい」

「彼女に向ける刃ではありません。出してください」

神兵はしばし無言を続けた後、小剣を手渡してくれた。

しかしその視線は小剣から外れない。何かあればすぐに取り上げるつもりなのだろう。

神官と神兵には昨日の顛末《てんまつ》が共有されているはずだ。そこにやましいものは何もないと知っているからこそ、不正の疑いをかけられた私の望みを叶えてくれた。

その気遣いを無為にするつもりはない。

ゆっくりと、剣を鞘から抜く。よく手入れされた美しい刃がぬらりと現れる。

そこに映り込んだ自分の顔は、酷いものだった。怒りを糧に行動しないと心がけているのに、呑み込み切れない怒りが滾《たぎ》っている。

髪を摑み、そこに当てた剣を力任せに引く。

元より売った髪だ。大した長さにはならない髪を鷲摑みにし、アーティに向けてその手を開く。

ぱらぱらと落ちていく私の髪を、アーティは頬を引き攣らせながら見た。

「決闘を申し込みます。私が負ければ花をご覧に入れましょう。ただしあなたが負ければ、あなたが謂れなき罪で侮辱した神殿と神官長に謝罪を。必ず、誠意を以て、心から」

床に落ちた髪からゆっくりと視線を上げたアーティは、同じほど緩慢に口角を吊り上げた。

「望むところですわ」

「あ、まずはその髪拾ってください。決闘の流儀は守らなければなりませんので」

吊り上がった口角が引き攣った。拾いづらそうで申し訳ないが、私は持ち物どころか身につけているすべてが私の物ではないのだ。私の物は、この身一つしかない。

剣を鞘にしまい、神兵に礼を言って返す。微妙な顔で受け取ってくれた。

「勝負の方法はどうします？」

髪を集めるためしゃがみ込んだアーティを見下ろす。律儀な人だなと思う。足で掻き集めようが、誰かが集めたものを受け取ろうが成立するのに。

「あなたの得意分野で構わなくってよ。あなたはスラムで育ったと言ったわね。わたくしは貴族ですの。ですから、わたくしは思いもよらない形で優位に立っている場合もあるでしょう。ですから、あなたの好きにしなさいな」

「では、決闘の定番星落としと参りましょう」

アデウスにおいて、決闘を行うのは基本的に貴族だけだ。平民が行えばただの喧嘩と銘打たれる。

貴族の決闘は家の名誉も背負うものとなり、流血沙汰は見苦しいとされる。他国では剣を使った一騎打ちが主流のようだが、アデウスでは星落としと呼ばれる盤上遊戯が定番だ。決闘で定番なのは、これもおもに貴族が行う遊戯であるからだ。

アーティは不愉快そうに眉を寄せた。

「あなた、わたくしの話を聞いていないのかしら。そもそもあなた、星落としのルールを知っていて？」

「聞いておりますし、知っております」

「貴族にとって、星落としは嗜みの一つ。あなたとでは使ってきた時間が違うわ。わたくし、正々堂々と勝負をしたいの」

「私もです。そうでなければ決闘などなんの意味も持ちません」

だったら。苛立ちと共に続けられた言葉を遮る。

「私も少々故あって、星落としは得意なのです。それに相手より優位であろうが、正々堂々たり得ます。平等とするためにその力を削ぐならば、いつもと同じ調子で戦えない人が不利となり得ましょう。元々の状態で戦える人間が絶対的に有利です。あなたが生まれ持った素質、家名、財産、あなたを培ってきた環境すべて。何を使おうがそれは卑劣な手段ではありません。それを私が持ち得ずとも、あなたが剝ぎ取ったわけではないのですから」

私は彼女と討論がしたいわけではない。私の意見を納得させたいわけでもない。

けれど彼女が納得しなければ話が先に進まないというのなら、言葉を惜しむ理由もなかった。

「自分の持つ全力を出し切ることは、卑怯でも卑劣でもありません。費やしてきた時間も同様に。正々堂々とは、相手と同等になるという意味ではありません」

「それは、そうだけれども……そんなことを言われたのは初めてだわ」

気まずげにも不審げにも見えるその顔を見て、不意に懐かしさが蘇った。

いつだったか、彼女と同じ言葉を私に返した人がいた気がする。あれはいつだったか。確かに聞いたのによく思い出せない。驚きと悲しみと憤りに満ちた瞳が、確かに私を見ていたのに。瞳がほろりと解けた瞬間は刻みついたように覚えているのに。

あれはいつだったのだろう。あれは誰だったのだろう。どうして、覚えていないのだろう。

辿っていた記憶は、凛とした声で遮られた。ぷつりと途切れた記憶の糸はもはや摑めず、大人しく見送った。

「分かりました。では、伝統ある決闘方式を採用しましょう。神殿側への要請はわたくしが行います。それでよろしいかしら」

「ええ、お任せします。あなたが納得できる形でお願いします。敗者である事実が納得いかないとゆめ仰らぬよう。二度の決闘は御免被りたいので」

「……当然よ。あなたこそ、屁理屈をこねないことね」

そんなことするはずがない。

かかっているのは神殿と、何より神官長の名誉だ。あの人が、堅物と嘲笑さえされるほどの生真面目さを持って神殿に仕え続けてきた人が、軽はずみな侮辱にあった。

「では、決闘は規則に則《のっと》り午後からでよろしくて？」

「お任せします」

神官長の名誉がかかっているのに、私が無様な真似できるはずもない。

真っ当に受けて立つ。


「まあ、まあまああまあ。喧嘩をしているの？」

静まり返った部屋に、場違いな声が響いた。ふわりと浮かぶ花びらのような声を出したベルナディアは、両手を軽く合わせ、首を傾げた。

「ベルナディア様！　下賤な者共に関わってはなりませんと申し上げているではないですか！」

「まあ、ドロータったら。アーティ様は下賤なご身分ではないでしょう？　だって、聖女様のご血統ですもの」

「それは、そうですが……」

歌うように、踊るように、ベルナディアは歩み寄る。決して素早い動きではなく、どちらかといえば緩慢な動作であるというのに、お付きの三人組は彼女を止められない。

春風のように柔らかな自然さだ。舞い散る花弁のようにふわりとスカートを広げ、アーティに頭を下げる。

「アーティ様、ご機嫌麗しゅうございます」

「……ベルナディア様も、麗しゅう」

機敏さが勝る動きであったが、アーティも同じ動作を返す。次にベルナディアは、揺れるような動作で私を向いた。

「おまえの周り、いつも賑やかね。とてもうらやましいわ。素敵ね」

「お褒めにあずかり光栄です。では、私はこれで失礼します。アーティさん、また午後に」

それだけを告げ、背を向ける。三人組、中でもドロータは怒りをそのまま破裂させた声で私を呼び止めたが、そのまま扉へ向かう。

取っ手に視線を固定し、扉を開けた。怒りのまま何かを言わないで済むようさっさと閉じた先には、静かな廊下が広がっていた。

わけではなかった。

俯いた視線の中には靴があった。ついでに足があった。思わず視線を上げれば、見慣れた顔もあった。

カグマだ。思わず仰《の》け反《ぞ》る。

「決闘なんざくだらんものがしたければ好きにしろ。だがな、まずは医務室に戻れ！　お前は点滴の途中だ！　何を勝手に退出している！」

「うわ！」

鼓膜がぐわんと揺れ、慌てて耳を押さえる。

「もうげーんーきーでーすぅー！」

「どれだけ喚こうが必要な治療は変わらんぞ！　さっさとベッドに戻れ！」

「いーやーでーすー！」

「エーレ」

さっきまでの大音量がすっと鳴りを潜め、平坦な声となったカグマに呼ばれたエーレは、無言で一歩進み出た。

「いつからそこにいらっしゃったのか、五文字以内でお願いしていいですか!?」

「最初からだ」

「最初っていつ!?」

私を捕獲する体勢に入っているエーレに後退りする。しかし後ろは壁だ。

だが私は知っている。この男、神力はともかく筋力は絶望的に低いのだ。私を担いで連行できるはずもない。だから、私捕獲作戦にはいつも参加していなかった。そもそも王城がおもな活動拠点だ。王城では、早々走りが必要な事態は訪れない。

そう簡単に捕まることもないだろうとたかをくくり、逃走の用意を始める。軽く膝を回せば、ぱきっと鳴った。

まだちょっとふらつくが、どんな暴漢からも盗人からも酔っ払いからも暗殺者からも神官からも神兵からも逃げ切った足だろう。ほら頑張れ。それ頑張れ。当代聖女が応援しています。足の応援も終わったので、いざ走り出そうとしたらなんか熱かった。顔を上げれば、周囲が燃えていた。そりゃ熱いはずだ。

「ちょっと!?」

私を囲む炎の檻は、絶妙に浮いているので床を焦しはしていない。しかし私を焦す気はわりとあるらしく、髪がちりちりしてきた。

「これ洒落にならず燃えますよ!?」

「燃えたくなければ医務室に戻れ」

「もう元気になりましたから必要ありません！　治療ありがとうございました！」

「戻れ」

「燃えそうどころか燃えましたが!?」

炎が燃え移った服の裾を慌ててはたく。周り囲む炎は消えるどころか勢いを増している。どうせ治療するから燃やしてもいいと!?

私は毎度燃やされても平気で復活するサヴァスではない。

「分かりました戻ります戻りますから！」

身体を反らせ炎から逃げている私を、カグマは全く配慮しない。

燃やしているのは明らかにエーレなのだが、エーレはカグマの頼みを速やかに実行しているので、説得するならカグマに尽きる。

「点滴も受けろ、ぼけなす」

「受けますけどぼけなす!?」

「治療者の目を盗んで逃げ出す阿呆はぼけなすで充分だ」

「返す言葉もございません」

本当に申し訳ございませんでした。注射と点滴と棘が大の苦手です。

そしてぼけなす呼びをしてくるということは、実はあなた記憶戻っていませんか？

いませんね。失礼しました。

観念して両手を上げれば、解けた炎の檻が両手に絡みついた。思わず身を引くがびくともしない。

しかし、その炎は熱さを感じなかった。しかも固い。どういう原理で作り出しているか分からず、目線の高さまで持ち上げてまじまじ見つめる。

「行くぞ。エーレ、その阿呆を絶対に逃がすな」

「分かった」

「どう見ても連行されていく犯人な私は全然分からないのですけども？」

いくらなんでもあんまりな扱いでは？

しかしやらかしたのは私であるので、とぼとぼ連行されるしかない。

「決闘なんざ暇人の所業をしたけりゃ好きにしろ。だがな、医務室を預かる神官、つまりは僕の許可が出てからだ。それが守れないなら頭ぶん殴って寝かしつけた上ベッドに縛りつけるぞ」

「もう既に縛られているのですが」

もう逃げないので解いてくださいと要求するも、全く聞き入れてもらえない。エーレなど私の存在を完全に無視している。縛った先を持った張本人なのに。

私は、まるで売られていく仔牛の如き悲しき目をしているだろう。

医務室までその状況だったため、私は収監される罪人のように医務室へ連行された。

ちなみに会話は一切なかった。私は喋っていたが二人とも返してくれなかったので、全部私の独り言と成り果てたのである。

「少し出てくる。エーレ、お前は神童の名に懸け、その大馬鹿者を医務室から逃がすなよ」

「ああ。だが、十八にもなっても童扱いはやめろ」

一度逃げられたのがよほど腹に据えかねたのだろう。何度も言い置き、ようやくカグマが医務室から出ていった。私は炎の檻に囲まれ、大人しく点滴を受けている。

全く信用されていない。

おかしい。カグマにとって私は昨日今日の付き合いだから、信頼されていないのは当然だが、ここまで他人を信じない人ではなかったはずなのに。

まるで怪我をした猫のような警戒っぷりだ。そんなに私が信用ならないというのか。

なるはずがない。深く同意する。

エーレは少しの間扉を見ていたが、やがて炎の檻を解いた。

「正式に俺がお前の付き人となった。睡眠時以外は俺がつく」

「ココがよかった……」

「ココと俺が候補に挙がったが、ココは全力で拒否をしていた。むしろ俺は押しつけられた」

悲しい。

「もう点滴終わるまで寝てやる……」

「午後になったら起こすぞ」

針が刺さった腕は曲げられないので、仰向けに眠るしかない。掛け布団を引っ張り上げながら大欠伸をする。血が足りない。

「頭を使うなら糖分を入れておきたいので、昼食前に起こしてください」

「マリヴェル」

エーレは私を見ていない。まっすぐに窓の外を見ている。

「誰もお前を覚えていなくとも、お前が神殿と神官長の名誉を守るというのなら、絶対に負けるな」

そんなの、当たり前だ。私は私のために決闘を受けたし、挑むのだから。褒められなくていい。礼などいらない。そんなものはいつだっていらない。

ただあの人達の名誉が守られるならそれでいい。私のせいであの人達の有り様が穢されないのなら、それだけでいいのだ。


星落とし。

貴族が嗜む盤上遊戯であり、軍で重宝される訓練方法でもある。

線が引かれた盤。神力を注いだ神玉で作られた駒。駒の種類は、王、王妃、政務官、騎士、一般兵からなる。

王は王妃に強く、王妃は政務官に強くと、互いの駒が盤上でぶつかれば強い駒が弱い駒を取ることができる。格下の駒が上位の駒を取りたければ、二つの戦力を合わせる必要がある。騎士が政務官を取りたくば、もう一つ別の駒を用意すればいい。しかし一般兵と一般兵を合わせても王は取れない。

取った駒は、自軍の一般兵として活用できる。敵の駒を三つ取った駒は、一つ格を上げることができる。ただし、変化できるのは騎士と一般兵のみだ。何故なら王と王妃は変わらず固定であり、政務官も王になれず固定されるからである。さらに王は、自軍では猛烈な強さを持つが、そこを出てしまうと一般兵でも取ることができた。

ちなみに多くの遊技でそうあるように、星落としでも王が落ちれば負けである。

他にも取られた駒を取り返した際のルールや、相手を取った回数によって駒の強さが変わったりと色々あるのだが、ようは駒の強さと関係性、駒によって違う進める範囲と方向、駒の変化の形。それだけ覚えれば、後は自由だ。

定石を競うもよし、奇策を繰り出すもよし。好きに打てばいい。

なんであれ、打った結果が、勝敗だ。


「私の勝ちです」

澄んだ音を立てて、アーティの王が砕け散る。

ぎりっと噛みしめられた歯の音が、砕けた駒と重なった。溜息とも呆れともつかぬ吐息が、見物人の誰かから零れ落ちる。

盤面を挟んで向かい合う私とアーティを囲うように配置された椅子には、聖女候補達が座っている。ベルナディアは、途中で飽きたとふんわり笑って退出し、三人娘も同時についていったので、吐息は少なくともそれ以外の誰かであろう。

壁際に立つ神官と神兵でもないはずだ。そちらは仕事中と書いた顔面をしている。

その中にはココとサヴァスもいた。神官長の姿はない。当たり前だ。選定の儀に関係ない聖女候補同士の諍いにわざわざ出向くはずがないし、出向いてはいけない。

私から取った王妃の駒を握りしめた拳が、勝敗を決した盤上の横に叩きつけられる。

残った駒が躍り、枠からずれた。盤面から逃走を図り落下した駒は、天辺を起点とし、同じ場所で弧を描いた。

「王が盤上を縦横無尽に逃げ回る星落としがありますか！」

「なんで皆そう言うのですか!?　王だって戦力でしょう!?」

くわっと怒られたので、反射で叫び返してしまった。

ルール違反ではないのだが、王が逃げ回るのは外聞が悪いと好まれない戦法らしい。

私は使えるものは使う戦法を採用しているので、王はよく敵陣に切り込んでいくし、一般兵に殺されるし、王同士で一騎打ちにもつれ込むし、遠くの駒を動かそうとした肘が当たり場外乱闘を始めもする。

こほんと咳払いをし、改めて姿勢を正す。

「勝敗にご不満がございますか？」

「……いいえ。わたくしの、負けです。ありがとうございました」

握りしめていた王妃を盤の上に置き、頭を下げたアーティに合わせ、私も頭を下げる。

「ありがとうございました」

試合終了ありがとうございましたの礼は、勝敗にかかわらず必須だ。これは試合と相手への敬意なのだから。

薄く、けれど深い息を何度か繰り返したアーティは、背もたれに預けようとした背をまた元の位置に戻した。

「奇をてらった言動による物珍しさだけで場をかき乱そうとしているのではないと分かり、安堵致しました。その言動は全く理解できませんが、貴方にはきちんと考える頭があると試合を見れば分かります。ならば、貴方のふざけた言動も選択の結果なのでしょう。憶測から失礼な嫌疑をかけ、申し訳ありませんでした」

「私に関しての謝罪は決闘の範疇に含まれていません」

「神殿及び神官長への謝罪は、後ほど改めてさせて頂きます。わたくしの浅慮から本当に失礼な侮辱を致しました。深くお詫び申し上げます」

静かな声で告げた後、盤に額がつきそうなほど頭が下げられる。

「私への謝罪は必要ありませんが、それでもくださるというのであれば受け取りましょう。ですから、顔を上げてください」

「……わたくしの浅慮をお許しくださり、感謝致します」

ゆっくりと上げられたそこに、怒りや恥辱は見られない。この様子ならば言葉に嘘はないのだろう。神官長達への謝罪が真摯に執り行われるのであれば、なんでもいい。

私への謝罪は心底必要ないのだが。

だって私は、彼女が自らの言動を省みた上で下した結論により、真っ当な謝罪を神官長達へ向けてほしいだけだ。恥をかいてほしいわけでも、ましてや傷ついてほしいわけでもない。

自分を断罪者だと思う人間は、碌な末路を辿らないだろう。また、裁く権利を持たないはずの誰かにその役を望む人間も。

そういう人間は、罪を犯した人間より遙《はる》かに醜悪で、悍ましい。

「これは許す許さないなどという問題ではありません。私達の間にあるのは、決闘の取り決めと結果だけです。それ以上でも以下でもないものに、以外などありません。

相手に反省や謝罪を求めるのではなく罰だけを望む人間は、どんな化け物より醜悪で悍ましい。王でもなければ裁判官でもなく、そこに至るまでの警邏や騎士ですらない。裁く権利を持ち得ない人間は、断罪者として必要な罰など判断できようもない。

裁く権利を持ち得ない人間が、必要以上の罰を与えた場合、それは罪ではないのだろうか。それは、罪の意識を持たない悪質な加害者ではないのだろうか。

お前への罰だ、お前の罪だと、よってたかって際限なく振り下ろされる拳に制限をかけられる理性を誰しもが持てるのならば、裁判などという制度は必要ないだろう。

人はそこまで清らかには創られていない。罪を犯さぬ生き物としては生まれてこられないのだ。

間違わず、清く正しく万能に生きる人間ばかりであれば、そもそも罪や罰という概念は生まれない。だってそれは神の領域だ。

私達は人間なのだ。そこに罪が生まれ、罰が必要とされる。だからこそ法があり、職務としての断罪者がいるのだ。

だが、これは理想の話だ。

理想とは美しく、無理難題で、綺麗事で、夢幻に近い正当性がなければならない。だって理想が正しくなければ、人は何に向けて自らを律せればいいのだ。何を夢見て、願えばいいのだ。

理想とは難しく、毎度毎度実行できる代物ではない。なればこそ、できそうなときはしておくべきだ。

色々、思うところはある。けれど自らの未熟さを律し、怒りは宥めなければならない。

だって今回の件で許す許さないの決定を下す権利を持つのは、私ではなく神官長なのだ。むしろ私は、彼らが侮辱されるに至る原因を作った、裁かれる側である。

強く賢く気高く、美しく優しい人に憧れる。神官長のような、そんな人に。

けれど私はどうしたって醜く汚く、どうしようもない人間なので、自分を律さないとすぐにあの人達に汚泥をかぶせる行動しか取れないのだ。

私はあの人達のように美しいものを与える存在には決してなれない。それでも傍に居続けるために、少しでも、少しでも、真っ当な人間に近づきたい。

アーティもきっと正しいとされる行動ではなかったのだろうが、私とて未熟だ。ここは裁かれる者同士、決闘の結果を遵守するに留めたい。

「ですから、私とあなたのこの確執はここまでです。新たな確執ができれば、それはそのときの話なのですから」

「……ご配慮、感謝しますわ」

最後に互いに頭を下げ合い、私とアーティの間ではこれで終わる。

アーティは背もたれにどっと体重を預けた。私もへろりんと力を抜き、椅子に沈み込んだ。頭使って疲れた。

アーティは戦闘が終わった盤面を睨みつけるように見つめる。

「……奇抜ではありましたが、あなたの星落としの腕前、一朝一夕で培われたものではございませんわね。どちらで習われましたの」

星落としは、道具一式を揃えるのにそれなりのお金が必要で、さらに対戦中駒が立ち位置を変える度仕込まれた神力を消費する。つまりは維持にもそれなりに手間と金銭が必要となるのだ。

スラム育ちを公言している私が、そうそう学べるものではない。

「私にも、名前をつけてくれた方がおります。一緒に遊んでくださったその方が、教えてくださったのです」

ルールや駒の進め方だけでなく、星落としという遊技そのものの存在も、すべて。

空いた時間に、寝物語の前に、夕食の食材をかけて。遊んでくれたのだ。

打てるようになった後は、誰とでも遊んだ。王子と屋根の上で一日中額をつきつけていた日もあるし、一人の時間は石を使って負けた試合を考えた。

勉強は苦手でも、使う場所が違うのか脳みそはよく働いてくれた。

簡単な話、とまでは言わないが、私には下地があった。それだけだ。

恐ろしい量の定石を繰り出してくる神官長、定石と奇抜さを気紛れに操ってみせる王子、力任せに食い破ってくるサヴァス、最小限の労力で気がつけば王の首を取っているココ。

エーレとはしたことがないので、今度してみたい。サヴァス派だったら意外で面白い。

「あんた、すごいじゃないか！」

ポリアナの声を皮切りに、見学者からわっと声が上がる。

「すごい、すごいです！」

一際大きな声で手を打ち鳴らすアノンと一緒に、何人もが拍手を始めた。音が重なり合い、誰がどの音を発しているのかあっという間に分からなくなる。

ただ、アノンが一所懸命誰よりも早く手を鳴らしているのは分かった。アーシンは船を漕いでいる。

視線をアーティへ戻す過程で、エーレの姿を視界に収める。他の神官や神兵と同じように、仮面でも被っているのかと思うほどの無表情だ。

それでも僅かに笑って見せたように見えたのは、私の気のせいだろうか。

「あんた、負けたらごねるかと思ったよ。見直した。意外とさっぱりしてるじゃないか」

一人立ち上がり傍まで歩いてきたポリアナの言葉に、アーティはつんっとそっぽを向いた。

「そこに不正がないのであれば、両者納得の上始めた決闘の結果にとやかく言うような無様な真似は致しません」

それは決闘を行う上で、基本的であり絶対的なルールだ。

しかし敗者が背筋を伸ばし、まっすぐに遵守する光景は意外と少ない。負けた人間は恥をかかされたと怒る場合もあれば、勝負の無効を訴える場合もある。利は勝者にあろうと、後ほど報復がないとは限らない。

決闘の報復は恥ずべき行為とされているが、これまた珍しくもない。栄誉と名誉をかけて行うはずの決闘だが、結局は人間の采配なのだ。

「へぇー。ねえ、あんた。今夜一杯いかない？」

アーティが座る椅子の背もたれに腕を置き、くいっと曲げられた手首に、アーティは呆れた目を向けた。

「一杯だなんてつまらないこと仰らないでちょうだい。わたくし、樽でいけましてよ」

「豪気にもほどがないかい？　まあ、あたしも樽派だけどね」

アデウスでは十五歳からお酒解禁なので、二人の会話にはなんの問題もない。問題はないのに、なんだかはらはらしてきた。そして神殿の食糧管理当番はお酒を隠したほうがいいと思う。料理用まで飲み干される危険性が出てきた。

「あんたもどうだい？」

「あ、私はこの後昨日の部屋に戻るようお達しが出ていますので！　でも誘ってくださってありがとうございます！」

「お達し？　そんなのあたしらには出ちゃいないよ」

ポリアナとアーティ、そしてアノンの疑問が重なった。アーティを中心にし、残り二人が首を外側に傾けたので、なんだか観劇の看板のようで面白い。

「そういえば、あんた結局昨日はどこに泊まってたんだい？」

「医務室です！」

私以外の面子が顔を見合わせた。神官と神兵は頭を抱えた。人前なので、もっと冷静さを保ってほしい。

「……それ先に言っときゃ、こんな騒動必要なかったんじゃないかい？」

「あはは—……そうですよねぇ……」

背もたれに深く体重を預けたアノンも苦笑している。アーシンも同じ体勢だが、こちらは寝ている。残りの聖女候補達の名前はまだ覚え切れていないが、大半がアノンと似た表情を浮かべていた。

「全く以て同感でしてよ！　わたくしが短慮を起こし言いがかりをつけ、勝手に負けたかのようではないですか！　全く以てその通りでしてよ！」

アーティには是非とも落ち着いてほしい。

盤を挟むように叩きつけられたアーティの拳で、机どころか世界が揺れる。盤上に残った駒も揺れ、倒れそうになりながらもなんとか体勢を保ち切った。

なんとはなしに倒れかけた駒を見ていると、左頰にちりっとした痒みを感じた。

いや、痛みだったのかもしれない。

光と熱が覆った左の顔面を反射的に跳ね上げた左手で押さえる。倒れかけた身体を支えようと無意識に動いた右腕が、盤上の駒を薙ぎ倒した。

「きゃあ！」

「火!?」

周囲から悲鳴が上がる。椅子を蹴倒す音も、慌ただしく上がる衣擦れの音も。

炎が走る。部屋の中に突如上がった炎が、私の顔を覆う。

痛みとも痒みとも知れぬ、ただただ熱さしか感じぬ肌を握り潰す手の向こうで、向かい合っていたアーティが目を見開いていた。

「誰か水を！」

金切り声を上げたアーティが、机の上に身を乗り出し、炎をものともせず手を伸ばした。しかしその手が届く前に、すべての景色が消え失せた。

突然顔が燃えるなんてある？

あるんだな、これが。

身を以て実感した身としては、そう答えるしかない。

なんで燃えたか？　知らない。

座っていたはずの椅子が失われ、前のめりに倒れ込む。

もう顔が痛いのか熱いのか痒いのか寒いのか、膝が痛いのか分からない。とりあえず全部痛い。

何がどうなっている？

いま私はどうなっている？　ここはどこで、誰がいて、何があって、私はいま、何ができる状態？

頭の中を疑問と思考がぐるぐる巡る。

足は動く。手も動く。目は右は見えるが、燃えた左は分からない。息、大丈夫、息はできている。

回る思考を手当たり次第に摑まえて、意識を当てはめていく。

顔は確かに痛い。だが耐えられないほどではない。というのも、段々感覚がなくなってきた。どうやら火は消えたようで、未だ焼け続けているわけではないようだ。自分の状態がどうなっているか分からないのは不安を誘うが、命に別状がなさそうなので後で考えよう。

流れる水の匂いがする。握りしめるように力を込めていた手はそのままに、無事な右目で周囲を見回す。

広い部屋。高い天井。見慣れた家具。見慣れた、聖女の私室。

霊峰から流れ出る川は、真っ先に神殿を通る。冷気を纏いつつもどこか甘い水の香りが懐かしく、余計に混乱した。

「な、に……」

とりあえず、反射で押さえてしまった左手を離していいのだろうか。皮がべりっといったらどうしよう。

見慣れた部屋にうつ伏せになっている状態で、次の動作を迷った。

視線だけは無意味に動き、部屋を見回す。

私の荷物はなくなっている。残っているのは元々この部屋にあった家具と、歴代聖女について書かれた本だけだ。これも代々置かれている物なので、実質部屋の中は空になっている。

初めて屋根のある寝屋を得たのは、神殿だった。そうしてここは、一生屋根のある部屋で寝ていいのだと信じられた私の部屋。私が生きている間は、ずっと私の部屋だったはずの場所。

その床に、影が落ちた。

「うげ、本当に焼けてやがる。気持ちわりぃな」

私を覗き込む男達には見覚えがあった。警戒心を持ってやり過ごした相手だから、よく覚えているのだ。風呂に入っていない垢がこびりついた肌から覗く、やにがこびりついた歯。ちぐはぐな武器達。

「…………十四区画にいた方々が、聖女の私室へ何用でしょうか」

幸い悲鳴を上げる暇もなかったので、無事な喉から真っ当な声が出た。悲鳴を上げるために息を吸い込んでいたら、顔を焼いた炎は喉をも焼いていたのだろう。

「へぇ？　お嬢ちゃん、どうしてそれを知ってんだ？」

他の男達が場所を譲った様子を見るに、この男が頭のようだ。

「先日、あの辺りの宿に泊まっていましたから」

「はあ？」

「あなた方を、見かけましたので」

何故、この男達がここにいるのだ。何故私はここにいるのだ。

蠢く虫のように身動《みじろ》ぎし、身を起こそうとしていた髪が摑まれた。顔が痛いのに頭皮まで痛くなった。踏んだり蹴ったりである。

「なんだよ、早く言ってくれよ。おれたちゃ、あんたを捜してたのによ」

奇妙な言葉に、焼け残った眉を顰めた。私を捜していた？　ここから叩き出された後、追っ手もかからず放置されていた私を、今更？

ちっとも解決の光が見えず疑問ばかりが降り積もる中、新たな疑問が重ねられた。

ようやく髪を離され、再び床と仲良くする私を、八人もの男達が囲んでいる。この人数がどうやって入り込んだというのだ。

ここに来るまでには、王城、狭間の間、そして神殿に繋がる橋を渡らないと不可能である。それ以外の道は、霊峰から入り込まなければならないのだ。もちろん、それらすべてに兵がいる。見張りとは関係なくとも、ただ通常業務を行っているだけの人間の目こそあちらこちらにあった。

「どうせなら焼く前によこしてくれりゃいいのによ。これじゃやる気も失せるだろ」

「ぜいたく言うなよ。こんな場所でおきれいなお嬢ちゃんにお相手願えるんだぞ」

「それも金もらってな。願ってもないだろ。半分焼けてるけどな！」

「ちがいねぇや！」

げらげら笑う声は、縮れ掠れ、耳障りなことこの上ない。

なんの話かは知らないが、ろくでもない話なのは分かった。そして、誰かが男達に何かを依頼したことも。

これは好機だ。

男達は私の顔が燃やされると知っていた。その上でろくでもないことを依頼された。

何故厳重な警護を抜けた先であるここに男達がいるのかは知らないし、さっきまでいた場所から瞬き一つの間に人を移動させる術をなんと呼ぶのかも知らない。

それでも、これは好機だ。全く尻尾を摑ませなかった相手が、ここに来て初めて影を見せた。

「おい、ばかども。こいつは殺すなって指示だ。あんま喋んな」

「へいへい、りょうかいですぜ」

わざわざここを現場にした理由は考えれば考えるほど分からないから、ひとまず置いておこう。

それは後で拾うとして、今は男達を生け捕りにするほうが先決だ。

じくじくびりびり痛む顔を無視して、ゆっくり起き上がる。左目から見える視界は歪み、霞んでいた。

「いや、近寄らないで、いやぁ……」

動きに支障がないか、さりげなく確認する。

痛みはないが、なんか手が震えていたのでまだ上げ切っていないのをこれ幸いとし、噛んでおいた。あんまり痛くなかったが、気合いは入った。だが、声は震わせる。

あーあーあー、本日は晴天なり。

「かわいそうになぁ。若い身空で、どんな恨み買ったらこんな依頼かけられるんだか。神殿に入る前につかまえられなかったのに、その後もおっかけられるたぁ、あんたも恨まれたもんだ」

依頼主がいる。そしてその依頼主は、恨みと思えるほどの悪意を持って私が傷つくであろう手段を依頼した。

絶望を与えたいなんて依頼をする誰かであるのなら、一連の事件の犯人、もしくは関係者と判断していいだろう。私とこの男達を、厳重態勢の神殿に移動させた力を見ても、その判断は間違っていないはずだ。

唯一間違っているとすれば、私は顔を焼かれても男達に襲われても、絶望はしない。怪我としての傷は負うが、お父さん達に忘れられた以外の傷は、総じてかすり傷として処理できる。

顔を上げれば、男達は何が楽しいのかにやにや笑っている。

こういうのを下卑た笑いと言うのだろう。ゲス野郎だなぁと思う。弱いものを嬲《なぶ》るのが楽しいらしい。

しかし、こんな場所で騒動を起こして無事に逃げられると思っているのだろうか。だとしたら、下卑た性根に加えておつむが軽い。人間として残念な出来映えである。

よっこいしょと立ち上がるも、男達は慌てた様子がない。私がこの場から逃げられると思っていないのだ。

確かに逃げられないだろう。一対一ならまだ可能性はあったが、八人もいてはどうしようもない。その上、顔は痛いし片目は視界が不明瞭だ。逃げられる可能性は限りなく零《ゼロ》に近い。

「おっと、大人しくしてたほうが痛い目見なくて楽だぜ」

「殺さないで……お願い、殺さないで……」

さっき殺すなとの指示が出ていると言っていたが、まあ普通の人間が襲われた場合、真っ先に口にするのは命乞いだろう。スラムでもよく聞く台詞で一、二を争う。ちなみに、争っている相手は「殺すぞ」だ。

思った通り、男達は私の命乞いになんの疑問も抱かなかったようだ。

口元と目元を押さえたまま、よろめく。

　そっちにあるのは広い寝台だ。シーツなどは除かれているが、毎晩眠った寝台は変わらずそこに鎮座している。

　壁には丁寧に飾りつけられた赤と青の神玉が輝く。相変わらず綺麗な色だ。

「お願いします、なんでもしますから、お願いします。殺さないで、お願い……」

　震える声で懇願する。嘆けば嘆くほど、男達は嬉しそうに身体を揺らす。

　今日も元気にゲス野郎である。昨日の彼らも明日の彼らも知らないが、きっと変わらずゲス野郎なのだろう。

「じゃあ、なんでもしてもらおうか」

「はい、はい！　お相手致します。誠心誠意、ご奉仕させて頂きます！　ああ、ですからどうか、殺さないで……」

　従順に、自分から服を脱ぎながら寝台に近づく。抵抗する意思もすべもありませんと表明する弱者に気をよくしても、警戒を続ける相手には見えないので効果は絶大だ。

　私は何もできません、武器なんて持っていません……いや、本当に何もないな？

あとで、何かあからさまではない武器を構えておきたいところだ。刃物は所持がばれると私のほうが怪しまれるからそれ以外がいいなぁ。

　何かあったかな。私の私物が回収できれば色々あるのに。さて、どうしたものか。

　歩く私を、男達は掌で、拳で突き飛ばす。叩いているのか、殴っているのか。

強く殴られればたたらを踏む。倒れ込まないよう足に力を入れ、寝台を目指す。もたつきながらもそもそと服を脱ぐ私の後を、ぞろぞろと男達がついてくる。

小突かれ、服を剝ぎ取られ、よろめいているのか歩いているのか分からなくなってきた。

指先が慣れぬ物に当たる。さあ、これはどうすべきか。

隠し切れても死んでは意味がないので、すべてを守ろうとは考えないでおく。最後の抵抗として、脅えるように胸元に合わせた手で隠すだけにする。

足がもつれ、ようやく辿り着いた寝台に倒れ込む。わざとだと言いたいが、普通にもつれて転んだ。せっかく転んだので、寝台の上をずりずりと移動する。

あー、顔痛い。震えながら、少しでも男達から逃げているように見えればいいのだが。

「おいおい、誠意が見えねぇなぁ。まさか、逃げてるんじゃやねぇよなぁ？」

「まさか、ああ、まさかそんな……ああ、助けて、助けてください……誰か、いやぁ……」

まだ寝台に乗っていない男達から最大限距離を取って、壁に張りつく。

縋るように張りつき、そっと指を這わせていく。指先に触れた冷たいそれをなぞり、拳を握りしめる。

「では」

「あぁ？」

「殺すのなら、十秒以内でお願いしますね！」

拳を叩きつける先は赤い石。神力が計測できない私のためにココが作り、設置してくれた神具。

青は平時の呼び出しに。そして赤は。

いま出せる渾身の力で拳を叩き込んだ瞬間、けたたましい鐘の音が神殿中に響き渡った。

「な、なんだぁ!?」

動揺に三秒。事態の把握に三秒。原因である私を見るのに一秒。

「てめぇ、何しやがった！」

怒りの発露に二秒。

「お疲れ様でした」

返事で、一秒。

鐘の音を打ち消す破壊音と共に、扉が吹き飛んだ。星落としをしていた部屋に、音の意味を知っているエーレと、普通は走っても十分以上かかるこの部屋まで十秒かからないサヴァスが揃っていたのが運の尽きだ。

ついでに、単語だけで意思疎通ができるほどの連携を取れる二人だったことで、十秒特急サヴァス馬車は可能となった。男達にとっては敗因の一つだが、対処は不可能なので諦めてほしい。

飛び込んできたサヴァスの背からエーレが飛びおりる。

部屋の中を素早く見回した二人の目が、ほぼ素っ裸の私で一瞬止まり、すぐに逸れた。その一瞬でサヴァスは痛ましげな光を瞳に浮かべ、エーレは光を消した。

「てめぇら動くな！」

「てめぇら、ずらかれ！」

賊とサヴァスの怒鳴り声の内容はほぼ同じであり、真逆だ。

サヴァスの怒声を受けた賊のうち、三名は素早かった。恐らくサヴァスと同じく身体強化系の神力に長けているのだろう。

窓を破って逃げていく背を躊躇わず追いかけるサヴァスの背を、静かな声が追った。

「一人は残せ」

「お前も全部やるなよ！」

「一人、残す」

サヴァスが窓から飛び出すと同時に、窓を塞ぐように凄まじい勢いで炎が湧き上がる。逃げようとしていた男達は、逃げ場を失い部屋の中央に固まった。

私を囲った炎の檻など子どもの遊戯のような熱さに、檻の外にいる私の髪さえ焦げそうだ。しかし部屋には焦げあと一つつかない。

だってここは聖女の部屋だ。神力による防壁は健在である。

なのに何故、この男達はここにいて、私も瞬き一つでここへ移動していたのだ。

直接炙《あぶ》られているわけではない男達の髪が縮れていく。その熱を生み出した当事者は、炎を通って囲いの中へと進んだ。

「神兵ならともかく、こっちは女みてぇな面した神官一人だ！　さっさとやれ！」

頭の怒鳴り声に、二人の男がいきり立った。錆びた鉈《なた》のような刃物と、装飾品としての意味合いが大きな剣が抜かれる。同時に、紫がかった青の瞳が見開かれた。

「残すのは一人だと言ったはずだ」

熱の風がエーレから吹き出し、向かっていた二人の絶叫が響き渡る。炎は濡れた布のように二人の身体に纏わりつき、暴れもがこうが外れはしない。

そのうち、歪な音を発しながら崩れ落ち、動かなくなった。

「どうやって侵入した」

抑揚のない声と共に、光が消えた瞳が熱だけを灯し、男達を見る。

「答えろ」

一人の男の服に火が燃え移る。金切り声を上げて服をはたき、脱ごうとするが火の回りが早い。あっという間に命を呑み込まんと蠢く。

「右腕」

賊であっても仲間を助けようとするらしい。周りの男達も、脱いだ上着で必死に燃える男の腕をはたくが、火は消えるどころか揺れもしない。

「左腕」

絶叫は燃える男が上げているのか、周りの男達が上げているのか。

「右足」

絶叫は止まらないし、エーレも止まらない。

「左足」

最初に止まったのは、燃えた男の命だった。

聖女の部屋がどんどん事故物件になっていく。

神兵は直接的な戦闘に長けた人が集まっているが、神官が戦闘に向いていないとは誰も言っていない。ましてエーレは一級神官だ。他国であれば、国が傾くほどの予算を投入しても欲しがる戦力となり得る相手をなめてかからないほうがいい。

あっという間に三人が黒くなった。

残された二人は、焦げた上着を握りしめたままへたりと座り込む。逃げ場のない女を八人で囲むのはあんなに楽しそうだったのに、自分達が逃げられなくなると元気がなくなるらしい。

「事故であれば、全員殺したところで支障はない」

答えない男達に業を煮やしたように、静かな声と同時に炎の囲いが縮まっていく。

つい先程まで楽しげに私を嬲っていたこの部屋にいる男達は、あっという間に残り二人になっている。頭と呼ばれた男と、もう一人だけだ。

「か、かしらぁ」

情けない声を出した部下の視線に、頭は噛みしめた唇を離した。

「知らねぇんだよ！　おれたちゃあ、言われた場所に立ってただけだ！　そうしたら瞬き一つの間にここにいたんだよ！」

「誰に言われた」

「知らねぇ！」

頭の怒声とも悲鳴ともつかぬ声と同時に、部下がぎゃあと悲鳴を上げた。彼の右足が燃え始めた。

「誰に言われた」

「ほ、ほんとに知らねぇんだ！　おれたちゃ、金さえもらえればなんだってする！　依頼主の名前なんか気にもしねぇよ！」

髪は縮れ、肌も色を変え始めている。

この状態で嘘を突き通すほどの胆力ある類いの人間には見えない。

ならば本当に知らないのか。

「名も顔も声も、何一つ知らない相手からの依頼を受けたのですか？」

すっかり私の存在を忘れていたらしい男二人が、弾かれたように私を見る。

同時にエーレが動き、私と男達の間に位置を変えた。

男達には背を向け、私からは視線を外し、寝台の傍まで歩いてくる。渡されたエーレの外套は、外された視線のため若干私から方向がずれていたが突っ込まずありがたく受け取った。

「ありがとうございます、神官様」

先程全員殺すと匂わせる発言をしていたが、流石に一人は残すはずだ。エーレはいつだって神殿に有利となるよう事を運ぶすべに長けている。

当代聖女は命に関わる怪我を負っていない。ならば、激情する理由もない。

そして男を一人残した場合、事情聴取をエーレがするとは限らないのだ。そのとき、私とエーレに繋がりがあると知られないほうがいいだろう。

外套を得たことで、自由に歩き回っても後ほど脳天かち割り拳を頂く危険性がなくなった。いつの間にか靴が脱げていた足で寝台から下り、裸足の足に体重をかける。

そのつもりだったのに、ぺたりと床に座り込んでしまった。足に力を入れそびれた。身体を支えるための手にも力が入らない。なんとも情けない話だ。

微妙な視線を向けてくるエーレにいっと歯を見せて笑い、気合いを入れ直して立ち上がる。焼けた頬が引き攣ると同時に、エーレの頬も引き攣った。どうやらわりと酷い状態らしい。

また聖融布を使うのは勿体ないなと思いながら、ぺたぺた炎へ歩み寄る。

焼け爛《ただ》れた顔の左半分が痛みの記憶に引き攣った気がしたが、実際に肌が引き攣っているのではほっとくことにした。

エーレの炎が私を焼くとは思わないし、もし焼けるならそれは私が悪いのだろう。

傷による恐怖も、現実とならなかった不幸も、自覚する前にさっさと散ってくれればいちいち乗り越えず済むのに。人間の身体は痛みを覚えるし、心に刻む。

生き残るために、生きる手段に杭を打ち込むのだ。

かすり傷はすぐに治るが、怪我したばかりだと触れればちりっと痛む。その程度の傷で、いちいちへたり込んではいられない。

「依頼主についての情報を何も持っていないのですか？　男か、女か」

「女だ！」

藁《わら》にも縋る声というのはこういう音量と速度で紡がれるのだろう。

即座に食らいついてきた頭の男に、焼けた顔を向ける。うっと怯んだが、その怯んだ顔をしている女を嬲ろうとしていたのはどこのどいつだろう。

「どのような女でしたか？　私より年上？　年下？　髪の色は？　瞳の色は？　容姿に何か特徴的な箇所はありませんでしたか？」

考える隙を与えず、矢継ぎ早に繰り出す質問の嵐に、男の目は炎とエーレの間を何度も行き来する。私が何者でもなくなっている現状、神官を御せる立場の存在だと思わないだろう。

制御者がおらず、既に三人焼き殺し、いつ自分も燃やしてくるか分からない神官と、同じ部屋にずっといたいはずがない。

「き、金だ。薄い金髪の、黄みがかった赤色の瞳をした、あ、あんたと同じほどの娘だった。あとは……あご、そうだ、あごに黒子《ほくろ》があった！」

いくつかの条件はベルナディアに当てはまる。だが、彼女の瞳は緑だった。顎に黒子もなかった。

その二つは後から付け足すこともできる要素なので違うとも言い切れないが、もしも依頼者が彼女だとして、彼女が自分で依頼に来るだろうか。手下にやらせるのが定番だ。

「一人で依頼に来たのですか？」

「ああ、人目をさけて……本当だ！　やめろ！　殺さないでくれっ！」

突如上がった金切り声に、何事かと振り向けばエーレが移動していたらしい。

脅え切った男達にはちらりとも視線を向けず、まっすぐに進んだ先には数冊の本があった。私の私物が撤去された後も残っている、最初からこの部屋にあった物の一つだ。

アデウス国の成り立ちを記した歴史書に、神殿の歴史書。エーレが手に取ったのは、歴代聖女についで書かれた本だった。

手慣れた様子で迷わず頁を開いたエーレは、その面を男達へと向けた。

「それは、この娘か」

男の目が丸くなり、次いでもげるのではと思う勢いで首が振り落とされる。

幾度も幾度も振り落とされる首の向こうに見える絵に、言葉を失う。そもそも、その本が示す相手などそうはいない。

「そいつだ！　そいつに間違いねぇ！」

「そうだ！　そいつが頭のもとに来て、そいつ、そいつじゃなくてこっちのそいつ、その娘をやれって！　なあ、頭！」

「あ、ああ！　顔が燃えた女がくるから、そいつが死にたくなるような目に遭わせればすげぇ金をくれるって！」

「なあ助けてくれ！　ぜんぶ話しただろ！」

「たのむよ！　この通りだ！」

頭を床に擦りつけた男達を挟み、私とエーレは視線を合わせた。

表情に出すまいと努力している様が見て取れる。私も同じ顔をしているだろう。いや、きっと私は、彼よりずっと呆けている。

だって。

「先代、聖女」

先代聖女エイネ・ロイアー。

どうして十一年も前に死んだ老女が、就任当時の姿で現れ、私に絶望を与えよと命じたのだ。

外伝✦忘却神殿

【書き下ろし】

"Saint Mariabelle"

One day, the world forgot about me.

エーレはふと足を止めた。

腕の中で、抱えた書類と本が擦れ合う。数年後、神殿の名代として王城で勤務する神官にならないかとの打診を受け、勉強の種類が変わった。今まで触れてこなかった分野を学ぶため、借りてきた本だ。

水の匂いが充満している。香りと呼ぶには単調で、匂いと呼ぶには濃厚で。不快を示すには甘く、好意を示すには青臭い。

尤も、青臭いのは近くに山があるからだ。水はそこを水源とし、地上を満たす。

風向きによって、山の匂いはアデウスの王城を直撃する。神殿は山に抱かれていると言っても過言ではない位置に建っているため、風向き如何によらず、常に濃厚な緑の香りを纏う。

いまエーレが立っている場所は、神殿の裏とも本体とも呼べる、聖女の居住区域、つまりは奥まった場所に位置する区域だ。当然、緑の香りは強く立ち上る。

庭に添うように造られた廊下は、雨風が直接流れ込んでこない程度には幅があり、されど外から流れ込む匂いを防ぐには壁がない。半分外として認識される廊下から見えるのは、山の手前に造られた、人工的な庭園だ。

無造作でありながら不思議と秩序立って見える森とは違い、植物の種類や位置まで計算され、造り出された庭。違いは明白であり、子どもであろうとどこが境界線かはっきり分かる。

そんな庭を、かろうじて道として定めた水路を通り、豊富な水が走っていた。こうして水路として誘導しているから、庭の水はこの程度で済んでいる。

山から直接流れ落ちてくる水は、アデウスを潤しているのだ。神殿も王城も、川としか呼べない水が走り抜けていくことを考えると、随分穏やかな水だった。

さながら、洪水の如き水量が流れ落ちる様を、王城と神殿に暮らす人間達は子守歌として過ごす。アデウスは水に恵まれた国だ。国中を這うように水路と川が通り、霊峰から溢れ出した水の恩恵を受ける。

その源流に最も近い場所に位置する神殿と王城は、豊富な水量が敷地内どころか建物の合間すら走り抜けていく。神殿に所属し、王城での職務に就くエーレにとって、今更水の匂いが気になるわけではなかった。

それでも足を止めたのは、縦横無尽に走り回る水路の中に、色を見たからだ。

透明な水であろうと、ここに至るまでの間に山を通っている。落ち葉や枝、虫や魚、時に生き物の死骸に至るまで、何が流れてこようと不思議ではない。

だが、エーレは深く嘆息し、廊下の手摺りに持っていた荷を置き、手摺りを乗り越えた。周りに誰もいないことは確認済みであったし、庭に下りるため造られた手摺りの境目までは、若干距離があったのだ。

庭は色を交互に揃えた石が敷き詰められ、道が造られている。エーレは土を直接踏むことなく目的の場所まで進んだ。

エーレが近づくにつれ、水の中でぼやけていた色は一度はっきりとした輪郭を見せた。そして、ぴたりと動きを止める。エーレが足を止めず近寄っていく間に、再びそろりと輪郭を溶けさせていく赤紫に向け、エーレは口を開いた。

「何をしているのです」

完全に水に潜り直す寸前かけられた言葉に、伸ばして三年になる赤紫色の髪を水草のように靡かせていた少女の動きが止まった。

しかし、その金色の瞳はエーレを向かず、未だ何か逃げ道がないかと探し回る。

「何をしているのかと聞いているのです、聖女」

再度問えば、少女はようやく観念したようで、極力音を出さぬよう水に沈んでいったとは思えない音を立て、上半身を水から出した。

身体に張りついた長い髪をそのままに、まるで湯船に浸かるかの如く水路に浸かっているのは、推定七歳となった、十三代聖女である。

アデウスにおいて聖女とは、神が選んだ絶対の存在だ。選定の儀が存在しようが、人の都合が関与する余地の残る選定とは訳が違う。人が何を願おうが、たとえ国を挙げての策略を巡らせようが、神の定めた存在が聖女となる。

かつて、王家の血を聖女に為そうと凝らされた策略はすべて無に帰した。もはや何百年も昔の話であるが、未だ語り継がれる出来事だ。

聖女となった当時聖女候補だった女は、死体が上がらないほど深く水流が激しい凍える滝壺に突き落とされたにもかかわらず生きて戻り、王家が聖女に据えようとしていた第五王女はなんでもないある日突然死を迎えた。まだ十六の若さだったという。

神が聖女と定めた聖女候補は何があっても聖女となる。今までその前例はないとされているが、恐らくは、本人がどれだけなりたくなかったとしても神が定めた時点で、その女は聖女だ。人間の認知を得ていないだけで。

十三代聖女は、さっきまで逃げようとしていた様子をおくびにも出さず、へらりと笑う。

「いやぁ、きぐうですねエーレ」

「何をしているのですか、聖女」

「まったくぶれないしせいは、大へんこのましいですね！　ちなみに私は行水です」

「何をしているのですか、聖女」

「か、川あそび」

「何をしているのですか、聖女」

「聖女の、川ながれ、です」

「何をしているのですか、聖女」

「そろそろあきらめません？」

「お前がな」

「ごもっとも！」

元気よく地面に突っ伏した聖女は、七歳にしてはひどく小柄だ。実年齢である十歳にはなかなか見られないエーレ自身も人のことを言えた立場ではないが、彼女のそれは単なる体質ではない。

幼少期の生活環境による影響が大きく、まだ身体を作り切れないのだとカグマが言っていた。

神殿に身を寄せてから一年間は、神殿にいる間、大人が傍にいればいつ見ても食べ物を与えられ、それをすべてぺろりと平らげていたのに、いつまで経っても少女の腕は骨のようだった。

だから、小柄といえども、当初に比べれば随分ましになったのだ。

神殿での生活を三年続ける間に、少なくとも骨が浮くことはなくなった。そうなるまで、大人達は随分気を揉んだと聞く。

当人は周りの心配を分かっているのかいないのか、未だ浸かり続けている水の中で足を揺らした。

「今日は、聖女の後見人を申し出た貴族達との面談日でしょう」

「すべて、いちどことわったのですから、私が出る必ようはないでしょう？」

磨き抜かれた色濃い月のような瞳は、睫《まつげ》から落ちてきた水で閉ざされ、適当な動作で拭われる。

身寄りのないスラムから拾われた少女が、王でさえ手を出せない独立した権力を有した聖女だったのだから、貴族達が黙っているはずもない。少女が聖女と公表されてからこの方、後見人に、あわよくば養子として家門に迎えいれたがる貴族が列を途絶えさせた日はない。

そのすべてを、「やめといたほうがいいと思いますよ！」との笑顔一つで断った聖女は、それ以降面談に訪れる貴族が現れるや否や姿を消す。

入り口すべてを封鎖しても姿を消す。窓のない部屋に放り込んでも姿を消す。何をおいても姿を消す。消した姿で、暗殺者に追いかけられながら帰ってきたときは、長い裾を翻す神官達が見られると有名である。

一番の見所は、鈍器と化した分厚い本を振りかぶり、見事暗殺者の顔面に叩きつけた神官長だと、サヴァスが自慢げに語っていた。

ちなみに聖女は、勉強の時間になっても当然の如く姿を消すも、食事の時間になるとひょっこり現れる。

これは聖女の食い意地の問題ではなく、食事の時間には必ず現れるようにと神官長が厳命したからである。どんなに怒られるようなことをした後でも、食事には持ち越さない。

だから、食事は必ず一緒に取るように。

その神官長との約束を、聖女はきっちり守っている。

「面談が許されたのは、神官長が吟味した貴族だけです。聖女に無礼を働いた者は勿論、働く可能性のある者も排除しています。ですので、尊顔の拝謁だけでも許しては如何ですか」

「むずかしい言葉ってどこで覚えるんですか？　お貴ぞくさまでも生まれつきひょうじゅんそうびじゃないでしょうし、べん強したんですよね。えらいですね」

感心したように足を揺らす聖女に、エーレは無言を返した。

四歳で神官長に連れられ神殿に来るまで、文字に触れたこともなかった聖女は、自分が難しいと評した言葉の意味を理解している。

無知を曝すことにも、恥を曝すことにも頓着のない聖女は、知らないことがあれば聞くことに躊躇いがない。その聖女が意味を問わなかったのは、既に知り、理解しているからだ。

神官長を筆頭に、様々な大人が彼女に話しかけ続けた結果でもあり、勉強と銘打てばすぐさま逃げ出すというのに、本は黙々と読むのでその影響も大きいだろう。綴りを間違うことはあれど、文字自体は、あっという間に覚えたと聞いている。

文字を覚え始めてからの聖女はしばらくの間、話し方がぎこちなくなった。単語に詰まるわけでもなければ、言葉を選んだのでもない。話しながら、頭の中で文字を反芻していたのが理由だ。

「無礼な輩は、神殿への立ち入りも許可されていません。ですので、逃げるのはおやめください」

「でも、城へはくるでしょう？　城への立ち入りを制げんするけんげんは神殿にありませんから」

「捜すのが面倒です」

「それはごめんなさい！」

すぐさま逃亡する聖女捜索を行うにあたり、新人が陥りやすい罠の一つがこれだと、エーレは知っていた。

外へ駆け出していくようでいて、意外と本のある場所を捜索するほうが見つけやすいのだ。

尤も、興味のある本を読み尽くした後はどうなるか分からないが。少なくとも、数年は先の話だろう。その未来到来を少しでも遅らせようと、そして純粋に聖女のためにと、神殿が仕入れる本の数は、この数年で上がり続けている。

「ヤゼロ子しゃくは、ぜったいにあきらめないと言っていましたよ」

「諦めようが諦めまいが、決めるのは彼ではありません。彼は聖女に無礼を働いたため、生きている限り神殿への立ち入り制限が解除されることはないでしょう」

ヤゼロ子爵は、野心が強いことで有名だ。その野心のまま、聖女が持ち得る権力を得ようと不当に聖女への接触を試みた。神殿を抜け出した聖女と、狭間の間への侵入を果たしたヤゼロ子爵が会ったのはほんの数分ほどだったはずだが、あの日以来、ただでさえ嫌がっていた面談を聖女はすべてすっぽかすようになった。

聖女の側を、山から流れてきたであろう大きな葉が流れていく。その葉を、聖女もエーレもなんとはなしに見送った。

「みんな同じです。だってそういう人たちは、私を制げんするけん利をほしがって名乗りを上げるのですから」

立ち位置の問題で、聖女の顔面前に足を置いているエーレは、どうしたものかと僅かに考えた。そして、嘆息して石畳の上に座る。地べたに座るほうが、聖女の顔面前に爪先を向けているよりはましだろうと判断したのだ。

そんなエーレの心を知ってか知らずか、聖女は地べただろうが気にせず頬をつけた。体勢が変わったことにより、下半身が浮いたのだろう。髪と一緒に足も水に靡き始める。その様を眺めていると、聖女は無造作に水中から水面を蹴った。

蹴り上げられた水は、さほど高さを得ず、あっという間に大元の水へと戻った。

「私にせきにんを負うつもりのない人に、私のけん利を明けわたす必ようはないでしょう？」

学に触れず、己に向けられる悪意と作為、そして搾取以外の感情を知らず。

だが少女は、聖女となる前から、個として完成されていた。そう、神官長は言っていた。神官長が語った言葉は、こういった節々で現れる。

エーレとて、子どもらしくない子どもだと散々言われ、普通と呼ばれる子ども時代を送ることはなかった。だが、そこまで断言されたこともなかった。

学に触れずとも年を重ねれば見えてくるものはある。悪意しか向けられずとも、機会を重ねれば擦れ違う善意を見かけることもある。

しかし、年を重ねず、機会を得られなかった四歳の子どもが完成されている。それはどこか異質で、恐ろしく感じると評したのは、神兵隊一番隊隊長だった。

「じゃあ、べん強がんばってくださいね」

上げられた片手をとりあえず摑む。このまま逃がしては神官の名が廃る。

そもそも、面倒事だと分かっていながら手摺りを乗り越えたのは、一人でいる聖女は発見次第必ず捕獲せよとの厳命が全神官に発令されているからだ。

「頑張るのはお前もだ」

げっと表情に浮かべるどころか声まで上げた聖女は、すぐにその顔をにんまりとしたものへと変えた。

そのまま体重をかけられたエーレは、三歳下の少女に為す術もなく水中へと引き摺り込まれた。

同時に、エーレは自由な手に炎を纏わせた。にんまりと浮かべられていた笑みが、再びげっと上げられた声に相応しいものへと変わる。

猿と呼ぶのは猿に失礼と言われるほど、猿にも鼠にも土竜《もぐら》にも時に虫にもなると言われる聖女に、水中で敵うはずがない。そうして逃げられるくらいなら、自ら決めた覚悟の下、痛い目を見るほうが何倍もましだ。

そう決めたエーレにより、あっという間にその場の水すべてが蒸発した。まるで透明な円の壁がそこにあるかの如く、水の中にぽっかりできた空間に、エーレと聖女の身体は浮力を得ず、べしゃりと水路の底へと落下した。その後流された。


名誉の負傷だったと、聖女の首根っこを摑んだカグマにより治療された腕を気にせず眠りについた深夜。さほどの広さはないものの、神官にはそれぞれ一人部屋が与えられているエーレの部屋扉が音を立てた。

むろん、扉が独りでに鳴るはずがない。軽く打ちつける音は誰かがそこにいる証左であり、部屋主であるエーレを呼んでいるに他ならない。

目元を擦りながら、指先一つで灯した明かりの下に見た時刻は三時。まだ日は昇らぬが、夜とも言い難い、夜と朝が曖昧な時間だ。

「エーレ、すまん。俺だ」

「どうしたんだ？」

サヴァスの声に、エーレは躊躇なく寝台から下りた。

二人の実兄により、私室の扉を開ける際は必ず相手を確認し、僅かにでも信の置けない部分がある人間相手からの呼びかけには応じる必要がないと口を酸っぱくして言われ、そして自身でもその心得を破る気が欠片もないエーレが、躊躇なく扉を開ける相手は限られた。たとえば実兄と同じことをエーレに言い聞かせた良識在る大人達である。

その一人であるサヴァスは、開かれた扉の先で、夜分の訪問を簡単に詫びた。今日は夜勤だったのか、神兵服を着ている。

「寝てたろうに悪いな」

「別にいい。それより、どうしたんだ？」

用もなく非常識な時間に部屋を訪れるような相手ではないし、エーレは酒に付き合える歳でもない。アデウスでは十五歳から飲酒が許可されているが、十七歳のサヴァスはともかく、エーレはその年齢に達していないのだ。

そも、夜勤中のサヴァスが酒の相手を求めているはずもない。いつもの楽しげな瞳は鳴りを潜め、やや剣呑とした光がさっとエーレの部屋内を見回した。

「起こして悪ぃ。寝てくれ」

「待て、いないのか？」

その瞳のまま去ろうとするサヴァスの腕を摑んで止める。今日はよく腕を摑む日だ。

正確には、三歳下で小柄な聖女と比べれば丸太のような腕を摑むことはできず、服の裾に引っかかっただけだったが、サヴァスは足を止めた。

「いねぇんだよ。日付が変わる頃に一度見たときは寝てたんだけどな」

流石の聖女も、こんな時間に脱走はしない。そもそも脱走する理由がない。こんな時間に面談はなく、会議もなく、勉強も必要がないからだ。

「四時間も目を離したのか」

昔よりはましになったとはいえ、未だ一人で生きてきた時間のほうが長い当代聖女は、何かがあれば自力で解決する方法をとる。本来であれば誰かに相談するなり、聖女という立場であれば命を下すだけで解決するものを、誰にも言わずふらりといなくなるのだ。

そうして、面倒事や問題事をゆらりと解決してくる。神殿に被害が及ばない方法を吟味しているのは見て取れた。ただ、そこに自身の保身は含まれない。下手に目を離すと、自分だけで解決し、神殿に報告しない場合まであった。

　誰も信用していないのではない。自らの力を過信しているのでもない。ただ、誰かを頼れるという事実を、把握できていないのだ。そして、神殿は聖女のためにあるその事実を、認識できていない。

「あいつ眠り浅いんだよ。入り口から様子見るだけでも確実に起きる。だから、夜は気配消せる奴が、最低でも四時間空けて様子見に行くって決まってんだよ。周りは囲んでるから、暗殺者の類いは入れねぇしな」

　眠りが浅いのは、誰にも守られない場所で一人眠る必要があったゆえ身についた習性だろう。それでも緩くなったのだ。当初は、人がいる場所では眠らず、隣室であろうと廊下であろうと人の気配があれば目覚めていたと聞いている。寝台も使わず、いつだって壁の隅に座っていたそうだ。

　必要があって身につけざるを得なかった習性に対応するのは、本人ではなく周囲の大人の務めだ。神官長が決定した方針を、聖女の側近達は忠実に守っている。守れないような人間を、側には置けないので当然だ。

「俺も捜す」

「起こした俺が言うのもなんだけど、がきは寝とけ寝とけ」

「別にいい。普段も、四時か五時には起きてる」

扉を開けたまま部屋の奥に戻り、寝る前に用意していた服に着替える。サヴァスは入り口にもたれたまま、薄暗い廊下を見ながら欠伸をした。

「寝ないと背が伸びねぇぞー」

「九時には寝てる」

「そう聞くと、お前も確かにがきなんだなぁって改めて実感湧くわ」

寝台横の水差しからグラスに注いだ水を飲み、部屋を出る。

こんな時間だというのに、あちこちの部屋で人が動く気配がした。サヴァスと共に廊下を抜けた頃、背後から扉が開く音が重なって聞こえた。

聖女を捜すため、神官達が起き出してきたのだ。普段は、身支度だけでここまで部屋内の音が聞こえてくることはないのだが、そこは寝起き。いろいろ鈍った状態で、あっちでぶつかりこっちで落とし、そっちで失敗し、どっちにするか迷う。だから必然的に音が大きくなるのだ。

神兵達はすでに着替え、飛び出している。皆、慣れたものだ。神兵も神官も、まるで最前線にいる兵士の如き俊敏さで、あっという間に支度を調えると捜索を開始した。

当代聖女はよくいなくなる。いなくなるのだが、常識ある時間にいなくなることがほとんどだ。一般的に訪問が非常識と呼ばれる時間にいなくなることは滅多にない。こんな時間にいなくなれば、神殿中が起き出して捜し始めると聖女が知ってからは。

それでもいなくなっていた場合、本人にも想定外な事態が起こった結果であることが多かった。

「屋根裏床裏はもちろん、隙間、溝、穴があれば土の中まで捜せ！」

サヴァスの号令にあちこちから返事が上がる。神殿とて一枚岩ではない。先代聖女の威光は厚く、重く、異様とも呼べるほどに強固だ。

当代聖女の就任を認めない神殿関係者がいるのは前代未聞である。

神殿に勤める者として、当然の敬意を聖女に捧げられる人間は恐ろしいほどに少ない。それは当代聖女だけの責ではない。きっと先代聖女のせいでもないのだろうが、先代聖女に心酔した人間達は神をも捨て、先代聖女だけを崇めた。そんな人間達の罪の在処を問えば、先代聖女の存在を欠かすことはできない。

神殿発足以来最大に荒れた時代であるがために、優秀だとのお墨付きをもらったとはいえ、まだ成人に満たないエーレが大人に交じって仕事ができている。早く一人前になりたいエーレにとっては、機会に恵まれた時代でもある。

明かりを片手に走り回る大人達の中で、エーレは自らが作り出した炎を明かりとし、がりがり頭を掻くサヴァスの横を早足で歩いていた。

「抵抗の形跡が一切ない上に、寝台の中に丸めたコート詰め込んでるあたり、九割方自分で出ていったことは分かってるんだけどな。理由がわっかんねぇんだよな。あいつ、よくわからん理由で消えるしな」

「前回のは、注文した野菜が長雨の影響で数が揃わなかったのをどこかで聞きつけて、自分の分は雑草で賄おうと摘みに行っていただけだ」

「あいつまだ雑草食ってんのか!?」

「洗って土は落としましたよと胸を張っていた」

「お、だったら虫ものけたんだよな」

「………………その件に関しては触れてなかった」

「……料理長には、黙っていような」

十三代聖女は、一人で生きる術に長けすぎているのである。

自身に合わせ、普段より緩められた歩調に申し訳なさよりも悔しさが少々勝りながら、エーレは無駄だと分かっていながら周囲に視線を這わせていく。目線の高い位置はサヴァスが見ている。ならばエーレは、子どもの体格を活かし、大人では見つけにくい隙間を捜す。

隙間という隙間、穴という穴、影という闇。

聖女はどこにだって潜む。いや、どこにだってというのは語弊があった。聖女は光に潜まない。潜めない。

「昨日は特に変わった様子はなかったんだけどなぁ。いやでも、あいつ何があってもそうそう変わんねぇわな。お前は？　昨日聖女に会ったか？」

「水路を流れていた」

「なんて？」

「水路から流れてきた」

「なんで？」

それはエーレも知らない。

だが、会っていようがいまいが、そう簡単に聖女が心情を吐露するとは思えない。そもそも、相談という機能が装備されていないのである。

どうしたもんかと、他に昨日会った可能性のある人間を探しているサヴァスは、突如歩調を速めた。狭められていた歩幅もぐんと伸び、あっという間にエーレと距離ができる。

「神官長」

何名かの神官と神兵を伴って現れた神官長は、サヴァスとエーレに気づき足を止めた。

早朝に叩き起こされたとは思えぬ、身支度を完全に整えた姿にエーレは違和感を覚えた。普段から身なりを乱すような真似はしない人だ。だが、それにしても整いすぎていないだろうか。

髪の一筋すら乱れぬほどに整えられた身なりは、まるでこれから訪問の予定があるかのようで。

サヴァスは怪訝そうな顔となる。こんな時間からどこへと疑問を隠そうともしないサヴァスと、追いついたエーレを交互に見た神官長は、静かに口を開いた。

「当代聖女からの要請を受けたとして、養子手続き申請の訪問があった」

まるで、戦闘準備のようで。

「…………は？」

ぽかんとした顔から、ぽろりと言葉を落としたのはサヴァスだ。彼はよくよく顔に出る。齢十のエーレより見事に感情を外に出す。

「ドレン二番隊隊長。護衛に任ずる」

「はっ！　いやそりゃ当然つきますが、ね……警備に穴がありましたか」

困惑の表情から、真剣で険しげな色へと変わった瞳を受け、神官長はゆるりと首を振る。

「恐らくは聖女当人の意思で神殿を抜け出ている。その先で捕らえられたのだろう。殺害ではなく聖女の権限が目的ならば、聖女がいなければ聖女の権限は使用できず、当人がいなければ養子手続きは完了しない。よって無事の保証はされているとの見解で一致した」

神官長は、大きな感情を浮かべていないエーレへと視線を移した。

「リシュターク三級神官」

「はい」

「あまり役には立たないだろうが、後学のため参加を許可する。ついてきなさい」

「了解しました。神官長、一つ伺ってもよろしいでしょうか」

「なんだね」

対等に話す際は膝を折り、神官長として在るときは決して背を曲げない人を見上げたまま、エーレは口を開く。

「聖女を養子に取りたいという、このような時間に訪問してきた非常識な人間は誰ですか」

「ヤゼロ子爵だ」

昨日は風景の一部のように流れてきた聖女が、今は神殿にいない事実がなんとなく不愉快だった。

少しの時間を空け、幾人かの神官と神兵が控える応接室に入り、偉そうに座っていた男を見て最初に抱いた感想は、安っぽい黄色だな、だった。

安物の顔料を塗りたくられた、ままごと用の玩具のようだ。髪は、食べられるはずもない、張りぼての果物のような色で、瞳は余った顔料で適当につけられた蔕《へた》に似ている。

辛辣なのは認める。

サヴァスにはああ言ったが、エーレは若干眠いのだ。いつもより一時間から二時間早く起きている。眠くないわけがない。

幸い、感情を顔に出さない術は心得ている。意識せずとも、肌のように最初から持って生まれた上に、それが大いに役立つ環境だったのだ。それに、可愛げというものは、両親の死と共に失っている。元々持っていたかも怪しい。

エーレは睡魔を表に出さず、神官長が部屋に入ってきたというのに座り続けるヤゼロ子爵を観察した。

椅子に深く腰掛けているため腰は沈み込み、組んだ足は浮いていた。体勢の問題か姿勢を維持する筋力の問題か。まるで椅子の上で折り畳まれかけている人形に見える。

ヤゼロ子爵は、三十代後半の冴えない男だ。野心は高いが実力が伴わないため、いつまで経っても彼の野心は満たされず、ますます野心を募らせるのだと、長兄が言っていたのを聞いたことがある。ちなみに長兄は冴えないとまでは言っていないが、エーレは冴えないと思っている。

叶わぬから望み、望むのに叶わず。憧れが高質化するように、理想が際限なく積み重なった結果、望む先は現実に存在しない夢幻と成り果てた。もはや幻と成り果てた理想など、何一つとして手に入れられるはずがなく、しかし手に入らないからこそ満たされず、満たされぬからこそ焦がれ続ける。欲の無意味な永久機関だと、次兄は笑っていた。

「やあやあ、よく来てくださいました」

座ったまま、背もたれから背を離さず、足も戻さず。客を迎える格好では当然なく、自らが訪問者として訪れた場所で、さらに己より高位の人間を迎えるにはもっとあり得ない。

まるで己自身がこの場の主であるかのような言動すべてが不遜であり、ただただ無礼だ。だが、神官長は眉一つ動かさない。それは彼自身が持つ生来の気質であり、培われてきた知であり、慣れでもあった。

十三代聖女に仕える側近達は、みな若い。神官長でさえ三十四という若さである。彼は歴代最年少の神官長だ。

元々、聖女の代替わりにより側近達は身を引く傾向にあったとはいえ、ここまで年若い者だけで構成された時代はない。だが、これは当然の結果だった。

経験豊かと呼ばれるほど年を重ねた面々は、それだけ長い間先代聖女に仕えていた。異様なほどの求心力を見せた先代聖女の影響力を受けないはずがない。つまりはそういうことである。

そうして、当代聖女の時代は、先代聖女の影響力をほとんど受けていない世代が主となり構成されている。いつの時代も、「当代」聖女に仕えるのは、「当代」聖女を神の次に敬える人間でなければならない。先代聖女を神より敬う人間など、側近どころか神殿にも置いておけない。

神殿を束ねる神官長でさえ、爵位在る貴族としては若輩と呼ばれるヤゼロ子爵より年若い現状に、侮られることは多々あった。聖女に対しての侮りでもないのに、いちいち目くじらを立てる必要性を感じないほどには。

「神官長がこちらにいらしたということは、申請を受理していただけるのですね」

「聖女がそれを望むのならば、神殿に否やはあり得ない」

「では」

美しくも微笑ましくもない、ただ潰れた欲の発露としての笑みを浮かべた男の声が弾む。

「だが」

対して、神官長の声はどこまでも淀みなく、平坦だ。

「聖女の口から紡がれるまで、聖女に関するすべての事柄は凍結したままとなる」

「――――は」

弾んだ男の声は沈みも浮きもせず、ただ空中に投げ出されるがまま地に墜ちた。ぽかんと開けられた口が間抜けで、人間から餌を求める魚でももっと理知的に口を開くと、エーレは思った。

まさか、これだけで聖女の持ち得る権限を手に入れられると本気で思っていたのだろうか。

エーレも、少なくとも三年前までは、こんなにも頭が回らない大人がいるとは到底思えず、何か裏があるのかと疑っていただろう。

しかし、意外とこういう人間は多いと知った。欲の無意味な永久機関を生み出している類いの人間に多いのだ。

欲への執着、妬み嫉《そね》み、憧れ惨めさ嫌悪嘲笑悪意害意。そういった感情に思考が割かれすぎるためか、少しでも考えた時点で分かるはずのことまで考えない。考える手前で止めてしまう。

無意味に欲ばかりを回していないで、少しは思考を回せばいいものを、自分にとって都合のいい場所で止めたっきり、何故か行動に移す。他者は、己が望む結果を生み出すように行動してくれるのだと、どんな根拠からかは知らないが信じている。

当然うまくいかず失敗した先には、叶わなかった欲に対する膨れ上がった執着が残っていく。そうして積み重なった欲への執着に思考は割かれ、失敗の原因を他者へ押しつけ憎悪を募らせ、さらに思考の幅を狭くし、繰り返し続ける。

まさに欲の無意味な永久機関である。次兄の言葉は言い得て妙だ。

　エーレは、ぱくりと口を開けたままの、判定が魚以下と成り果てたヤゼロ子爵から視線を外し、サヴァスを見る。眠そうだ。控える神官達を見る。死んだ目をしている。神兵達を見る。寝ている。判断が速い。誰かが殺気を放てば即座に覚醒するだろうが、ヤゼロ子爵を小物と判断するや否や、目を開けたまま眠りについた神兵達の技を身につけようと、エーレは決めた。

「お、お待ちください。ですが聖女は、貴方方の顔も見たくないと申しております。ですから、日も昇らぬうちに当家に助けを求められたのです」

　慌てて立ち上がり、一歩よろめき、詰まった言葉をやり直したヤゼロ子爵に、神兵の眠りが深くなる。神官は眠りについた。

「その言を聖女の口より聞かねば承諾致しかねる」

「ですから、貴方方には会いたくないと仰せでして」

「聖女が目の前で仰せならば、我が身の不全を恥じ入り、神官の座を降りるものとする」

「っ、鬱陶しいな、お前らは！」

　ヤゼロ子爵が声を荒らげる。

　大仰に両手を振り回し、顔を赤くし、鼻の穴を広げ、唾を撒き散らしながら叫ぶ。その様は、嘘がばれた子どもそのものだ。いや、子どもだってもっと上手に誤魔化すか、神妙に反省の姿勢を見せるだろう。

　嘘をつき、それを咎められて怒鳴り散らすなど、理性の足りない大人こそが行う恥曝しな愚策だ。

しかし、別段珍しい光景ではない。この類いの人間にはよくあることだ。

「あんな学もない、聖女にならなければゴミとして野垂れ死んでいたような子どもに、華やかな世界と金を与えて何になる！　くそ真面目に神の意思だの務めだの馬鹿の一つ覚えに、あんな死に損ないにそんなものを注ぐことこそが損失だろうが！　無駄で無意味で、アデウスの富の損失だ！」

「神殿は神と聖女のためにこそ在る。聖女とは神が認めたがゆえに制定される地位であり存在だ。神殿すべてが聖女の権利であり、持ち得るすべてが聖女の権限だ」

「それが無駄だと言っているんだ！　金の価値も使い方も分からないゴミに、富と権力を与えて何になる！」

愚か、浅はか、時間の無駄。

神官長があまり役には立たないと言っていた理由がよく分かる。エーレは既にヤゼロ子爵の言葉を聞く意味を失い、睡魔と闘っていた。ちなみに敗北寸前である。

他の面子も神官長以外は夢の世界の住人と化し、サヴァスも旅立つ寸前だ。

聖女が攫《さら》われる。とんでもないことだ。大事件だ。

十三代聖女でなければの話だが。

何せ、攫われた回数はこの部屋にいる人間の指では足りず。暗殺されかけた回数は足の指を足してもまだ足りない。

ヤゼロ子爵のように、お粗末な作戦を実行する輩は掃いて捨てるほどいる。こういう輩ばかりであれば、やかましいが楽ではある。

二ヶ月前のバリープト伯爵が起こした事件などは恐ろしく巧妙で、もし退けられていなければ、神官長を含め現職の神官および神兵すべての入れ替えを余儀なくされていただろう。

そういった事件が年に何回も起こるので、ヤゼロ子爵程度ならば、もはや誰も動揺しない。しかし、聖女には大人しく目に見える場所にいてほしいと、神殿一同心から思っている。

正確には、目に見える場所にいやがれくださいこの野郎と思っている。

そんな中を飄々と生き延びていく当代聖女が、ヤゼロ子爵程度の敵にやり込められるはずがない。

聖女就任から一年も経っていないというのに、数々の事件が起こった。今回のように小さなものから、バリープト伯爵が起こした大規模なものまで様々起こったが、神殿を最も翻弄し、恐れさせ、混乱の坩堝《るつぼ》に叩き込んだのは聖女である。

何度言っても自分一人で解決するという聖女の悪癖は、彼女が生き残ってきた手段でもあるのだ。

誰も動かない様子に、ヤゼロ子爵は一人で熱を上げていく。

「余裕ぶっていられるのも今のうちだ」

どうやら本来の目的を忘れたようだ。エーレは欠伸を嚙み殺した。

この手の人間に多いのだが、欲に割かれすぎて足りなくなっている思考のためか、いつの間にか目的が変わるのだ。この男も、幼い聖女の権限を手に入れようとしていたはずなのに、何故だかこちらをやり込めることこそが目的にすり替わっている。

考えが足りない。理性が足りない。恥も知性も自身の未来への責任も、何もかもが不足している。それでも大人に、大きな人間になれるのだから、世の中は不公平なのだろうと思う。聖女を見れば、そう思う。

「ヤゼロ子爵、それはどういった意図を持っての発言か」

淡々とした神官長の言葉に、ヤゼロ子爵はさらなる怒りを募らせる。どういう理屈かはまだエーレには分からないが、この類いの人間は、自身が感情を募らせている際には、どういった形であっても相手の感情も動いていないと不服に感じるようなのだ。まるで、お揃いがいいと駄々をこねる子どもだ。エーレはこねたことのない駄々だが。恐らく聖女もこねたことがないが。

「あんな小娘、俺にはどうとでもできる」

『見てください、エーレ。ああいう顔を、あくどいって言うんですよね？』

自身を嬉々として侮辱している貴族が浮かべた笑みを見て、何故かはしゃいでいた聖女を思い出す。本で覚えたての言葉を使えて嬉しかったらしい。

そのときエーレは、聖女の身代わりとして衣装を交換している最中だった。その貴族も、まさか棚の中で聖女とエーレが着替えているとは夢にも思わなかっただろう。しかし、せっかく息を殺して居所が知られないよう努力していたというのに、貴族はその場で逢い引きを始めた。仕方なく突入してきた神官達が問答無用で処理した。穏便に済ませようとした努力が台無しであったが、深窓の令息と名高かった神官は『酒を浴びせ草陰に転がしておいたので、穏便ですよ』とにこやかに言っていたので、台無しにはならなかった。

何はともあれ、あのとき聖女が指したものと同じ表情を浮かべたヤゼロ子爵は、そこで改めて神官長の反応を覗った。しかし、神官長の顔に変化はない。

不満不機嫌不愉快。それらの感情を敷き詰めた表情で、ヤゼロ子爵は吐き捨てる。

「何せ、地下牢に入れただけでだいぶ堪えたようだからな」

ぴくりと、神官長の眉が動いた。目敏《めざと》くその変化を見つけたヤゼロ子爵は、途端に機嫌が良くなった。

「……聖女を地下牢に入れたのか」

「ゴミの分際で抵抗するからだ」

「聖女を縛って地下牢に……」

「いや、縛っては」

「ならば鉄枷か……」

いつの間にか起きていたサヴァスが険しい顔をする。

「あんなちっせぇ子どもに重しつけて地下牢にいれるってのはどういう了見だ」

「お、重し？」

いつの間にか起きていた神官も軽蔑の視線をヤゼロ子爵に向ける。

「子どもに目隠しをつけて地下牢に入れるとは……極悪非道め」

「は？」

同様の神兵達が、はっとした表情を浮かべた。

「まさか、手足を折ったのか!?」

「地下牢に入れただけだ！」

慌てて否定するヤゼロ子爵に、エーレは首を傾げた。

「地下牢に入れただけなのか？」

子どもであるエーレの問いに、ヤゼロ子爵は反射的に嘲りの視線を向けたが、先程までとは打って変わって険しい神官長達からの視線に怯んだ。エーレは構わず続ける。

「縛りもせず？」

「あ、ああ」

「鉄枷も重しもつけず？」

「そうだ」

「目隠しもせず手足も折らず？」

「な、なんだというんだ」

そのとき、エーレ達の心は一つになった。

まるでその時間を見計らったように、ノック音が響く。扉に一番近い位置にいた神兵が音に応じ、薄く開けた扉の先にいる誰かと短く言葉を交わす。扉を閉めた後、神兵は神官長に耳打ちする。

短い遣り取りを済ませ、神官長は溜息を吐いた。

「ヤゼロ子爵、貴殿を拘束する」

「――は？」

一拍おいて神官長の言葉を理解したヤゼロ子爵が声を荒らげる前に、サヴァスが動いていた。あっという間にヤゼロ子爵の腕を捻り上げ、床に押し倒す。背中から体重をかけられ、苦しそうにもがきながら、ヤゼロ子爵は懸命に言葉を吐く。

「お、俺に手を出せば、聖女がどうなるか分かっているのか！」

「どうなるのかね」

神官長はもはやヤゼロ子爵に時間を割くつもりはないようだ。頭痛を覚えたかのように額を押さえ、再度嘆息する。

「貴殿の屋敷から既に姿を晦ませている聖女に、何ができるのか教えてもらえないだろうか」

馬鹿にしているわけでもなければ挑発しているわけでもない。疲れ果てた神官長の言葉は、本心からの疑問だった。

「――――――は？」

先程よりたっぷりと時間を置いたヤゼロ子爵の言葉が、静まり返った部屋にぽとりと落ちた。

神官長の命により秘密裏に出動していた神兵隊一番隊は、空の地下牢で聖女の髪一束を発見した。本人はいなかった。髪は、石で造られた壁で無理矢理千切り取ったと見られ、切り口はぼろぼろだったそうだ。

ヤゼロ子爵の屋敷は既に制圧されているが、聖女の姿はない。屋敷内もほとんど変化はないそうだ。ヤゼロ子爵の書斎が、嵐の過ぎ去った後のように荒れ切っている以外は。

今も子爵邸をひっくり返して回っている一番隊隊長からの連絡を聞いた神官長は、窓の外へと視線を向けた。遠い目をして、ようやく昇ってきた朝日を見つめる背には哀愁が漂っている。

「……街道、裏路地、屋根上、川、水路、地下水路はいつも通りだとして、リシュターク三級神官、後はどこを捜すべきだと思うかね」

「既に脱走……脱出しているのなら、一番隊と擦れ違っただけだと思いますので、待っていれば帰ってくるかと」

神殿から逃げるために行方を晦ませたとは思えないので、ねぐらになりそうな場所を探す必要はないだろう。神官長もそう考えているから、通路を捜索場所に選んでいる。地下水路が通り道に入るかどうかは別の話だ。

「怪我をしていないといいのだが」

重く深く、そして一応危険人物の手から離れた聖女への安堵が、全員の口から溜息となり重なった。

そんな部屋の中に、朝日を遮り影が落ちる。

反射的に視線を向けたエーレ達の前には、赤紫色の髪が広がっていた。

「うわ、みんな起きてる」

窓の外で朝日を背負い逆さまになった聖女が、怒られる未来が確定した事実を知り、うげぇと呻き声を上げた。


「えーと、あの人なんかしつこそうだったし、あぶなそうだったし、き会あげたらぜっ対つかまることやると思ったので、人気のない時間に人気のないところうろうろしてみたら、一日目でつれて。スラム以外なら、子どもをさらえば罪になるんですよね？　だから、さらわれたしょうことしてかみの毛おいてきたのと、それじゃ足りなかったとき用に、よさそうなしょうこ見つけてきたんですけど……」

全員が立ったまま見下ろす中、怪我がないか徹底的に確認され、ただ一人椅子に座っている聖女は、気まずげに神官長を見上げていた。

夜も明け切らぬうちに神殿を抜け出し、自主的に囮《おとり》となった聖女は、どういう形であっても近いうちに問題を起こしたであろうヤゼロ子爵を捕らえられた結果には満足しているようだ。

ちなみに聖女がヤゼロ子爵の書斎から持ち帰った書類には、偽造通貨についてと禁止薬物の証拠が刻まれていた。

通貨を偽造するという大それたことをしでかせる頭があるようには見えなかったので、まだ黒幕がいるのだろう。この件は王城への貸しとして情報提供される予定である。

それ自体はなんの問題もない。むしろ神殿の手札が増えて喜ばしいことだ。

問題は、それらを行ったのがすべて聖女である事実であり、神殿側が何一つとして知らされていなかった現実である。

「……みんなが起きるまえにかえるつもりだったんですけど…………その、ねるのをじゃましてすみませんでした」

無理に引き千切ったからだろう。縮れた髪で構成される束を飛び出させた頭が、ぺこりと下げられる。この場で一番小さな頭が、この場で一番薄い身体が、ぺきりと折り曲げられる様を、エーレは似たような高さから見ていた。誰より近い高さから見えるその景色が、けれど一番近いわけではないと、エーレはとっくに知っていた。

「あの、ねるのをじゃましてしまったし、今日はごはんいりません。なんだったら、明日も、あさってても。それで、えーと」

「聖女」

「はい、神官長」

折り曲げられた背がぴんと伸び、手足は揃えられた。聖女は神官長をまっすぐ見上げる。昔は、顔よりも手足に注視していたと聞く。殴られてもすぐ逃げられるように、蹴られてもすぐ飛び退けるように。

瞳だけをまっすぐに見上げる聖女を、同様にまっすぐ見下ろしていた神官長は膝をついた。視線の高さが合うと、聖女は気まずそうに視線を揺らす。

「今日、貴方が行ったすべては神官および神兵の仕事です。貴方はそれを指示するだけでいい。暴徒の手が貴方に届いた。その事実は、許されざりし神殿の失態です」

「ちがっ」

「違わないのです」

聖女は焦りを浮かべ、必死に言葉を探す。

「だって、神殿のことでもないのに、みんながあさ早くおきる必ようはないでしょう？」

「聖女に関するすべては、神殿の責務です」

「……私がかっ手にやったことでも？」

「勿論です」

聖女は困った顔をした。聖女に学はない。されど頭の回転が悪いわけでもない。むしろ――。

「……私が、私だけでとどめたいと言ってもですか」

「聖女のご不興を買うと分かっていながら神殿の都合上、引かない場合もございます。その際は、私を解任なされればよろしい」

いま、学と呼ばれるものを、知識と呼ばれるものを、規則というものを、学び始めたばかりの聖女は、しかし倫理を知っていた。どこで学んだか、人が獣ではなく人として生きるために必要な根底を知っている。

それが自身に適用されるべきだとは欠片も理解せずに。

よって、聖女との遣り取りはいつだってここで行き詰まる。

「…………その必ようは、ないと、思います」

聖女から、先程まで浮かべていた困惑は消え失せた。故意に感情を隠したようには見えなかった。当人も、自身がどんな顔をしているか分かっていないのではないかと、今の今まで逸らされなかった視線が虚ろになった様子を見て、エーレは思った。

俯いてはいない。けれど視線も感情も位置を定められずにいる聖女の相手をできるのは、神官長だけだ。

聖女の手は、だらりと膝に乗っている。力なく乗せられただけの怠惰でも諦めでもないがゆえの掌は、何より如実に聖女の感情を表していた。

「マリヴェル」

「……はい、神官長」

神官長は大きな手をゆっくり持ち上げ、聖女の手を取った。まるで容れ物のようだった。箱にしまわれる花のように、聖女の手は神官長の掌に収まる。

「君が無事でよかった。心配した」

「私がけがをしても、神官長のせきにんにならないようにするには、どうすればいいですか？」

「どうしようもない。私が神官長である限り、神殿に属する人間である限り、聖女の安否は私の責となる」

「…………………」

聖女の手は神官長の手に覆われたまま、曖昧に開いたままだ。握りしめられもせずぽっかり空いたままの掌は、神官長の掌が包むことで閉じられる。空っぽのまま閉じられた掌は、神官長の手によってほとんど見えなくなった。

「私は、私が神官長でなくとも君を案じる」

「神殿が、連たいせきにんにならないためにはどうしたらいいですか？」

「私が君を案じる心に、責任の在処は関係ない。私が神官長でなくとも、神殿に勤めることさえしていなくとも、私は君の怪我を案じ、病を案じ、無事を祈る。聖女であっても、聖女でなくとも、君はそうされる権利を持っている。そして、そうあるべきなのだ」

「…………神官長、分かりません」

あなたが何を言っているのか、分からない。

聖女のすべてがそう言っている。困惑にも到達できない感情を抱き、沈むように、溺れるように、眠るように、閉ざされている。そういう生だったのだ。そういう生でなくなったはずの今も、揃い上げられ方が分からないほどに。

いつまでも、自身を石ころだと思っている。石ころであると認識しているがために、それを苦にも不満にも、まして恥だとも思っていないがために、誰もその認識を覆せないでいる。

聖女が持つこの認識が卑下であればもっと簡単に事は進んだのだろう。だが聖女は、それを事実として認識している。誰も事実は覆せない。

覆せぬ限り、石ころが人として扱われていい理由を、聖女はずっと作り続けるのだ。

「それで構わない。誰しもが、言葉で理解する前に体感として会得すべきものだ。だから、君に理解してほしいと願うが、君がすべきことは何もない。それらはすべて、私の役目なのだから」

穏やかに微笑む神官長を見つめる聖女は、どこかぼんやりしている。

その瞳に諦念が浮かんでいれば、まだよかった。自分には得られないものだと思っていても、その存在を認識しているからだ。だが、聖女の瞳にあるのは、やはり空虚な洞だけだった。

その目蓋を親指の腹でゆっくりと擦った神官長は、ふっと笑った。

「さあ、朝食にしよう。今日もたくさん食べなさい。それが子どもの仕事だ」

手を引かれ立ち上がった聖女は、困惑を浮かべる。

「食べていいのですか？」

「君が神殿に来てから、一度でも食事が抜かれたことはあったかね？」

「……いいえ」

「子どもを叱るのに際し、生命維持に関わるものを罰として使ってはならない。何より私は怒ってはいない」

「そう、なのですか」

「食事が済んだら、明日一日、聖女と神殿の在り方についてみっちり学習時間を取ろうと思っているだけだ」

「そうなんですか!?」

大人しく手を引かれ歩いていた聖女は、うげぇと呻いた。その身体をひょいっと抱き上げた神官長は、ゆっくり抱き込んだ。

「だから、食事が済めば今日はもう寝なさい。早起きは美徳だが、夜が遅い子どもに限りそれは推奨されるべきではない。しっかり食事を取り、睡眠を取る。それが子どもの仕事だ。エーレも、今日は休みとする。ゆっくり眠りなさい」

木登りをするように神官長に抱きついている聖女は、神官長の言葉を追ってエーレと目を合わせた。

「あ、エーレもいっしょにねます?」

「絶対嫌だ」

ついうっかり本音で即答してしまったエーレは、まだまだ精進が足りないなと反省した。

「えー、さいきん、へやでねてるとぼそぼそ聞こえてくるんで聞いていきません?」

「ぼそぼそ？」

「はい。なんか、死ね死ね死ねってずっとつぶやいてるんですよね」

「…………………呪詛をかけられているわけではなくてか？」

「あ、なるほどー」

まるで何かが解決したかの如くすっきりとした顔になった聖女を、神官長はゆっくりと引き剥がした。べったり張りついていた体勢から距離ができれば、神官長も聖女も互いの顔を見ることができる。

「…………マリヴェル、私に何か言うべきことはないかね？」

「言うべきことですか？　えーと……」

「……先程の、エーレとの会話の内容についてだ」

聖女はしばし考えた。食堂までまっすぐに進んでいた神官長の足は、いつしか止まっていた。

「えーと、神官長」

「なんだね」

「じゅそをかけてきた相手をさがしてきますので、明日のべん強はなしにしてくださったぁ!?」

特大の笑顔で告げた聖女の頭に落ちた特大の拳骨は、後に脳天粉砕拳と名付けられ、神官達に伝授されていくこととなる。

エーレはふと目を覚ました。

腕の中で、抱えた書類が擦れ合う。一ヶ月王都を離れ、特級神官の試験で空けていた期間に必要となった資料だ。水の匂いが充満している。香りと呼ぶには単調で、匂いと呼ぶには濃厚で。不快を示すには甘く、好意を示すには青臭い。

王都に帰ってきた実感が湧く。王都に入って格段に揺れが少なくなった馬車の中で転《うた》た寝から目覚めたエーレは、窓の外を見た。道理で森の匂いが近いわけだ。王城の正門まで、もうほんの僅かな場所にまで到達していたらしい。

抱えていた書類を鞄にしまい直し、軽く伸びをする。書類の束は、王都への出発前日、見計らったように送られてきた。ようにも何も、見計らったのだろうが。

試験は国境沿いの、こちらも霊峰として名高い山で行われる。よって、王都への帰還に数日かかる。その間に確認しろということだろう。エーレも、別段文句はなかった。何せ、どうせ移動中は時間を持て余すのだ。その時間を有意義に使えるのはむしろありがたかった。

正門前で、御者が通行許可書を出している間、頭の中で頼まれていた土産をさっと確認する。遊びに行くわけではないというのに、遠慮なく頼んでくるのだ。そもそも人付き合いを好まないエーレとそういう話ができる時点で、かなり親しい相手ばかりである。遠慮などあるはずがないのだ。

「…………ん？」

買った覚えはあるが、誰から頼まれた土産か思い出せない物をいくつか思い出した。そうはいっても自分には必要のない物だ。頼まれた物であることは間違いないので、頼んだ本人が持っていくだろう。

そう考え、思考を記憶に流す。

馬車を降り、一ヶ月ぶりに訪れた王城をそのまま通り過ぎる。王城に勤めているとはいえ、エーレの所属はあくまで神殿だ。途中知人幾人かに声をかけられたが、軽く挨拶するだけで神殿へ向かう。

狭間の間を通り過ぎている間、エーレは先程から感じている違和感の正体を探した。

王城でも感じたが、神殿が近づくにつれ、違和感は顕著になっていく。

建物が改築されたわけでもなければ、欠けたわけでもない。掃除は行き届き、庭も美しく保たれている。人々は多少忙しなく動いているが、日頃からこんなものだと言われればその通りだ。

エーレは酷くざわつく胸を押さえた。何がおかしいのか分からない。けれど、何かがおかしい。

確実な違和感が、それも吐き気を催すほどの異常として表れているのに、それが何か分からない。

分からないことが、異常だ。

気を失う寸前のように、白く点滅する視界を叱咤し、神殿へ到着する。

「お、エーレ。久しぶりだな！」

曲がり角からひょいっと現れたサヴァスが、エーレに気づき快活な笑みを浮かべる。

しかし、すぐに顔色を変えた。恵まれた体格を活かし、さっと目の前まで歩み寄る。

「おい、お前どうした!?　ひでぇ顔色してんぞ！」

「サ、ヴァス……」

エーレは、壁に肩をつき、目眩を抑えた。

「………何か、あったのか？」

「は!?　今まさに何かあってんのはお前だろ!?　どうしたんだよ、馬車酔いか？」

一日中馬車の中で本を読んでも平気な自分が、馬車酔い？　あり得ない。

エーレはサヴァスの問いに心の中で答えた。口を開けば、何かを言ってしまいそうだった。

だが、何を？

「カグマんとこ連れてくぞ。ちょっと我慢しろ」

そう言ってエーレを抱えようとするサヴァスを、掌で制す。

何を、言ってはいけないのだ？

「なんだよ。行きたくないってか？　ったく、注射嫌がるガキでもあるまいし。具合悪いんじゃ、これから困るぞー。めちゃくちゃ忙しくなるんだからなー」

診察を面倒臭がっていると取ったのか、サヴァスは呆れたように肩を竦める。確かに、今まで時間が勿体ないと、なかなか診察に応じてこなかった。そのせいだろうが、今はありがたい。今は、他のことに意識を散らしたくはなかった。

「そういえば、お前もう聞いたか？　すげぇ堂々とした侵入者が出たんだよ。自分を聖女だって言い張る、赤紫色の髪した女の子でさ」

胸が痛い。

『――――』

何かが聞こえる。

何かに応えようと口を開き、固く閉ざす。俺はいま、何を言おうとした？

「おい、エーレ？　……お前、本当に大丈夫か？」

何故？

何故、言ってはいけないのだ。

『――――』

そんなはずはない。

『――――』

そんなはずはない。

『――――』

神殿に属する者として。

『エーレ』

「…………マリヴェエル？」

この声に応えない選択肢などあり得るはずがないのに。

打ちつけた膝の痛みで目が覚める。眠ってなどいなかったはずなのに、目が覚めた。覚醒は思考を起こし、意識を明瞭にし、行動の目的を定めさせる。

膝を床に打ちつけ明瞭となった視界では、サヴァスが大慌てでエーレを担ぎ上げようとしている。

「サヴァス」

「ちょっと待ってろよ！　すぐカグマんとこ連れてってやるからな！」

風圧が頬を撫でるほどの勢いで開かれた手を避け、立ち上がる。エーレを担ぎ上げようとしたサヴァスの手は空を切り、つんのめった。

神殿内が騒がしい。人々は忙しなく行き交い、指示は飛び交い、書類もひっきりなしに人の手を渡っている。

それなのに、静かだ。人の声は絶え間ないのに、神殿は静まり返っている。人気はあるのに、生気がない。温度はあるのに色がない。声はあるのに情がない。

人はいるのに。

エーレは、ゆっくりと瞬きをし、サヴァスを見下ろした。

水のにおいを纏った風が流れていく。髪の間を縫い、肌に直接触れ熱を奪っていくはずの風は、エーレの温度に一切影響を齎さなかった。

聖女がいない。

聖女の気配がどこにもない。聖女が人々に齎す数多《あまた》の感情が、神殿内のどこにもない。

神殿は穏やかで、忙しなく、平穏だ。聖女が齎す火山のような怒声も、収拾のつかない嵐のような感情も、五月雨のような言葉達も、どこにも存在しない。向ける相手が、どこにもいないのだ。

「……聖女はいま、どこにいる？」

酷くゆっくりと紡いだエーレの声は、震えてはいなかった。けれど、重く、粘ついた。まるで、そんな言葉はこの世に必要がないかのように。

顔色の悪いエーレを案じながら、サヴァスは立ち上がった。それだけで、今度はサヴァスがエーレを見下ろす。その瞳には、エーレの身を案じる色と、怪訝そうな色が混ざり合っている。

「そんなの誰にも分かんねぇよ。だから選定の儀をするんだろ？　十三代聖女選定の儀が始まって本格的に忙しくなる前にカグマに診てもらえよ、って、おい！　エーレ!?」

エーレは走り出していた。驚愕に跳ね上がった声を置き去りに、一目散に走り続ける。エーレの帰還に声をかけようとしていた者を無視し、前を歩く者にぶつかろうが脇目も振らず走った。サヴァスはエーレを追おうとしていたようだが、無視をできない相手に呼び止められたらしく、焦った制止だけがエーレに届く。

しかし、エーレはそれらすべてを振り切った。

「ココ、ぼーっとしてどうしたの？　肌触りのいい布が手に入ったって張り切ってたのに」

「……裁断間違えてた。全然体形に合わないのができた」

人生のうち、こんなに足を動かしたことはあっただろうか。

「どうしたんだよペール。元気ないじゃん。ずっと楽しみにしてた本が出たんだろ？」

「そうなんだけどさぁ……。俺、いつもいつも、このほとばしる感想の嵐をどうやって落ち着かせてたかわかんなくなっちゃったんだよ」

息が切れ、肺が暴れ、心臓が破裂しそうになっても止まれない。止まる意思などない。

「もー料理長、しっかりしてくださいよ。この前も突然ごちそう作るし」

「すまんなぁ。あの日はめでたい日だった気がするんだよ。なんでだろうな」

だって、聖女がいないのだ。

神殿が、神官が、神兵が。

聖女として、幼子として、友として、同志として、家族として。

慈しんだ聖女が。

愛した少女が。

どこにも。


神殿には、歴代の聖女が私室として使ってきた部屋がある。聖女だけが使用を許される部屋は、聖女が私室として使用している間はもちろん、聖女の死後、次代の聖女が選定されるまでの間であっても毎日清掃が入る。当たり前だ。神殿は神と聖女のために存在するのだ。たとえ主が決定していなくとも、神殿がこの部屋を忘れるなどあり得ない。

一ヶ月前まで、寝坊する聖女を起こそうと、部屋を掃除しようと、どうでもいいことを話そうと、菓子を分け合おうと、相談に乗ってもらおうと、人々がひっきりなしに出入りしていた部屋の扉を叩き開ける。

「聖女！」

その先には、誰もいなかった。人がいなくなって久しい部屋が、エーレを出迎える。動きがなくなった部屋には埃が積もり、淀んだ空気がぬるい温度を保っていた。

慌てて脱いだのだろう。寝間着は中身がそのまま抜け出たかのように床に落ち、ぶつかったのか椅子が中途半端に斜めに移動している。寝付きが悪かったのだろう。普段は寝ている最中ほとんど動かないため乱れが少ない寝台は、シーツがぐしゃぐしゃになっている。

そのまま、すべてがそのままだ。聖女が、その日までここにいた痕跡そのままに、当人だけがいない。主が選定されていなくとも毎日清掃が入るはずの部屋が、淀みに埋もれている。

主が選定されて久しい聖女の事実が消えていく。十三代聖女の時間が朽ちていこうとしている。

「なんだ、これは」

よろめき、壁に肩をぶつける。体勢を保てない。自らの体重を支えられずたたらを踏んだエーレの背を、大きな手が支えた。

重い頭を動かし、自らを支える手の持ち主を見上げる。どうしてここにと、本来浮かべなければならない疑問はどこにも引っかからず、思考の川を流れ去った。

灰青色の瞳はエーレを見ず、部屋の中を凝視していた。

「なんだ、これは」

先程のエーレと同じ言葉を紡いだ神官長は、けれどエーレと意味を重ねてはくれなかった。

「聖女の私室を物置に……いや、誰かが、生活をしていたのか？」

あり得ない。呆然と落ちた言葉を聞いて、エーレは笑い出したくなった。

「すぐに調査を。エーレ、ヴァレトリとサヴァスを……エーレ？」

大声で泣き喚きたかったのは、きっとあの子も同じで。

これは憎悪か絶望か。判断のつけられぬ感情で歪んだ顔を両手で覆い隠すも、瞳だけはどうしても閉じられない。感情すべてが瞳から溢れ出し、神力を制御できない。

視線が世界を焼いていく。燃える世界を、神官長の神力が無理矢理押さえ込んでいく様が見えているのに、止められない。

あり得ない。そう、あり得ないのだ。

『おと、う、さん……おとう、さん、おとうさん……とうさん、ちちうえ……ぱぱ……おとうさま……おとうさん。……おと、さん……お、とうさんおとうさんおとうさん、おとうさん』

あり得ない。

主が定まっていないはずの聖女の部屋で、誰かが暮らしていた痕跡があることではない。毎日完璧に磨き抜かれるはずの部屋に埃が溜まっていることではない。

あり得て堪るものか。

『お父さん』

親子の愛を、情を知りながら、その枠組みが己に適用されることはないのだと。そう定義していた少女が父と呼ぼうとしていた人が、彼女を忘れるだなどと。

あり得ていいはずがないではないか。

あとがき

こんにちは、守野伊音です。この度は忘却聖女をお手にとっていただき、ありがとうございます。

忘却聖女は、私にしては珍しくみっちりとキャラ設定を書いた話です。

イラストレーターの朱里先生にお渡しする資料として用意する際、未だかつてないほどに書き込みました。書き込めたとも言えます。

自分でも、一息つき書いた文を見直してからの第一声が「うわ、読みたくない」だったほどです。

担当さん、朱里先生、その節は誠に申し訳ありませんでした。きっとまたやります。よろしくお願いします。


忘却聖女は、最初は短編として書いた作品でした。

色々と時間の使い方が変わり始めた時に、皆様のお暇潰しになればいいなと思って書いたのですが、私が読みたくなったので続きを書きました。

自分の作品は、自分が書かないと永久に続きを読めないのが一番の難点です。

それはともかくとして、楽しく書いている作品を皆様が一緒に楽しんでくださったおかげで、こうして書籍として形にしていただけることとなりました。


いつもお仕事の話の倍近くの量を、ゲームの話で一緒に盛り上がる担当さん。

とても素敵でマリヴェルがマリヴェルなイラストを描いてくださった朱里先生。

この本の制作に携わってくださった全ての方々。

いつも応援してくださる読者の皆様に、厚く御礼申し上げます。

これからも楽しく書いていきますので、一緒にマリヴェルの物語を楽しんでくださいましたら幸いです。

守野伊音

thank you for reading!!
朱里
ココちゃんスキ♡

SQEXノベル

忘却聖女 I

著者
守野伊音
イラストレーター
朱里

2021年10月7日　初版発行

発行人
松浦克義
発行所
株式会社スクウェア・エニックス
〒160－8430
東京都新宿区新宿6－27－30　新宿イーストサイドスクエア
（お問い合わせ）スクウェア・エニックス　サポートセンター
https://sqex.to/PUB
印刷所
図書印刷株式会社
担当編集
齋藤芙嵯乃
装幀
太田規介（BALCOLONY.）

ISBN978-4-7575-7520-2　C0093　　Printed in Japan